ALI HAZELWOOD

Cruel Winter with You

Die unhaltbare Frostigkeit der Liebe

Kapitel 1

Wäre die Welt, wie sie sein sollte, würde sich Marc Compton benehmen wie ein totaler Arsch.

Ich verlange nicht viel. Ein bisschen hämische Schadenfreude vielleicht. Nervtötend hochgezogene Augenbrauen. Ein spöttisches »Na sieh mal einer an, wer da einfach so an Heiligabend auftaucht.« Ich bin nicht wählerisch: Mit jeder dieser Varianten würde ich mich *unendlich* viel besser fühlen.

Aber nein. In all seiner hoch aufragenden Attraktivität öffnet Marc die Tür, und als ich in sein wunderschönes Gesicht aufblicke, kann ich nichts anderes erkennen als echte Überraschung, ausgerechnet mich auf der schneebedeckten Veranda seiner Eltern vorzufinden.

Überraschung, die rasch in Sorge übergeht.

Als wolle er mir gar nichts Böses. Als hege er überhaupt keinen Groll gegen mich wegen all dieser furchtbaren Sachen, die ich vor ein paar Monaten zu ihm gesagt habe, gefolgt von meiner vermasselten, absolut unzureichenden Entschuldigung.

Allerdings müsste er, um einen Groll gegen mich zu hegen, überhaupt erst einmal an mich denken. Was wahrscheinlich einfach nicht mehr der Fall ist.

»Jamie?«, sagt er, seine Stimme unpassend warm in der eisig kalten Dunkelheit. Es ist noch vor sechs, aber die Sonne geht so früh unter, dass es genauso gut mitten in der Nacht sein könnte. »Was zur Hölle machst du bei diesem Wetter hier draußen?«

Eine gute Frage. Auf die ich – eine besonnene Fachfrau, die unter Druck einen kühlen Kopf bewahrt, regelmäßig Leuten das Leben rettet und es manchmal sogar schafft, einen ganzen Pilateskurs zu überstehen, ohne in Tränen auszubrechen – durch und durch eloquent antworte: »Ähm, ja …«

Marc neigt den Kopf zur Seite.

Sieht mich mit einem Ausdruck an, der unangenehm an Mitleid erinnert.

Wiederholt skeptisch: »Ja?«

»Ähm, ja …« Versierte Konversation ist so was von mein Ding. Vermutlich werde ich irgendwann einen Preis dafür bekommen. »Also, ich meine … Ja. Genau. Ich bin's. Jamie.«

»Wie beruhigend, dass du nicht von einer teuflischen Doppelgängerin verkörpert wirst.« Er tritt einen Schritt zurück und winkt mich mit bestimmter Geste rein. »Komm.«

»Nein!«, sage ich – der Falte nach zu schließen, die sich auf seiner Stirn bildet, deutlich zu vehement. Ich setze noch mal neu an: »Nein, danke. Ich kann nicht bleiben. Ich muss nach Hause zurück, bevor der Sturm richtig schlimm wird.«

»Es ist Ende Dezember im nördlichen Illinois. Der Sturm *ist* schlimm.« Ich muss mich nicht umdrehen, um zu wissen, was er hinter mir sieht beziehungsweise nicht sieht: weite Strecken ohne Sicht, einzig unterbrochen von dicken, wütenden Schneeflocken, die als wilde Turbinen im Licht der Straßenlaternen herumwirbeln. Der Soundtrack – gelegentlich knarrende Äste, das unablässige Heulen des Windes – macht die Szenerie nicht besser. »Du musst reinkommen, Jamie.«

»Also eigentlich hat mein Dad mich hergeschickt, um einen Kupferbräter auszuleihen. Sobald du ihn mir gibst, werde ich einfach wieder gehen.« Ich lächle in der Hoffnung, dass Marc Mitgefühl zeigen und die Sache beschleunigen wird. Schließlich bin ich nur ein Mädchen. Von ihrem alleinerziehenden Vater den unbarmherzigen Elementen ausgeliefert, um eine gefährliche, aber fundamental wichtige Aufgabe zu erfüllen: das Zuhause ihrer besten Freundin aus Kindertagen zu plündern, um ein magisches Küchenutensil zu beschaffen.

Ich verdiene Mitgefühl.

Besonders, da besagte beste Freundin nicht einmal den Anstand besitzt, hier zu sein. Tabitha ist mit ihren Eltern und ihrem Mann auf einer All-inclusive-Kreuzfahrt irgendwo in der Karibik und schlürft vermutlich in genau diesem Moment die pure Wonne aus einer Kokosnuss. Dieses Weihnachten ist Marc der einzig anwesende Compton. Tabithas kleiner Bruder, der …

Also, zunächst mal ist er alles andere als klein. Schon seit einer ganzen Weile nicht mehr. Und er ist vor ein paar Tagen aus Kalifornien hergeflogen, um sich um Sondheim zu kümmern, die altersschwache, ausgesprochen pflegebedürftige und dazu noch misanthropische Katze der Comptons.

Ich habe Tabitha gefragt, warum sie nicht einfach einen Katzensitter engagiert, doch ihre Antwort war nur: *»Warum sollten wir, wenn wir Marc haben?«* Offensichtlich scheint es ganz normal für einen Tech-Mogul zu sein, Weihnachten allein mit einem Haustier zu verbringen, das davon träumt, Augäpfel direkt aus den Höhlen ihrer Besitzer zu fressen.

Und da sind wir nun. Von acht Milliarden Menschen auf diesem schwebenden Felsen von einem Planeten ist Marc der Einzige, der einen Kurzschluss in meinem Hirn zu verursachen vermag. Und ganz zufällig ist er auch das Einzige, was zwischen mir und meiner Beute steht.

»Bitte sag mir, dass du nicht für einen Kupfertopf zwei Meilen durch einen Schneesturm gelaufen bist.«

»Bin ich nicht. Dads Haus ist viel näher« – etwa fünfhundert Meter, schätze ich –, »und was ich brauche, ist ein Kupferbräter.«

»Herrje.« Er reibt sich die Nasenwurzel und lehnt sich an die Tür.

»Wahrscheinlich ist er in der Küche. Und Dad braucht ihn, um den Schinken im Ofen zu machen. Also wenn du ihn bitte holen könntest …«

»Wer um alles in der Welt besitzt einen Kupferbräter?«

»Deine Mom.« Ich verliere langsam die Geduld. »Weil diese Dinger toll sind. Sie wollte einen, also haben Tabitha und ich zusammengelegt und ihr letztes Jahr einen zu Weihnachten geschenkt.« Wenn es mir recht überlege, hätte ich ihm das wohl besser nicht sagen sollen. Der, den Tabitha und ich gekauft haben, war eigentlich viel zu teuer für uns, aber Marc macht sich wahrscheinlich gerade eine Notiz im Geiste, seinem Butler zu sagen, dass er ein Bäckerdutzend anfertigen lassen soll. Sieben für seine Eltern und sechs für meinen Dad, mit Gold überzogen und mit Smaragden besetzt. Mit eingestanzten Initialen.

Es ist so was von schräg. Marc – Marc, die Sportskanone, der sich mit seinem Charme mitten in die größten Schwierigkeiten und gleich wieder hinausmanövrierte, der mit seinen Noten immer nur gerade so durchkam, der das Studium hingeschmissen hat – wurde mit dreiundzwanzig stinkreich und bezahlte prompt die Hypothek seiner Eltern ab, nachdem er mit seiner Firma angefangen hatte, Kohle zu scheffeln. Jetzt verdient er Millionen. Milliarden. Fantastilliarden. Ich weiß es nicht mal; so gut ich in Mathe auch sein mag, derart große Zahlen übersteigen mein Vorstellungsvermögen.

Derweil können Tabitha und ich – pflichtbewusste, wohlerzogene, überambitionierte Töchter – uns selbst Küchengeräte der nicht-überwältigenden Art kaum leisten.

Ich räuspere mich. »Also, je früher du mir den Bräter gibst, desto …«

»Hallo du da! Bist du nicht das Malek-Mädchen?«

Ich wende mich dem Nachbarhaus zu, wo eine vage bekannte ältere Gestalt den Kopf aus einem Fenster im oberen Stock streckt. Ich brauche einen Moment, um sie einzuordnen, doch als ich es tue, muss ich mir ein Seufzen verkneifen. »Ähm, hi, Mrs. Nos…«

Moment, heißt sie wirklich Mrs. Nosy, oder haben wir sie bloß Frau Neugierig genannt, weil sie uns ständig mit Werther's

Original bestochen hat, um den neuesten Tratsch über unsere Eltern aus uns rauszuquetschen?

»Norton«, flüstert Marc, als hätte er meine Gedanken gelesen.

»Hi, Mrs. Norton. Jep, ich bin Jamie Malek.«

»Du siehst keinen Tag älter aus als damals, als du zum Studium fortgegangen bist. Wie lange ist das jetzt her? Zehn Jahre?«

Ich versuche zu lächeln, doch mein großer Jochbeinmuskel ist womöglich erfroren. »Ja. Sie sehen auch toll aus, Ma'am.« In Wahrheit kann ich sie kaum sehen. Der Schneesturm hat Fahrt aufgenommen und taucht alles, was mehr als ein paar Meter entfernt ist, in blendendes Weiß.

»Du bist Anwältin, richtig? Wie dein Vater?«

»Jamie ist Ärztin«, korrigiert sie Marc ein bisschen ungeduldig. »Sie ist dabei, ihre Facharztausbildung in Kinderheilkunde abzuschließen.«

»Ach ja. Du musst es natürlich wissen.« Sie sieht mit scharfem Blick zwischen uns hin und her. »Ich hatte vergessen, dass ihr beide nach San Francisco gezogen seid. Ihr seht euch bestimmt oft, nicht?«

Mein Magen krampft sich zusammen. Denn jetzt wäre ein guter Zeitpunkt für Marc und mich, einen wissenden Blick auszutauschen und in Gelächter auszubrechen. Vielleicht sogar zu sagen: *Oh, Mrs. Nosy, wenn Sie wüssten, was bei unserem letzten Treffen passiert ist. Wir sollten es Ihnen erzählen. Das würde Ihnen das Weihnachtsfest versüßen. Sie würden uns mit einer ganzen Lasterladung Bonbons belohnen.*

Doch ich schweige. Wie gelähmt. Lasse Marc ganz allein antworten: »Genau. Wir wohnen quasi zusammen. Wenn

Sie uns jetzt entschuldigen würden, unter Jamies Nase bildet sich schon ein Rotzzapfen. Frohe Weihnachten Ihnen und Ihrem Mann.«

Eine Minute später bin ich in der Küche der Comptons und habe keine Ahnung, wie ich dort gelandet bin. Marc, dessen Toleranz für Bullshit-Talk noch nie größer als ein durchschnittlicher Röhrenpilz war, muss mich reingezogen haben. Jetzt steht er vor mir und macht meinen Parka auf, als wäre ich ein Kleinkind, das noch nicht gelernt hat, was ein Reißverschluss ist.

»Ich muss …«

»Zurück nach Hause, schon klar.« Er zieht mir die Mütze vom Kopf und hält inne, als die Masse blonder Locken darunter hervorquillt.

Die Fachausbildung macht mich fertig, ich habe kaum Zeit zu essen, geschweige denn, zum Friseur zu gehen. Meine Haare sind länger, als sie je waren, zum ersten Mal in meinem Leben trage ich sie schulterlang, nicht meinen üblichen Bob. Marc ist das anscheinend aufgefallen, denn er nimmt eine Strähne, zwirbelt sie zwischen den Fingern und starrt sie mit intensivem Blick an, womit er mich an etwas erinnert, was er mir gesagt hat, als wir noch sehr jung waren.

Du hast die schönsten Haare auf der ganzen Welt. Es ist bescheuert, dass du sie nicht länger wachsen lässt.

Mit all dieser Aufmerksamkeit von ihm fühle ich mich direkt überhitzt. Eine echte Leistung bei diesem Wetter.

»Du bist komplett durchgefroren«, murmelt er und lässt die Locke fallen. »Ich hab im Wohnzimmer ein Feuer angezündet. Stell dich davor …«

»Aber was ist mit dem …«

»… während ich nach dem Bräter suche«, fügt er hinzu, als wäre ich vorhersehbarer als die vierteljährliche Steuer-Deadline. »Ich fass es nicht, dass dein Dad dich in einem verdammten Schneesturm geschickt hat.«

»Das macht mir nichts aus«, sage ich. Obwohl es mir schon was ausmacht.

Sehr viel sogar.

»Du musst nicht zu allem Ja sagen, was er von dir verlangt. Vor allem, wenn es gefährlich ist.« Marcs volle Lippen pressen sich zu einer schmalen Linie zusammen und verziehen sich dann ganz leicht – dieser Hauch von Humor, der so typisch für ihn ist, dass mein Herz ein paar Schläge aussetzt. »Du magst ja nicht mal Schinken, Jamie.«

Ich stoße ein Lachen aus. Natürlich weiß er das. »Dad probiert ein neues Rezept aus.«

»Aha …« Er wickelt mir den Schal vom Hals. »Solange das neue Rezept nicht die fünfundzwanzig Zentimeter Schnee wegschmelzen lässt, die es heute Nacht geben wird, hätte er dich trotzdem nicht dort rausschicken sollen.«

»Also bitte, so viel sind fünfundzwanzig Zentimeter nun auch wieder nicht.«

Er hebt eine dunkle Augenbraue.

Einen Herzschlag später erkenne ich, warum, und laufe knallrot an. »O mein Gott.«

»Ein hartes Urteil, Jamie.«

»Das hab ich nicht gemeint!«

»Verstehe.«

»Nein, wirklich, ich meinte – *Schnee*, fünfundzwanzig Zentimeter …«

Mein Handy klingelt, und ich gehe sofort ran, so dankbar für die Unterbrechung, dass ich glatt eine Sekte zur Anbetung von Mobilfunknetzen gründen könnte.

»Hi, Dad … Jep, ich hab es zu den Comptons geschafft. Ich mache mich gleich auf den Rückweg … Ja, werd ich. Natürlich.« Ich blicke zu Marc, dessen Gesichtsausdruck nichts als missbilligend ist. Nein, noch immer kein Fan von Dad. »Marc, ich soll dich daran erinnern, dass du morgen zum Weihnachtsessen vorbeikommen solltest und … Ja, Dad. Ich verspreche, dass ich mir alle Mühe geben werde, ihn mitzubringen. Nein, ich werde ihn nicht entführen, wenn er sich weigert, ich … Okay, alles klar. Ich schwöre, wenn ich ihn nicht überreden kann, werde ich ihn bis zu unserem Haus hinter mir herschleifen.« Mit einem Augenrollen lege ich auf und werfe mein Handy auf meine Klamotten, die Marc auf der Küchentheke aufgetürmt hat. Sich da wieder reinzuschälen, wird unangenehm werden, aber ich muss zugeben, dass es ganz schön ist, wenn mein Körper sich kurz mal nicht anfühlt, als würden eine Million kleine Eispickel auf ihn einstechen. »Ähm, möchtest du zum Weihnachtsessen vorbeikommen?«, frage ich, obwohl ich die Antwort schon kenne.

»Nein.«

»Verstehe.«

Er sieht mich erwartungsvoll an.

»Was?«

»Ich warte auf die gewaltsame Entführung, die mir versprochen wurde.«

»Oh. Okay.« Ich betrachte seine hochgewachsene Statur. Wie sich sein Kompressionsshirt um seinen Bizeps spannt.

Seine muskulösen Oberschenkel unter seiner Jeans. »Sagen wir einfach, dass ich es versucht habe – du mich aber mutig, wie du bist, überwältigt hast.«

»War es knapp?«

»O ja. Ich hatte dich ein paar Sekunden lang im Schwitzkasten.«

»Aber dann bist du auf einer Bananenschale ausgerutscht?«

Ich lache. Bei dem Geräusch leuchtet Mars Gesicht auf; dieses breite Grinsen, das die Luft zwischen uns auf einmal zu verdichten scheint, und …

Er wendet den Blick nicht ab. Starrt und starrt mich an, als sei er bereit, mich mit den Augen zu verzehren. So war er schon immer, wenn es um etwas geht, das er will – heißhungrig. Überlebensgroß. Begierig. Und genau aus diesem Grund ist es nicht gut für mich, hier zu sein, bei ihm. Marc bringt mein Herz zum Stolpern und meinen Körper zum Glühen und mein Hirn zum Aussetzen, und das ist nichts, was ich haben und dann wieder hergeben kann. Wenn ich mit ihm zusammen bin, werde ich gierig und leichtsinnig, und …

Es ist sowieso zu spät. Ich hatte meine Chance, und ich habe es vermasselt.

»Ich muss gehen«, sage ich und starre auf den gefliesten Boden. »Könntest du …«

Ich werde von einem lauten Krachen unterbrochen, gefolgt von einem metallischen Dröhnen. Erschrocken drehe ich mich um und stoße ein Keuchen aus, als ich durch das Küchenfenster sehe, was passiert ist: Im Hof der Comptons ist ein Ast der massiven Eiche abgebrochen und auf die Veranda gestürzt.

Nun liegt er auf den Terrassenmöbeln, die ein bisschen … platt aussehen. Und irgendwie zerschmettert. In so viele Teile.

Shit. Ich muss schnell nach Hause, bevor das Wetter völlig außer Kontrolle gerät. *Wo zur Hölle ist dieser Bräter?* Mit großen Augen schaue ich zu Marc, und mir wird klar, dass er mal wieder meine Gedanken gelesen hat. Denn er weiß genau, was ich sagen will, und kommt mir zuvor.

»Jamie, lass mich eins klarstellen.« Sein Ton ist ruhig und sehr, sehr endgültig. »Falls du glauben solltest, ich würde dich nicht festbinden und in meinem Schlafzimmer einsperren, statt dich bei diesem Wetter auch nur einen Fuß vor die Tür setzen zu lassen, kennst du mich nicht im Geringsten.«

Kapitel 2

Das Problem ist, dass ich genau das tue.

Marc kennen, meine ich.

Ich kenne ihn ausgesprochen gut, und zwar seit ich ihm am Tag seiner Geburt, in dem einzigen Krankenhaus in unserer Heimatstadt, das nach Hustensirup und Schwimmbad roch, zum ersten Mal begegnet bin. Damit wurde er zum Star meiner frühesten Erinnerung, in der mich Dad auf einen großen Polstersessel setzte und Mrs. Compton mir ein formloses Bündel mit der Warnung überreichte: »Sei vorsichtig, Jamie. Pass auf, dass du den Kopf stützt – ja, genau so.« Ich war zweieinhalb. Tabitha, die ungefähr sechs Monate älter war als ich, hatte kurz zuvor ihren dritten Geburtstag mit einer Planschbecken-Party gefeiert.

Doch Tabitha war nicht da. Sie war mit ihren Großeltern zu Hause, wegen einer, wie es ihre Eltern nannten, »ganzen Serie von Wutanfällen, einzig und allein, um Aufmerksamkeit zu erregen«. Tabitha selbst würde das später als »Verweigerung aus Gewissensgründen gegen eine aufgezwungene, völlig unnötige Expansion« umschreiben. Man hatte ihr mitgeteilt, dass in Kürze ein neues Familienmitglied eintreffen würde, und sie war keinesfalls gewillt, jene Ressourcen zu teilen, die ihr kindlicher Verstand als endlich ansah, wie zum Beispiel Spielzeug, Frosted Flakes und elterliche Liebe.

So traf ich ihren neuen Bruder noch vor ihr, und ich konnte es kaum erwarten, ihr zu berichten, dass sie, was die Konkurrenz anging, rein gar nichts zu befürchten habe. Die rote Kreatur, die sich in meinen Armen wand, hatte ein zerknautschtes Gesicht, eine faltige Nase, picklige Wangen, geknickte Ohren, Haare wie ein alter Mann und war mit weißlichen Krusten übersät. Sie erinnerte mich an die Zuckerplätzchen, die Dad zu Weihnachten backte, vor allem an die, die es nicht im Idealzustand aus dem Ofen schafften. *Verunglückt*, nannte er sie.

Die Beschreibung passte. Das Ding auf meinem Schoß war eindeutig vom Glück verlassen.

»Wie heißt sie?«, fragte ich Mrs. Compton.

»*Er*«, berichtigte mich Dad. »Er ist ein Junge, Schatz.«

Plötzlich ergab alles Sinn. »Deshalb ist er so hässlich.«

Die Erwachsenen brachen in Gelächter aus – ganz schön fies, dachte ich, immerhin war das arme Baby schon mit dem großen Nachteil geboren, kein Mädchen zu sein. Ich ignorierte sie, bis Mr. Compton fragte: »Jamie, weißt du, wie wir ihn genannt haben?«

Ich schüttelte den Kopf.

»Marc. Marc Evan Compton.«

Und vielleicht erkannte das Baby bereits seinen eigenen Namen, denn genau in diesem Moment öffnete er seine grauen Augen und packte nach ein paar ungeschickten Versuchen meinen Zeigefinger. *Hi*, schien sein starrer Blick zu sagen.

Und: *Bleib bei mir.*

Und vielleicht sogar: *Ich mag dich.*

Er war klein, aber stark. Und sofort überkamen mich eine tiefe Zuneigung und der überwältigende Drang, ihn zu beschützen. *Alles ist gut,* schwor ich ihm im Stillen. *Ich werde deine Freundin sein. Ich werde Tabitha dazu bringen, auch deine Freundin zu sein. Und ich werde dich lieb haben. Auch wenn du das Hässlichste bist, was ich je gesehen habe.*

Es war ein von Herzen kommendes, aufrichtiges Versprechen. Das ich in den nächsten paar Jahren ungefähr eine Million Mal brach. Denn in einer tragischen Wende des Schicksals stellte sich Marc Evan Compton dazu noch als das absolut Schlimmste heraus.

*

Mehrere, sehr gutgläubige Jahre lang war ich eine Marc-Apologetin.

»Ich bin sicher, er hat das nicht mit Absicht gemacht«, sagte ich einer wutschäumenden Tabitha jeden Morgen auf dem Weg zur Schule. »Dass er deine Vitamingummibärchen gegen Abführmittel getauscht hat, meine ich.«

Oder dass er den Hamsterkäfig mit deinem Lieblingsshirt ausgelegt hat.

Dass er dir mit einer Plastikgabel ins Auge gestochen hat.

Dass er dich im Wäscheschrank eingesperrt hat.

Dass er alle Nachbarskinder dazu angestiftet hat, dich Dummbitha zu nennen.

Dass er eurem Hund beigebracht hat, deiner Lieblingsbarbie den Kopf abzubeißen.

Dass er dir drei Portionen Mac and Cheese auf den Schoß gekotzt hat.

Dass er Insekten in dein Bett geschmuggelt hat.

Ich dachte mir Entschuldigungen aus, weil Marc mir gegenüber nie so gemein war. Jene instinktive Liebe, die mich am Tag seiner Geburt überkommen hatte, wurde erwidert. Dad und Mr. Compton waren beste Freunde seit der Highschool, und unsere Familien standen sich schon immer nahe. Mom hatte uns direkt nach meiner Geburt verlassen, und Dad, der einen sehr anspruchsvollen Job hatte, wusste all die Möglichkeiten der Kinderbetreuung zu schätzen, die die Comptons zu bieten hatten. Tabitha und ich waren natürlich unzertrennlich. Aber ich hatte auch diese besondere Verbindung mit Marc.

»Ich wünschte, du würdest bei uns wohnen«, sagte er mir, wenn ich nach einer Wochenendübernachtung aus Tabithas Zimmer kam.

Und: »Du bist mein Lieblingsmensch auf der ganzen Welt.«

Und: »Wenn wir erwachsen sind, will ich dich heiraten.«

Nichts dergleichen würde passieren. Ich hatte mir schon einen Ehemann ausgesucht: Alan Crawford, einen älteren Jungen, der ein Stück die Straße hinunter wohnte (oder, falls das nichts werden sollte, Lance Bass von NSYNC). In meinen Augen war Marc nur ein kleiner Junge. Den ich nichtsdestotrotz süß fand. Ich brachte ihm das Alphabet bei und sich selbst die Schuhe zu binden. Im Gegenzug schrie er ein Kind an, das mich auf dem Spielplatz geschubst hatte, und schenkte mir jedes Jahr etwas zum Valentinstag.

»Du sollst *meine* beste Freundin sein«, erinnerte mich Tabitha etwa einmal die Woche. »Ich wusste gleich, dass dieser Stinkstiefel mir die Hälfte von allem stehlen würde. Aber ich hätte nicht gedacht, dass du dazugehörst.«

Doch ich liebte sie beide. Über Jahre hinweg versuchte ich, nicht Partei zu ergreifen, selbst als zur Beziehung zwischen Tabitha und Marc auch Vorfälle mit allergieauslösenden Substanzen im Mittagessen, Reißzwecken auf dem Stuhl und ständige Androhungen gegenseitiger Vernichtung zu gehören begannen. »Du musst dich nicht zwischen ihnen entscheiden, Schatz«, sagte Dad. »Das sind nur typische Geschwisterrivalitäten. Eine Phase, aus der sie rauswachsen werden. Sitz es einfach aus.«

Und genau das tat ich – bis wir zwölf waren, Marc neun war, und es zum Eiervorfall kam.

Bis zum heutigen Tag behauptet Marc, es sei keine Absicht gewesen. Dass er nicht gewusst habe, dass »unsere bescheuerte Schule auf diese völlig gestörte Idee kommen würde, so zu tun, als wäre ein Ei ein Baby, und es eine Woche lang von den Schülern herumtragen zu lassen, ohne es kaputt zu machen«. Aber unsere bescheuerte Schule kam nicht nur auf diese völlig gestörte Idee, wir wurden auch noch dafür benotet. Ganze dreißig Prozent unserer Gesamtnote in Familienkunde hingen von diesem verdammten Ei ab.

Und das war der Grund, warum ich Tabitha, als ich eines Morgens in die Küche der Comptons kam und Marc dabei erwischte, wie er es aß – Spiegelei auf Toast, mit Tomaten als Beilage – nicht davon abhielt, Rache zu nehmen.

Ich sah stillschweigend zu, wie sie ihm nachrannte. Sagte nichts, als sie sich auf ihrem Bruder stürzte, obwohl er damals schon größer war als wir. Lehnte mich an die Tür und verschränkte die Arme vor der Brust, als sie ihn an den Haaren zog. Und nachdem das Geschrei Mr. Compton auf den Plan gerufen hatte, nachdem er seine Kinder getrennt hatte, nachdem er sich an mich gewandt und gefragt hatte: »Jamie, was ist passiert?«, sagte ich ihm die ganze Wahrheit.

»Marc hat angefangen.«

Er bekam Hausarrest, obwohl ich nicht mehr weiß, wie lange. Und doch erinnere ich mich in erstaunlicher Klarheit an den verletzten Ausdruck in seinem Gesicht und die instinktive Gewissheit, dass dies das Ende einer Ära war.

Im Jahr darauf erwarteten mich statt Geschenken zum Valentinstag peinliche Spitznamen, ständige Hänseleien und eine neu entdeckte Rivalität mit dem kleinen Bruder meiner besten Freundin.

Rückblickend war Marc weniger ein »schwieriges« Kind als vielmehr ein unterfordertes mit sehr viel Energie. Permanent gelangweilt, ein bisschen cleverer, als gut für ihn war, und definitiv zu talentiert im Umgang mit Computern. Er wurde in jeden Sportkurs auf Erden gesteckt und war in allen gut. Dennoch war da diese ewige Unruhe in ihm, und die ständigen Pranks und der unaufhörliche Unfug halfen, sie zu lindern.

»Dieses Verhalten ist typisch für begabte Kinder«, sagte eine von Dads Freundinnen einmal. Sie war Psychologin, und ich mochte sie sehr. Genau genommen mochte ich sie von allen Frauen, die er mit nach Hause brachte, am liebsten. Eine Weile hatte ich gehofft, sie würde meine Stiefmutter werden, aber keine von Dads Beziehungen hielt länger als ein paar Jahre – was ein Problem war, da ich nicht anders zu können schien, als stets eine tiefe Zuneigung zu jeder Einzelnen von ihnen zu entwickeln. Aber aus dem einen oder anderen Grund verließen ihn seine Partnerinnen immer, und obwohl sich Dad schnell erholte, fühlte ich mich nach ihrem Weggang immer allein, verlassen und vielleicht auch ein bisschen schuldig. War es mein Fehler? Hatte ich zu sehr geklammert? Hätte ich mich verdrücken sollen, wenn sie vorbeikamen? Hatte Mom mich deshalb direkt nach meiner Geburt verlassen?

Oder vielleicht war das auch einfach, was Beziehungen ausmachte. Vielleicht waren sie immer flüchtig. Zerbrechlich. Vergänglich. Der Mühe nicht wert.

Mit der Zeit entwickelte ich meine eigenen Bewältigungsstrategien. Das Einzige, worauf ich einen Einfluss hatte, war mein Verhalten; also musste ich mich so zuvorkommend und leistungsstark geben wie irgend möglich, und wenn ich das schaffte, würden die Leute vielleicht in Erwägung ziehen, bei mir zu bleiben. Und wenn nicht … Ich lernte, dankbar für das zu sein, was sie hinterließen. Ich bin Dads Freundinnen dankbar dafür, dass sie mir beibrachten, wie man angelt, wie man ein Tampon wechselt, wie man Brot backt. Und natürlich, dass Marc Compton im Grunde ein missverstandenes Genie war.

Die Hinweise darauf sah ich selbst. Die Schnelligkeit, mit der er seine Hausaufgaben machte, wenn er im Anschluss daran draußen mit seinen Freunden abhängen durfte. Die Bücher, die er, auf das Sofa gefläzt, las, sämtlich zu anspruchsvoll für sein Alter. Die chirurgische Präzision seiner Seitenhiebe, als wisse er genau, was er sagen musste, um die betreffende Person zu Tode zu nerven.

Als aus dem Jungen, den ich geliebt hatte, plötzlich irgendetwas zwischen einem kleinen Plagegeist und einem üblen Typen geworden war, verbrachten Tabitha und ich immer mehr Zeit bei mir zu Hause, und das schien ihm sehr recht zu sein. Ein paar Jahre lang schien er meinen Namen zu vergessen und sprach mich nur noch mit Four Eyes, Shorty, Nerd, Cheese Grater und ein paar anderen Schimpfwörtern an, die das körperliche Merkmal hervorhoben, das gerade am prominentesten an mir war (und am meisten Unsicherheit hervorrief). Schließlich entschied er sich für ein Po-fixiertes Butt Paper, nachdem ich zwei demütigende Stunden lang mit Klopapier an der Schuhsohle herumgelaufen war. Marc war es, der mich darauf aufmerksam gemacht hatte – Tabitha war krank, und offenbar hatte ich keine anderen vertrauenswürdigen Freunde –, doch der Spitzname blieb hängen. Allerdings hätte es noch viel schlimmer für mich ausgehen können, wenn man bedachte, dass er Tabitha als Her Royal Shittiness und sie ihn als Mom und Dads Oopsie Baby bezeichnete.

Ich hielt so gut es ging dagegen. Nannte ihn Marky, was er, wie ich wusste, hasste. Auch er durchlebte ein paar seltsam aussehende Jahre – er war schlaksig, extrem groß und dünn, seine Knochen zu lang für seinen Körper und zu prominent für sein Gesicht. Doch ich wollte ihn immer noch beschützen, und tief im Innern wusste ich, dass die ständigen Hänseleien seine Art waren, in Kontakt mit uns zu bleiben. Dann wurden wir älter, Marc war mehr mit seinem eigenen Leben beschäftigt, und die Sticheleien gingen in etwas Trägeres über – etwas, das sich stark danach anfühlte, als ignoriere er uns –, und auf einmal vermisste ich sie beinahe.

Und dann kam er an die Highschool.

*

»Wie kann es sein, dass mein beschissener kleiner Bruder so beliebt ist und wir nicht?«, fragte mich Tabitha im Sportunterricht, mitten in einer Partnerdehnübung.

»Na ja, wir sind nicht *un*beliebt.«

Sie warf mir ihren besten *Ist-das-dein-fucking-Ernst?*-Blick zu, aber ich gab nicht nach.

»Tab, es ist alles gut. Wir haben Freunde. Boyfriends. Wir haben uns – und tolle Noten, genug außerschulische Sachen, unsere Band und die National Honor Society. Wir schreiben für die Schulzeitung, und neulich hat Mrs. Niles gesagt, wir seien ihre Lieblingsschülerinnen …« Auf einmal wurde mir klar, wie schrill und verzweifelt ich klang, und ich hörte auf weiterzureden.

Ich hatte die elfte Klasse zur Hälfte überstanden. Wegen irgendwelcher völlig unverständlichen Annahmen des Schulbezirks war Marc nur zwei Klassen unter uns. Und hatte schockierenderweise in kürzester Zeit die gesamte Schule in seinen Bann gezogen.

»Warum zur Hölle haben mich in den letzten zwei Wochen drei Mädchen – von denen eins im letzten Schuljahr ist – nach seiner Nummer gefragt? Warum hängt die halbe Fußballmannschaft *bei mir zu Hause* mit ihm ab?«

Ich blinzelte erstaunt. »Ist Marc nicht gerade erst ein Freshman?«

»Ja!«

»Hmm. Vielleicht solltest du seine Kontaktdaten dann eher nicht einer Senior geben.«

»Ich gebe seine Nummer weder einer Senior noch sonst einem Mädchen, aber ich muss verstehen, *warum* sie sie haben wollen und *warum* er einen riesigen Freundeskreis hat, der anscheinend nichts Besseres zu tun hat, als um sieben Uhr morgens bei uns vorbeizukommen und ihn zur Schule zu fahren!«

Ich schloss die Lider und versuchte, mir das Bild Marc Comptons vor Augen zu rufen. Er war inzwischen weniger kindlich als noch vor einem Jahr, so viel war klar. Seine Stimme war nicht mehr so piepsig und überschlug sich auch nicht mehr so oft. Er hatte ein irgendwie schiefes Lächeln und schien sich in seinem Körper wohlzufühlen, und wenn ich es wirklich drauf anlegte, konnte ich vielleicht sogar nachvollziehen, was diese Mädchen an ihm fanden. »Na ja, sein Aussehen ist wohl inzwischen dort angekommen, wo es hinwollte. Er ist sportlich und charismatisch, und wahrscheinlich macht es Spaß, mit ihm abzuhängen.«

»Ich habe mit meinen eigenen Augen gesehen, wie er eine Schnecke geküsst hat.«

»Oh, ich war dabei. Ein meinungsprägender Moment, den diese Mädchen nicht miterlebt haben. *Wir* kennen den wahren Marc, aber wer sonst kann das von sich behaupten?«

Tabitha verdrehte die Augen, murmelte etwas davon, dass die Menschheit verloren war, und dehnte weiter ihren Quadrizeps.

Doch etwas hatte sich verändert. In der Schule beachtete Marc mich überhaupt nicht mehr – nicht einmal, um sich über mich lustig zu machen –, und ich wechselte in diesem Jahr weniger Worte mit ihm als mit dem Mechaniker bei Jiffy Lube, der mein Auto reparierte. Selbst wenn ein Racheengel vom Himmel gefallen und drei meiner Finger abgehackt hätte, hätte ich unsere Interaktionen noch an einer Hand abzählen können.

Die erste fand in der Cafeteria statt, als ich hilflos meine Taschen abklopfte und zu meinem Schrecken feststellte, dass ich mein Portemonnaie in meinem Spind vergessen hatte.

»Tut mir so leid«, sagte ich zu der notorisch schlecht gelaunten Lunch-Lady. »Ich hole es schnell und bin gleich wieder …«

»Ich mach das schon, Butt Paper«, erklang eine vertraute, aber überraschend tiefe Stimme hinter mir. Eine Handvoll Scheine landete auf meinem Tablett, doch als ich mich umdrehte, um mich zu bedanken, war Marc schon ins Gespräch mit jemand anderem vertieft und ich vergessen.

Das zweite Mal war ein paar Monate später. Ich machte gerade in der Küche der Comptons meine Hausaufgaben und hatte jemanden hereinkommen hören, sah jedoch nicht auf, weil ich davon ausging, es wäre Tabitha. Als ich ein paar Minuten später den Blick hob, stand er direkt vor mir und starrte mich schweigend an, mit einem sanften Lächeln auf den Lippen.

Seltsam.

»Ähm, Tabitha telefoniert gerade mit CJ«, erklärte ich.

»Ah.« Das Wort kam ein bisschen heiser heraus, und er räusperte sich. Ich wunderte mich, dass er nicht gleich wieder ging. Stattdessen sagte er: »Niall Holcomb, was?«

»Wie bitte? Oh.« Niall und ich dateten die letzten zwei Jahre an der Highschool. Er war der perfekte erste Freund – immer nett, nie aufdringlich, beschäftigt genug, um nicht zu viel von jemandem zu verlangen, dessen oberste Priorität immer die Wissenschaft sein würde. Mit anderen Worten: von *mir*. Wie Marc spielte er Basketball. Genau genommen hatte Marc sich quasi seinen Platz im Team unter den Nagel gerissen. »Ja«, sagte ich. Ich war überrascht, dass ihm aufgefallen war, dass Niall und ich zusammen waren, da wir uns ziemlich bedeckt gehalten hatten.

Marc presste die Lippen zusammen. »Behandelt er dich gut?«

»… Ja?«

»Ist das eine Antwort oder eine Frage?«

»Ja. Das tut er.« Ich blinzelte verwirrt. »Warum? Willst du mir ein dunkles Geheimnis über ihn verraten? Ist er ein Soziopath? Versteckt er eine Familie grusliger Porzellanpuppen in seinem Spind? Hat er immer Kabelbinder dabei? Fußpilz?«

Marc lachte. »Ich wünschte, das könnte ich. Aber er ist ein echt cooler Typ.«

»Warum wünschst du dir dann, du hättest etwas Ungutes über ihn zu erzählen?«

Er zuckte die Achseln. Erklärte *nicht*, warum. »Was habt ihr eigentlich vor, du und Tab?«

»Ich warte auf sie, damit wir zusammen zu unserer Bandprobe fahren können.«

»Ah.« Er nickte, ging an mir vorbei und holte sich eine Flasche Wasser aus dem Kühlschrank. Er war *so groß*; kaum zu glauben, dass er mal winzig genug gewesen war, um ihn in den Armen zu halten. All das, was noch vor wenigen Jahren in seinem Gesicht im Ungleichgewicht gewesen war, hatte sich in etwas fast verstörend Attraktives verwandelt, besonders in Kombination mit seinen dunklen Haaren und grauen Augen. »Wie läuft's mit der Posaune?«, fragte er.

»Schlecht.«

»Warum?«

»Weil ich sie nicht spielen kann.«

»Komm schon, Butt Paper. Sei nicht so streng zu dir.«

»Dein Ernst, *Marky*? Ich spiele Tuba.«

Ich sah, wie er sich ein Lächeln verkniff. »Ist das nicht das Gleiche?«

»Nope.«

»Wirklich?«

»Wirklich.« Ich holte tief Luft. »Das wird dich wahrscheinlich schockieren, aber deshalb haben sie verschiedene Namen.«

»Kann nicht wahr sein.« Er schüttelte den Kopf und versuchte gar nicht mehr, seine Belustigung zu verbergen.

»Wollen wir wetten?«

»Was ist dein Wetteinsatz?«

»Wenn ich recht habe«, sagte ich ihm, »wirst du den ganzen Sommer lang Dads Rasen mähen.« Das hasste ich so sehr. Ich würde eine Million andere Hausarbeiten übernehmen, um dem zu entgehen.

»Klingt fair. Aber wenn ich recht habe …« Er zögerte. Das amüsierte Beinahe-Lächeln, das sich dauerhaft auf seinem Gesicht breitgemacht zu haben schien, verblasste plötzlich. Einen Augenblick wirkte er fast nervös. Aber auch sehr entschlossen.

»Ja?«, hakte ich nach, ein bisschen atemlos.

»Wenn ich recht habe, dann wirst du auf ein …«

Ich bekam seinen Wetteinsatz nie zu hören, denn in diesem Moment kam Tabitha herein und unterbrach uns. Aber Marc muss wohl unabhängige Recherche betrieben und sich über Blasinstrumente informiert haben, denn obwohl ich ihn nie bei mir zu Hause sah, musste ich in diesem Jahr kein einziges Mal den Rasen mähen.

*

In meinem Abschlussjahr gab es große und kleine Momente mit ihm.

Als das Mädchen, das er datete, mich als Bitch beschimpfte, weil ich sie aus Versehen angerempelt hatte, machte er in weniger als zehn Minuten mit ihr Schluss.

Als ich bei Tabitha übernachtete und nach einem Alptraum nicht wieder einschlafen konnte, fand mich Marc, der sich gerade ein Glas Wasser holte, auf der Couch zusammengekauert, saß stundenlang bei mir und lenkte mich von meinem Alptraum ab, indem er mir die Hintergrundgeschichten jedes Non-Playable-Characters in seinem Lieblingsvideospiel erzählte.

Als ich aus dem Krankenhaus den Anruf bekam, dass es mit meiner Grandma zu Ende ging, weiß ich nicht mehr, was mein Dad am Telefon sagte oder wie ich die Situation den Comptons erklärte. Dieser Tag und die darauffolgenden sind völlig verschwommen, und die einzig bleibende Erinnerung ist, wie Marc jenseits aller Tempolimits fuhr, um mich so schnell wie möglich ins Krankenhaus zu bringen, und die ganze Zeit über meine Hand hielt.

Alles in allem bin ich nicht sicher, ob Marc und ich in unserer Jugend Freunde waren. Aber irgendwie war er immer da, wenn ich ihn brauchte.

Ich brauchte sehr, sehr lange, um zu erkennen, dass das kein Zufall war.

Zum Abschlussball kam Marc mit Maddy Rogers als Date, einem sehr schönen, netten, beliebten Mädchen, das es geschafft hatte, Jahrgangsbeste zu werden, sich aber nie hatte merken können, dass mein Name nicht Amy war.

Tabitha und ich waren so damit beschäftigt, was nun auf uns zukäme, dass wir es kaum zur Kenntnis nahmen. Ich würde nach Berkeley gehen, Tabitha und CJ nach Colorado. Niall hatte ein Stipendium fürs Bennington College, und keiner von uns beiden zeigte Interesse daran, es mit einer Fernbeziehung zu versuchen. Dennoch fühlte sich das Ende der Highschool wie ein ziemlich bedeutsamer Meilenstein an, und nachdem wir jahrelang fast widerwärtig brav gewesen waren, beschlossen wir, uns ein bisschen auszutoben. Tabitha und ich logen unsere Eltern an und behaupteten, wir würden beieinander übernachten. Dann nahmen wir unseren hart erarbeiteten Lohn von dem

Frozen-Joghurt-Shop, wo wir jobbten, legten mit CJ und Niall zusammen, buchten zwei Hotelzimmer und …

Wurden erwischt.

Jener Augenblick, in dem wir die Hotellobby betraten und Tabithas Eltern auf uns warten sahen, wird als eine der demütigendsten Szenen der Menschheit in die Geschichte eingehen.

»Woher wusstet ihr, dass wir hier sein würden?«, fragte Tabitha ihre Mom vom Rücksitz aus.

»Jamies Dad hat angerufen, um mit ihr zu reden. Und so ist euer ganzes Schloss aus Lügen zusammengebrochen.«

Ich vergrub das Gesicht in den Händen und wünschte mir einen schnellen Tod.

»Schloss?«, schnaubte Tabitha. »Es war ja kaum eine Hütte. Wir wollten uns nur ausnahmsweise mal mit unseren Freunden treffen. Achtzehn Jahre lang waren wir die reinsten Engel! Wir haben kein einziges Mal versucht, uns davonzuschleichen …«

»Wahrscheinlich seid ihr deshalb so schlecht darin«, merkte Mr. Compton an. Guter Punkt.

»Aber wie habt ihr rausgefunden, welches Hotel wir gebucht hatten?«, fragte ich langsam. In einem weiteren kleinen Akt der Rebellion hatte ich einen winzigen Bissen von CJs Haschbrownie gegessen, was mein Hirn träge und meine Umgebung ein bisschen zu zäh machte.

»Haben wir nicht. Aber Marc hat gesagt, dass die meisten Seniors dort hingehen, es war also eine wohlbegründete Vermutung.«

Tabitha sagte nichts, aber selbst in meinem benommenen Zustand machte es mir Angst, wie sich ihr gesamter

Körper zu einem Hammer anspannte. Und nachdem uns ihre Eltern zu ihnen nach Hause gefahren hatten (mit dem Versprechen: »Morgen früh, wenn ihr aufwacht, wird Jamies Dad auch da sein, und dann werdet ihr richtig angeschrien«), zögerte sie nicht. Marc schlief schon. Aber Tabitha, angetrieben von Mikes Hard Lemonade und den alkoholabbauenden Enzymen, mit denen sie noch klarkommen musste, platzte in sein Zimmer und schaltete das Licht ein.

»Ich fass es nicht, dass du es ihnen verdammt noch mal erzählt hat«, fauchte sie ihren Bruder an.

Ich folgte ihr und schloss die Tür hinter mir, denn ich wusste, dass wir noch mehr Ärger bekommen würden, wenn die Comptons die beiden streiten hörten.

Als ich mich umdrehte, saß Marc mit freiem Oberkörper und trüben Augen auf der Bettkante. Er fuhr sich mit der Hand durch die Haare, gähnte ausgiebig, stellte sich jedoch nicht dumm. »Komm schon, Tab«, sagte er.

»*Komm schon?* Warum versuchst du ständig, mein Leben zu ruinieren?«

»Sie haben es selbst rausgefunden. Und ihr zwei wart noch spät unterwegs und seid nicht an eure Handys gegangen. Sie hätten die Polizei gerufen.«

»Also hast du ihnen von dem verdammten Hotel erzählt.«

»Ich hab ihnen gesagt, wo andere Seniors hingehen. Ich hatte keine Ahnung, was ihr zwei treibt. Aber wenn ihr vorhabt, wie normale Menschen zu leben und euch öfter zu verdrücken, bringe ich euch gern bei, wie man sich *nicht* erwischen …«

»Du konntest mir nicht mal diese eine Sache lassen, was?«

»Tab …« Er verdrehte die Augen. »Geh einfach ins Bett.«

»Nein! Wie würdest du dich fühlen, wenn ich dich verpfeifen würde? Wie würdest du dich fühlen, wenn ich deine Geheimnisse verraten würde?«

Marc stand auf und breitete die Arme aus. »Nur zu, aber ich habe keine. Kann ich jetzt weiterschlafen? Es ist nicht meine Schuld, dass ihr zwei in eurem hohen Alter noch Jungfrauen …«

Tabitha bewegte sich so schnell, dass ihr glitzerndes Kleid an eine Sternschnuppe erinnerte. Sie packte die Schublade von Marcs Schreibtisch, holte eine Schachtel heraus und warf sie vor seinem Bett zu Boden.

Die Schachtel ging auf, und ein paar Dutzend Papiere segelten heraus.

Fotos. Sehr viele. Fotos von …

Ich blinzelte.

War das …?

»Du Arschloch«, knurrte Tabitha. »Hat es Spaß gemacht, mich bei Mom und Dad zu verpetzen? Das hoffe ich für dich, denn ich genieße es sehr, meiner besten Freundin zu erzählen, dass du total in sie verknallt bist. Besonders da sie weiß, dass du nur ein fieses Stück Scheiße bist!«

Ich blickte in der festen Erwartung zu Marc auf, dass er in Gelächter ausbrechen und es abstreiten würde. Doch er hatte keine schlagfertige Erwiderung parat, keinen Seitenhieb. Sein Kiefer verkrampfte sich, als würde er die Zähne zusammenbeißen. Sein Blick blieb auf Tabitha gerichtet, und kurz hatte ich Angst, dass dieser Streit auf eine Art eskalieren würde, mit der ich nicht umgehen konnte. Doch dann sagte er: »Verschwinde aus meinem Zimmer, bevor ich Mom und Dad auch noch sage, dass du betrunken bist.«

»Arschloch«, wiederholte Tabitha und stürmte in einer Woge funkelnder Pailletten hinaus.

Sie ließ mich allein, und ich biss mir auf die Innenseite meiner Wange, bevor ich zaghaft fragte: »Bin das wirklich ich? Auf den Bildern?«

Marc tat etwas, was ich seit etwa zehn Jahren nicht mehr gesehen hatte: Er *errötete*.

»Mein Gott, Jamie.« Sichtlich nervös fuhr er sich mit der Hand übers Gesicht. Es war das erste Mal seit … einer Ewigkeit, dass er meinen richtigen Namen benutzt hatte.

Ich kniete mich hin. Das Kleid, das ich zum Abschlussball getragen hatte, bauschte sich um meine Beine, eine Pfütze aus blauem Tüll und Perlen. Behutsam hob ich eins der Fotos auf. »Daran kann ich mich erinnern. Das ist von …«

»Dem Buchstabierwettbewerb, den du gewonnen hast.« Auch er ging in die Knie. Überraschend sorgsam packte er die Fotos zurück in die Schachtel, als wären sie sein sicherer Hort. Sein Schatz. Nicht für die Augen gewöhnlicher Sterblicher bestimmt.

»Warum?«, fragte ich.

»Warum?« Er hielt inne und begegnete meinem Blick. »Hast du mich gerade wirklich gefragt, warum? Bist du high oder so?«

»Ähm, ja. Könnte sein.« Bestimmt lag es an dem Haschbrownie, dass ich mich so weggetreten fühlte. Als wäre das jemand anderem passiert und ich würde mir nur eine Aufzeichnung ansehen. »Wie ernst ist es dir damit?«, fragte ich sachlich und deutete auf die Schachtel.

Er zog eine Augenbraue hoch. »Was denkst du?«

Sehr, schlug mein lahmes Hirn vor.

»Aber bild dir nicht zu viel darauf ein«, fügte er ein bisschen kalt hinzu. »Ich stecke wahrscheinlich einfach in einer seltsamen psychosexuellen Entwicklungsphase fest. Ich werde darüber hinwegkommen.«

Richtig. Wahrscheinlich. »Ich …«

»Kannst du jetzt bitte verschwinden?« Er stand auf. Stellte die Schachtel vorsichtig zurück in die Schublade. »Bis meine Psycho-Schwester und ihre Psycho-Freundin reingeplatzt sind, habe ich geschlafen.«

»Oh. Ja. Ich … tut mir leid.« Ich brauchte ein paar Versuche, um mich aufzurichten. Völlig desorientiert machte ich mich auf den Weg hinaus.

Blieb stehen, als ich ihn sagen hörte: »Jamie.«

Wandte mich zu ihm um.

Marcs Mundwinkel zuckten. »Da die Sache nun eh raus ist …« Er nahm sein Handy vom Nachttisch, hob es hoch und machte ein Foto.

Von mir.

In meinem Ballkleid.

»Ich wollte dich und Tab wirklich nicht in Schwierigkeiten bringen«, murmelte er. »Aber ganz eigennützig bin ich froh, dass du die Nacht nicht mit Niall verbracht hast.«

»Ich … warum?«

»Weil ich, als ich dich vorhin in diesem Kleid gesehen habe …« Er atmete langsam aus. Schüttelte den Kopf. »Er hat dich nicht verdient. Niemand hat das.«

Niemand. »Was ist mit dir?«

»Ich verdiene dich am allerwenigsten. Aber ich will dich am meisten. Und ich werde nicht aufgeben. Wie weit ich für dich gehen würde … Eines Tages werde ich es dir zeigen.«

Einen langen Moment stand ich da wie erstarrt.

Dann: »Du kannst jetzt gehen«, sagte er sanft.

Also ging ich.

*

An: Marc.Compton@gmail.com
Von: Jamie.Malek@gmail.com

Hey Marc,

es ist so lange her! Ich hab dich in deinem zweiten Jahr an der Highschool überhaupt nicht gesehen, weil du diesen Schüleraustausch nach Singapur gemacht hast, und dieses Jahr war ich zu beschäftigt mit meinen Praktika, um über die Feiertage nach Illinois zu fahren. Tabitha hat mich auf dem Laufenden gehalten, und ich wollte dir zu deinen College-Zusagen gratulieren. Du wirst Boston bestimmt lieben!

Hugs,
Jamie

Von: Marc.Compton@gmail.com
An: Jamie.Malek@gmail.com

Danke, Butt Paper. Hoffe, bei dir läuft alles super.

Gesendet von meinem iPhone

Das nächste Mal sah ich Marc mit einundzwanzig. Es war in den Winterferien, zweieinhalb Jahre nach unserer letzten Begegnung. Und ich war alles andere als bereit dafür.

Ich hatte gehört, dass er reifer geworden sein sollte. Auch er war erwachsen geworden und das nicht nur, weil er vor dem Gesetz als volljährig galt.

CJ und ich haben Marc in Boston besucht, und wir hatten tatsächlich Spaß. Irgendwie kamen wir auf den ganzen Mist zu sprechen, den er früher gebaut hat, und dann hat er sich allen Ernstes ungefähr eine Million Mal entschuldigt???, hatte mir Tabitha im Sommer getextet. Das macht mir echt Sorgen. Ich meine, wer bin ich denn überhaupt, wenn man mir den Hass auf meinen kleinen Bruder nimmt? Was soll dann der Kern meiner Identität sein?

Und: Warum ist er bloß in allen Dingen so gut? Gott, vielleicht bin doch ich das schwarze Schaf der Familie.

Und: Ich hatte einen Streit mit CJ, und Marc hat angeboten ihn zu verprügeln. Das ist das Süßeste, was je irgendjemand für mich getan hat.

Als Dad, seine aktuelle Freundin und ich die schneebedeckte Einfahrt der Comptons zu ihrer Weihnachtsfeier hinaufliefen, machte ich mich auf einen neuen, verbesserten Marc gefasst.

Womit ich allerdings nicht gerechnet hatte, war, dass mein Herz aussetzen und meine Knie weich werden würden.

Denn: Er war zwar immer noch Marc. Immer noch der Junge, der unablässig die Nationalhymne gerülpst und Zahnpastakleckse im Waschbecken hinterlassen hatte. Aber er war ebenso sehr geprägt von den letzten paar Jahren seines Lebens, in denen ich ihn nicht gesehen hatte. Insofern war er derselbe und doch anders, und …

»Hey, Butt Paper«, sagte er, nichts als Zuneigung in der Stimme. Und schon lag ich in seinen Armen, mich zu ihm hinaufreckend, und konnte nicht glauben, wie groß und massig er war, das Kratzen seines Stoppelbarts an meiner Wange, seine warme Umarmung, die mich umfing.

»Wow«, murmelte ich an seiner Schulter.

»Wow?« Seine tiefe Stimme in meinem Ohr. Ich fühlte, wie er mich noch näher an sich zog.

»Es ist nur … Ich glaube, ich habe dich tatsächlich vermisst?«

Ein leises Lachen rumpelte aus ihm hervor. Es drang durch meinen Mantel, direkt in meine Brust. Nord-Illinois Ende Dezember, und mir war plötzlich heiß. »Warum überrascht dich das so?« Er zog sich zurück. Schüchtern oder unsicher war er nie gewesen, aber dieses neue Lächeln schien so was von unerschütterlich und selbstbewusst, dass ich kaum die Augen davon abwenden konnte.

»Ich weiß nicht.« Ich zuckte die Achseln. Sammelte mich. »Ich hätte einfach nicht gedacht, dass ich jemanden vermissen würde, der meinen Computer so programmiert hat, dass die Tastatur jedes Mal *Hodensack* schrieb, wenn ich *er* tippte.«

»O Mann, das war so ein guter Makrobefehl. Ich wette, ich hab den noch irgendwo.« Sein Blick ruhte still auf mir. Verwandelte sich in etwas … Begierigeres. »Ich hab dich auch vermisst, Jamie.«

»Ja?«

Er zögerte, und als er den Mund erneut öffnete, war Mrs. Compton da, nahm mir meinen Mantel ab und machte so viel Wirbel um mich, dass ich bis zum Abendessen keine Gelegenheit mehr hatte, ungestört mit Marc zu reden. Es war ein schönes Essen, aber dass etwas in der Luft lag, war offensichtlich – irgendein schon länger andauernder Konflikt in der Compton-Familie, von dem ich nichts mitbekommen hatte und den ich erst gegen Ende allmählich zu erfassen begann.

»… kein Grund, das Studium hinzuschmeißen«, sagte Mr. Compton, als ich mich seiner Seite des Tisches zuwandte.

»Doch, ist es«, entgegnete Marc ruhig. »Ich kann jederzeit an die Uni zurückgehen, wenn ich will. Aber die Business Angels werden nicht ewig warten.«

»Könntest du nicht beides machen?«, fragte Tabitha. »Studium *und* das Start-up?«

Marc schüttelte den Kopf. »Nicht, wenn ich dem Unternehmen den bestmöglichen Start geben will.«

»Aber du hast doch gesagt, dass die Tech schon entwickelt ist.«

»Was ist das überhaupt für eine Technologie?«, fragte Dad.

»Ein Datenübertragungssystem. Viel schneller und effizienter als alles andere, was derzeit auf dem Markt ist.« Marc beschrieb es bis ins kleinste Detail. Ich konnte sehen, wie die Informationen über die Köpfe aller Anwesenden hinwegflogen, aber ich hatte genügend Kurse in Computerwissenschaften belegt, um beeindruckt zu sein.

»Wenn die Technologie so gut ist, wie du sagst«, unterbrach ihn Dads Freundin, »hast du schon mal überlegt, sie an jemand anders zu verkaufen? So könntest du das Studium abschließen, während andere es auf den Markt bringen.«

Mr. Comptons Gesicht leuchtete auf. »Genau das sagen wir ihm schon das ganze Wochenende. Siehst du? Sie meint das auch!«

Marc seufzte und stand auf. »Ich bin gleich wieder da.«

»Wohin gehst du?«, fragte Mrs. Compton stirnrunzelnd.

»Zigarettenpause.«

»Aber du rauchst doch gar nicht.«

Er grinste breit. Eine Sekunde lang bekam ich keine Luft. »Tun wir so, als würde ich rauchen und nicht nur versuchen, meine Ruhe vor euch zu haben.«

Ich wartete ein paar Minuten, bevor ich mich entschuldigte und behauptete, ich müsse aufs Klo. Ich fand Marc auf der Veranda hinter dem Haus, den Kopf zu den Sternen erhoben. Die Luft war so frostig, dass bei jedem Atemzug eine weiße Wolke aufstieg, aber das schien ihm nichts auszumachen. Ich fragte mich, ob Boston so war wie Kalifornien und der Himmel dort auch nie so schön war wie hier zu Hause.

»Ist dir nicht kalt?«, fragte ich.

Er warf mir einen flüchtigen Blick zu, dann wandte er sich wieder den Sternen zu. »Falls du hier sein solltest, um mir meinen Plan auszureden …«

»Ich bin hier, um dich zu fragen, ob ich dir einen Mantel holen soll.«

Er wandte sich zu mir. Dann breitete sich langsam ein Lächeln auf seinem Gesicht aus. »Komm«, sagte er, bedeutete mir, neben ihm auf der Hollywoodschaukel Platz zu nehmen. Als ich neben ihm Platz genommen hatte, so nahe, dass ich seine Wärme spüren konnte, breitete er eine Decke über uns aus, und wir saßen eine Weile in gemütlicher Stille zusammen.

»Wirst du es tun?«, fragte ich schließlich.

»Was tun?«

»Das Studium hinschmeißen.«

Er atmete tief durch. »Ich weiß es nicht. Ich will, aber kein einziger Mensch auf der Welt glaubt, dass es eine gute Idee wäre, also werde ich meine Tech wahrscheinlich einfach verkaufen und …«

»Ich glaube es.«

Er sah mich überrascht an. »Du glaubst es.«

»Ich glaube, dass du das Studium abbrechen solltest.«

»Ach ja?«

»Jep.«

»Na sieh mal einer an.«

»Warum lachst du so?«

»Ich kann nicht anders.« Sein Lächeln raubte mir den Atem. »Die kleine Jamie Malek – lieb und brav, immer strikt nach Vorschrift, die schon seit der ersten Klasse aufs Medizinstudium zustrebt – sagt mir, ich solle mein ganzes Leben in die Luft jagen. Da überkommt mich so ein Gefühl …«

Ich verdrehte die Augen. »Ich denke allerdings, dass du noch ein bisschen am Plan feilen solltest. Du solltest dich beurlauben lassen und das Studium nicht ganz hinschmeißen. Und dir vielleicht eine Deadline setzen – wenn du die Tech nicht bis zu einem bestimmten Datum auf den Markt gebracht hast, gehst du zurück an die Uni. Aber … du solltest nicht aufgeben. Es klingt nach einer tollen Idee, einem tollen Produkt. Und es ist *deine* Idee. Du solltest sie nicht verkaufen müssen, wenn du nicht willst.«

Wieder dieses Zahnpasta-Werbung-Lächeln – perfekt und glücklich und voller Hoffnung. Jungenhaft. »Ja?«

Ich nickte. »Ich habe ein bisschen Geld zurückgelegt. Hauptsächlich, was Grandma mir vererbt hat. Und es liegt nur da, setzt Staub an und wird von der Inflation angefressen, also …«

»Jamie. Nein.«

»Ja.«

»Ich habe Geldgeber. Ich brauche kein …«

»Ich weiß. Ich bitte dich um die Chance, in ein Private-Equity-Unternehmen zu investieren. Ich tue es lieber, um jemanden zu unterstützen, an den ich glaube, jemanden, den ich kenne und an dem mir etwas liegt, als …«

»Wir haben uns in den letzten Jahren kaum gesehen.«

»Stimmt wohl, aber ich weiß, wer du bist. Hab ich immer. Du verstehst, was ich meine, oder?«

Das tat er. Da war ich mir vollkommen sicher. Ich konnte es förmlich in der Art spüren, wie sich sein Körper auf einmal versteifte. »Behalt dein Geld«, sagte er nach langem Schweigen, die Stimme tief und rau. Seine Hand legte sich unter der Decke auf mein Knie. Schloss sich darum. Sandte heiße Schauer meine Schenkel hinauf und in meinen Bauch. »Und lass mich dich zu einem Date ausführen.«

Ohne dass ich je darüber nachgedacht hätte, schrie mein gesamter Körper: *Ja.* Ich schloss die Augen, schluckte das Wort hinunter und zwang mich, amüsiert zu klingen. »Was soll das werden? Sozialdienst im Altersheim?«

»Du bist zwei Jahre älter als ich, Jamie.«

»Einundzwanzig oder neunzehn ist ein großer Unterschied.«

»Ja, natürlich. Du könntest meine Mutter sein. Geh trotzdem auf ein Date mit mir.«

»Marc. Du lebst in Boston«, sagte ich statt *Nein.*

»Nicht mehr lange. Und du wirst in Berkeley Medizin studieren …«

»Ich hab noch keine Zusage bekommen.«

»Komm schon, Jamie. Ich kenne dich genauso gut wie du mich. Du wirst an der University of California Medizin studieren, und wenn ich mich beurlauben lasse, ziehe ich wahrscheinlich an die Westküste. In die Bay Area. Alles in Sachen Tech spielt sich dort ab. Und dort bist *du.*«

Er war immer noch so stur. Entschlossen. Die pure Zielstrebigkeit.

Sie weckte den Wunsch in mir, mich an ihn zu schmiegen. Nach einem Kuss zu fragen. Ihn selbst zu küssen. Aber … »Ich habe einen Freund.«

»Schön für ihn. Er kann sich verpissen.«

»Marc.«

»Nein, ich mein's ernst. Wie heißt er?«

»Shane.«

»Shane kann sich direkt verpissen.«

Ich musste lachen. Hasste mich dafür.

»Hör mal, Jamie, date uns beide. Damit komme ich klar. Und entscheide dich dann für den Besseren.«

Ich schnaubte. »Du bist dir verdammt sicher, dass ich dich wählen würde.«

»Oh, Süße. Das bin ich.« Er beugte sich näher zu mir, und mein Herz drohte zu explodieren. Ich konnte seinen Atem auf der Wange spüren. Seine Hand glitt die Innenseite meines Schenkels hinauf. Hitze durchströmte mich. »Dafür würde ich sorgen.«

»Ich … ich kann nicht, Marc.« Ich musste mich mit Gewalt von ihm losreißen. Ich rutschte ans andere Ende der Schaukel, denn vielleicht konnte ich es nicht, doch ich wollte es *so sehr.*

Langes Schweigen. Ein tiefes, frustriertes Seufzen. Dann nickte er und sagte: »Es wäre sowieso nicht richtig. Das war nicht der Plan. Ich sollte mich daran halten.«

Ich blinzelte verwirrt. »Welcher Plan?«

»Die Sache ist die: Du bist perfekt, Jamie. Absolut fantastisch – das warst du schon immer. Du hast mich schon immer umgehauen. Und ich glaube, ich bin noch nicht ganz da, wo ich sein sollte. Ich will dich verdient haben.«

»Ich … verstehe nicht.«

»Ich werde es richtig machen. Ich werde diese Firma gründen und die Tech erfolgreich auf den Markt bringen.« Sein Lächeln war fest entschlossen. »Und wenn ich das Gefühl habe, so weit zu sein, werde ich dich um eine Chance bitten.«

»Marc, ich … Nein. Ich bin nicht perfekt. Überhaupt nicht.« Ich schüttelte den Kopf, als ich an die schwere Depression dachte, in die ich im zweiten Studienjahr verfallen war, wie einsam und ängstlich ich mich manchmal fühlte, wie ich ständig hinterfragte, ob ich wirklich gut genug war, um Ärztin zu werden. Dass es mir, nachdem ich ein Leben lang immer wieder zurückgelassen worden war, so gut wie unmöglich erschien, darauf zu vertrauen, dass jemand bei mir bleiben würde. Selbst Tabitha und ich standen uns nicht mehr so nahe wie früher, und trotz all meiner Bemühungen schien unsere Bindung mit jedem Jahr schwächer zu werden. »Dein Eindruck von mir … Ich bin nicht wirklich die Person, für die du …« *Geschwärmt hast*, sprach ich nicht laut aus. Aber er verstand es auch so.

Und sagte: »Schon gut, Jamie. Zumal ich ebenso wenig dieselbe Person bin, die den Großteil ihres Lebens in dich verliebt war.«

Mein Herz hämmerte gegen meine Rippen. Ich sah zu, wie Marc aufstand. Seinen Teil der Decke über meine Knie breitete. Mir zuflüsterte: »Und du bist immer noch das Schönste, was ich je gesehen habe.«

Er beugte sich herunter und drückte mir einen Kuss auf meine erhitzte Wange, dann ging er zurück ins Haus.

Vier Jahre später war Marc Evan Compton auf dem Cover der *Forbes*.

Und fünf Jahre später ging alles kaputt.

Kapitel 3

Jamie, alles okay?«

Ich sitze mit angezogenen Beinen an dem einen Ende des Sofas, so weit wie möglich von Marc entfernt, und versuche, das Heulen des Windes zu ignorieren, das sich zu einer beängstigenden Lautstärke gesteigert hat; die bedrohlichen Geräusche des Sturms, der die Bäume zum Peitschen bringt.

Ich lenke mich ab, indem ich den wunderschön beleuchteten Weihnachtsbaum anstarre, der auf dieselbe klassische Art geschmückt ist, die Marcs Mom schon früher bevorzugt hat. Dann bemerke ich die Schneewehen, die wild am Fenster vorbeiwirbeln, und muss die Augen zukneifen.

Ich war schon immer ein bisschen zartbesaitet. Hatte Angst vor Gewittern. Dunkelheit. Alpträumen. Lauten Geräuschen. Als wir noch klein waren, hat Marc mich damit aufgezogen – aber dann war er wie durch ein Wunder immer da, wenn ich das kleinste Anzeichen von Furcht zeigte, und blieb an meiner Seite, bis der Panikanfall vorbei war.

»Jamie.«

Ich öffne die Augen, und Marc kniet neben mir, die grauen Augen von Sorge erfüllt.

Ganz ehrlich, er hatte recht. Jetzt draußen zu sein wäre gefährlich, und es ist das Beste, mich nicht vom Fleck zu rühren. Obwohl mit ihm hier festzusitzen für mich die Hölle ist, in der nur ein winziges Stückchen Himmel zu sehen ist.

Für ihn ist es bestimmt die reinste Hölle, erinnert mich eine stichelnde Stimme. *Angesichts dessen, wie du ihn letztes Mal behandelt hast. Angesichts seiner Reaktion auf deine Entschuldigung – oder besser gesagt, seiner nicht vorhandenen Reaktion.*

»Ich hab dich letzten Monat im Fernsehen gesehen«, platze ich heraus. Ein bisschen unerwartet, aber das Gesprächsthema ist wenigstens völlig neutral.

»Ja?« Er lächelt, als sei er erleichtert, dass ich endlich mit ihm rede. »Bei *Dateline*?«

»Natürlich.«

»Verdammt.«

»Nein, Moment … Ich glaube, es war *To Catch a Predator.*«

»Ach, komm schon.«

»Okay, schon gut. Es war deine Aussage vor dem Kongress. Die Sonderanhörung wegen dieses ganzen … Silicon-Valley-Krams.«

»Ich hätte dich nicht für den Typ Mensch gehalten, der sich den ganzen Tag Jura-TV-Content reinzieht.«

»Wie bitte? Ich lebe für Rund-um-die-Uhr-Berichterstattung über den US-Kongress.«

»Ach ja. Wie konnte ich das vergessen?« Er sieht mich lange und voller Zuneigung an.

Das verstehe ich nicht.

»Willst du eine ehrliche Antwort?«, frage ich, damit er damit aufhört. »Ich bin daran hängen geblieben, als ich für einen meiner Patienten nach dem Cartoon-Sender gesucht habe.«

»Ah. Das passt. Du arbeitest wirklich immer.« Sein Ton hat etwas an sich – als wandere er auf dem schmalen Grat zwischen Mit-mir-Lachen und Mich-Auslachen und fordere mich heraus, an unser letztes Gespräch zurückzudenken.

»Hast du wirklich so viel zu tun, Jamie? Oder einfach Angst?«

So viel zu sicheren Themen. »Hat es Spaß gemacht? Die Zeugenaussage?«

»Einem uralten Senator, der keine Ahnung vom Internet hat, zu erklären, warum Kryptowährung etwas Schlechtes ist, hat etwas für sich, ja.«

Ich lache leise. »Das glaub ich dir gern. Und wie läuft es mit den …« Ich wedele vage mit der Hand. »Aktien?«

»Welchen?«

»Ähm … deinen?«

Sichtlich amüsiert lehnt er sich zurück. Sein Gesicht erinnert mich an ein Foto von ihm bei irgendeinem Interview oder einem Kongress, das ich vor ein paar Monaten online gesehen habe. Er sah so gut aus, dass ich sicher war, es wäre gephotoshopt.

Offensichtlich lag ich falsch.

»Möchtest du wissen, was ihr Marktwert bei der letzten Bilanz war?«

»Ähm, ja. Klar. Obwohl ich nicht sicher bin, wie Aktien funktionieren, also würde ein *gut* oder *schlecht* reichen.«

»Gut.« Er mustert mich neugierig. »Du hast dir dein Geld nie auszahlen lassen, Jamie.«

»Hm?«

»Als ich die Firma gegründet habe, hast du darauf bestanden, in sie zu investieren. Und dann hast du deine Wertpapiere nie verkauft, obwohl sie dir ziemlich viel einbringen könnten.«

»Richtig.« Ich rutsche auf dem Sofapolster hin und her. »Ich weiß. Ich bin noch nicht dazu gekommen, aber ich hab schon darüber nachgedacht.«

»Ach ja?«

Nein, habe ich nicht – nicht ein einziges Mal. Denn selbst wenn ich es vermasselt habe, selbst wenn ich nicht mit Marc zusammen sein kann, gefällt mir die Vorstellung, dass es etwas gibt, das uns verbindet. Und wenn dieses Etwas börsengehandeltes Kapital sein muss, dann soll es eben so sein.

»Du siehst nicht gut aus, Jamie«, sagt er nach einer langen Pause so leise, dass ich ihn durch das Rauschen des Windes kaum verstehe.

»Hast du mir gerade gesagt, dass ich *schlecht* aussehe? Ist das die Rückkehr in unsere Butt-Paper-Zeiten?«

»Du siehst nicht schlecht aus«, stellt er richtig. »Dazu bist du gar nicht fähig. Aber du wirkst so erschöpft, wie ich dich noch nie gesehen habe. Alles okay?«

»Ja. Ja, Marc, ich bin nur …« Ich zucke die Achseln, als wäre nichts wirklich von Bedeutung. »Also, es ist manchmal schwer. Ich dachte, es würde mit der Zeit leichter werden, aber je weiter ich in meiner Facharztausbildung vorankomme … Ich muss viele Überstunden machen, und meine Patienten sind so jung, und manchmal sind sie nicht …

manchmal kann ich nicht viel für sie tun. Und dann gehe ich nach Hause und bin völlig am Ende, kann aber nicht schlafen, weil ich an nichts anderes denken kann, und ich will nicht mit meinem rotierenden Gehirn allein sein, also gehe ich ins Gym, und wenn ich zurückkomme, bin ich erst recht zu müde, um zu schlafen, und …« Ich zucke erneut die Achseln. Wahrscheinlich Overkill. »Wow. Könntest du bitte alles vergessen, was ich gerade gesagt habe? Denn ich bin mir ziemlich sicher, dass ich wie ein totaler Loser klang.«

»Nicht wie ein Loser. Nur einsam.«

Sein Ton ist weder spöttisch noch vorwurfsvoll, und dennoch habe ich das Gefühl, mich verteidigen zu müssen. Besonders nach unserem letzten Gespräch. »Aber das bin ich nicht. Ich habe eine Mitbewohnerin, mit der ich mich gut verstehe. Und viele Freunde. Und Kollegen, die …«

»Das stelle ich doch gar nicht infrage. Und trotzdem kannst du einsam sein.«

Ich sehe auf meine Knie hinunter, nicht gewillt, mir einzugestehen, wie recht er damit hat, aber er hebt sanft mein Kinn an und zwingt mich, ihm in die Augen zu sehen.

»Du weißt, dass du mich jederzeit anrufen kannst, oder? Selbst wenn du nicht …« Er atmet tief durch. Ich sehne mich so sehr danach, ihn zu berühren, dass mein Herz womöglich explodieren wird. »Ich weiß, das haben wir alles schon durchgekaut. Aber selbst, wenn du nicht *auf diese Art* mit mir zusammen sein willst … bin ich immer noch dein Freund, Jamie. Du kannst mich anrufen.«

Kann ich das, Marc? Kann ich dich anrufen? »Ich bin mir nicht sicher, ob das stimmt«, sage ich und richte mich auf.

»Es stimmt.« Sein Blick ist fragend. »Das kannst du. Jederzeit.«

»Aber so war es nicht in der Vergangenheit.« In meiner Brust platzt eine Blase der Verbitterung. »Zumindest nicht *jederzeit.*«

Marc beugt sich vor. »War es nicht? Was meinst du …?«

Und natürlich erreicht das Rauschen des Windes in diesem Moment seinen Höhepunkt, und alle Lichter gehen aus.

Kapitel 4

Der Strom ist in der gesamten Nachbarschaft ausgefallen. Sie arbeiten daran, die Leitungen zu reparieren«, sagt mir Marc, nachdem er in der App nachgesehen hat, aber das habe ich mir nach Dads Nachricht schon selbst zusammengereimt.

DAD: Kein Strom! Alles okay?
ICH: Jep. Bin bei Marc in Sicherheit.
DAD: Vielleicht ist es besser, wenn du noch eine Weile dortbleibst.

Ich seufze und zwinge mich nicht zu tippen: Na so was! Denkst du echt, Dad?

Er war wirklich ein liebevoller Vater. Ich weiß, dass er immer sein Bestes gegeben hat, und im Gegenzug gebe ich mir Mühe, ihm keine Vorwürfe zu machen, dass er ein bisschen unzuverlässig und selbstbezogen ist und für all die Male, die er vergessen hat, mich von der Schule oder einem Feriencamp abzuholen, bevor ich endlich den Führerschein hatte.

»Ist ja nicht so schlimm«, sage ich Marc und versuche, ungerührt zu klingen. Leider bewirkt das Dämmerlicht schon jetzt, dass ich mich am liebsten unter dem Bett verstecken und mich in den Schlaf wiegen würde. Ist es eigentlich peinlich, als siebenundzwanzigjährige Frau noch Angst im Dunkeln zu haben?

Wahrscheinlich. Vielleicht. Wenn ich mich ganz arg anstrenge, schaffe ich es vielleicht, mich aus dieser Situation herauszuschämen.

»Wenigstens haben wir das Kaminfeuer«, füge ich hinzu. »Etwas Wärme. Und Licht.«

»Ich muss meine Eltern mit dem Konzept von Generatoren bekannt machen.«

»Es überrascht mich, dass du ihnen keinen gekauft hast.«

»Habe ich«, knurrt er. »Aber sie haben ihn noch nicht angeschlossen.«

Verdammt. »Weißt du was?« Ich schalte meine Handy-Taschenlampe ein. Ich fühle, dass ich eine Panikattacke bekomme, und es wäre wahrscheinlich besser, wenn ich dabei allein bin. »Ich werde mal nach Sondheim schauen, nur um sicherzugehen, dass bei ihm alles okay ist. Bin gleich wieder da.«

»Sondheim kann im Dunkeln sehen und hasst alles und jeden. Er hat gerade die beste Zeit seines Lebens.«

»Trotzdem, nur um sicherzugehen …«

Ich versuche, mich an Marc vorbeizuschieben, doch er hält mich am Handgelenk zurück. »Jamie.«

»Ich … was?«

»Du weißt, dass ich nicht irgendein Typ bin, den du auf Tinder kennengelernt hast, oder?«

Ich blinzle ihn verständnislos an. »Ich habe keine Zeit für einen Tinder-Account, und ich habe keine Ahnung, was du damit …«

»Ich weiß, dass du kurz davor bist, eine Panikattacke zu bekommen«, sagt er schlicht. Ich wünschte, ich könnte seinen Gesichtsausdruck besser lesen, aber er steht mit dem Rücken zum Feuer und ist kaum mehr als eine dunkle, in einen rötlichen Schein getauchte Silhouette.

Außerdem wünschte ich, er hätte unrecht. »Ich bekomme keine …«

»Du kaust auf deiner Lippe, und du umklammerst schon seit drei Minuten Moms *Live-Laugh-Love*-Kissen.«

Ich sehe auf meine Hände hinunter, und tatsächlich halte ich das Kissen im Klammergriff. Ich werfe es zurück auf die Couch, als wäre es mit Spinnen übersät, und frage: »Kann ich einfach in dein Zimmer gehen und …«

»Allein eine Panikattacke haben, dann in einer Viertelstunde wieder rauskommen und so tun, als wäre nichts gewesen? Lass mich darüber nachdenken.« Er starrt einen Augenblick in die Ferne, dann wendet er sich wieder mir zu. »Nein, Jamie.« Er zieht mich näher, und ich versuche gar nicht erst, die Erleichterung zu verbergen, die mich überkommt, als meine Wange an seine Brust gepresst wird und er die Arme um mich schlingt. Er ist das Wärmste, was ich je gespürt habe, riecht nach Kiefern und Seife, und langsam, nach und nach, hört mein Herz auf zu rasen.

»Marc?«

»Hmm?«

»Du kannst mich nicht einfach in den Armen halten, bis wir wieder Strom haben.«

»Warum? Gibt es in Illinois ein Antiumarmungsgesetz, von dem ich nichts weiß?«

»Nein, aber … du hast wahrscheinlich Besseres zu tun.«

»Jamie.« Er spricht meinen Namen aus wie ein entschiedenes Nein. Als habe er das ganz und gar nicht. Dennoch ziehe ich mich von ihm zurück, und auch wenn er tief seufzt, lässt er es zu. »Komm, setzen wir uns ans Feuer. Wir können … Ich weiß auch nicht. Ein Spiel spielen, um uns die Zeit zu vertreiben.«

»Ein Spiel? Was denn für ein Spiel?«

»Ich bin sicher, wir finden etwas, um dich abzulenken.«

Meine Wangen werden heiß. Dieses *Etwas* klang irgendwie anzüglich. Ein Hinweis mit offenem Ende, ein ganz kleines bisschen versaut.

»Irgendwo auf dem Dachboden müssten wir noch UNO haben«, fügt er nachdenklich hinzu.

Ich erröte noch heftiger, als mir klar wird, dass alles, was hier versaut ist, meine Gedanken sind, sonst nichts. *Er ist über dich hinweg, Jamie. Du hast es vermasselt. Er sieht dich nicht mehr so.* »Ich weiß nicht, ob jetzt der richtige Zeitpunkt ist, in alten Kisten zu stöbern.«

»Da hast du wohl recht.« Er blickt sich um, als könne sich die Genus-Edition von *Trivial Pursuit* urplötzlich auf dem Couchtisch materialisiert haben. Dann sagt er: »Wie wär's mit *Truth or Drink*?«

»O mein Gott.« Ich platze vor Lachen. »An dieses Spiel habe ich seit Jahren nicht mehr gedacht. Seit der Highschool nicht mehr.«

»Kein Problem. Ich bin sicher, wir schaffen es, uns die Regeln zusammenzureimen.«

Die Regeln – wenn man es denn so nennen will – sind überaus einfach. Die Spieler stellen abwechselnd Fragen. Der jeweils andere kann sich entscheiden, ob er wahrheitsgemäß antworten oder einen Shot trinken will. Nicht gerade komplex, aber das Spiel war der heiße Scheiß, als wir Teenager waren – hauptsächlich auf den Partys, wo Marc groß rauskam und zu denen ich nie eingeladen wurde. »Ich glaube, ich hab es tatsächlich noch nie gespielt.«

»Dafür warst du in der Highschool viel zu gediegen.«

»Ich war nicht ›gediegen‹«, erwidere ich reflexartig. »Ich war nur …«

»Schüchtern, zurückhaltend und fokussiert. Eine People-Pleaserin. Und du hattest Angst, dass dein Dad wütend auf dich wird und dich auch noch verlässt, wenn du was falsch machst.« Er starrt mich an, als würde er mich wirklich sehen. Als hätte er mich die ganze Zeit schon gesehen.

Sein Blick ist zu intensiv.

»Wir können spielen«, sage ich hastig. »Wenn du was findest, das wir trinken können.«

Das tut er – eine Flasche Tequila, noch ungeöffnet, ganz hinten im Schrank. Er bringt sie auf einem Tablett herüber und stellt alles auf dem weichen Teppich vor dem Kamin ab, je ein Shotglas an beiden Enden. Wir setzen uns einander gegenüber, das Tablett in der Mitte, während er uns einschenkt.

Ich bin nicht mehr so angespannt. Hier ist es warm. Gemütlich. Ich fühle mich sicher und geborgen, während der Sturm draußen tobt. Außerdem fühlt es sich seltsam verboten an, so etwas in dem Zimmer zu tun, in dem Marc vermutlich laufen gelernt hat, selbst wenn wir beide längst erwachsen sind. »Warum habe ich das Gefühl, dass deine Eltern jede Minute reinkommen und uns Hausarrest geben könnten?«

»Weil wir uns immer, wenn wir nach Hause kommen, in unser achtzehnjähriges Ich verwandeln?«

»Sehr wahr. Letzte Woche hatte ich den eigenartigen Drang, meine Jahrbücher durchzublättern. Was stimmt nicht mit uns?«

»Das ist ein ziemlich verbreitetes Phänomen. Gestern hat Maddy mir getextet, um zu fragen, ob ich mit ihr in die Highschool einbrechen will.«

»Oh. Und was … was hast du geantwortet?«

Er zieht eine Augenbraue hoch. »Was denkst du, Jamie?« Die Dunkelheit umspielt seine Wangenknochen auf eine Art, die ich nur schlecht verarbeiten kann. Unerhört gut aussehend – das ist es. »Du kannst als Erste eine Frage stellen.«

»Oh. Ähm … Mal überlegen.« Ich blicke auf und mustere das Schattenspiel der Flammen an der Decke. Es gibt eine Million Dinge, die ich über Marc wissen will, aber nur etwa zweieinhalb davon werden mir nicht wehtun. Manchmal kann Unwissenheit wirklich ein Segen sein. »Warum machst du keine Kreuzfahrt mit Tabitha und euren Eltern?«

»Aktionärsversammlung. Vor drei Tagen.«

»Ah.« Ich nicke. »Dann … bist du wohl dran?«

Er zögert keine Sekunde. Es ist, als wäre die Frage schon da gewesen, auf seiner Zunge, bereit, von der Leine gelassen zu werden. »Wann hattest du das letzte Mal Sex?«

Mein Magen krampft sich zusammen. Für einen sehr langen Moment bekomme ich keine Luft. »Ich hätte wissen sollen«, sage ich mit einem bösen Blick, »dass du mit einer sehr persönlichen Frage anfängst.«

Er grinst. »Und ich wusste, dass du deine verschenken würdest, um den Frieden zu wahren. Also, das letzte Mal? Wann?«

Ich trinke meinen Shot *ausschließlich* aus Trotz. Die Sache ist die: Marc weiß, dass Shane und ich uns letztes Jahr getrennt haben, als er mir einen Antrag gemacht hat und ich mich nicht dazu durchringen konnte, Ja zu sagen, weil … weil er ein toller Typ ist, der es verdient, mit jemandem zusammen zu sein, der verrückt nach ihm ist. Idealerweise nicht mit einer Frau, die in einen anderen verliebt ist.

Und ich habe keinesfalls die Absicht, Marc zu verraten, dass es seitdem niemanden mehr gab. »Ich sollte dich auch fragen, wann du zum letzten Mal Sex hattest«, murre ich, während der Tequila noch in meiner Kehle brennt. Ich beobachte seine starken Hände dabei, wie er nachschenkt, und mir wird ein bisschen schwindelig.

»Ist das deine Frage?«

»Nein«, blaffe ich. Ich habe rein gar kein Interesse daran zu erfahren, wie er sich seit unserer letzten Begegnung amüsiert hat. Es gibt etwas anderes, das ich viel lieber wissen möchte. »Dad hat dich mehrmals eingeladen, Weihnachten mit uns zu verbringen. Und du hast immer abgelehnt.«

»Das ist keine Frage«, stellt er fest.

»Warum?«

Er sieht auf sein noch volles Shotglas hinunter. Ich bin überzeugt, dass er trinken wird, doch er begegnet gelassen meinem Blick. »Weil ich nicht sicher war, ob ich über die Feiertage Zeit mit dir verbringen will.«

Seine Worte fühlen sich an wie ein Messerstich ins Herz. Ich balle die Fäuste, um den fast körperlichen Schmerz zu unterdrücken. »Mit … mir? Oder meinem Dad?«

»Keine Anschlussfragen. Jetzt bin ich dran.« Sein Lächeln ist ein bisschen schief, fast grausam. »Bist du glücklich, Jamie?«

»Ich … jetzt gerade?«

»Allgemein.«

»Was ist das für eine Frage?«

»Die Frage, die ich dir stelle.« Er deutet auf mein Glas. »Da ist dein Drink, falls es etwas gibt, das du nicht zugeben willst.«

Also tue ich genau das. Kippe den Alkohol in einem Zug hinunter, dann stelle ich das Glas viel zu fest auf das Tablett zurück. »Bist *du* glücklich, Marc?«, kontere ich, fordere ihn heraus, mich anzulügen oder zu trinken.

Er zögert keine Sekunde. »Nein, bin ich nicht«, antwortet er schlicht. »Ich bin dran.« Er füllt mein Glas wieder auf. Und fragt: »Was würde dich glücklich machen?«

»Ich … Die Frage ist viel zu generisch. Weltfrieden. Welpen. Ein Zauberstab, der Treibhausgase zerstört …«

»Du hast recht«, räumt er ein. »Das war eine schlecht formulierte Frage. Lass sie mich umformulieren: Gibt es irgendetwas, das ich – jetzt in diesem Moment – tun könnte, um dich glücklich zu machen?«

Das Gute ist, dass meine Panik längst verflogen ist. Nun allerdings weicht sie ohnmächtiger Wut – auf niemand anderen als Marc. Ich glaube, ich hasse ihn. Genau genommen bin ich mir sicher, als ich mit zittrigen Händen mein Glas nehme und die klebrige Flüssigkeit ignoriere, die an meinen Fingern klebt. Normalerweise habe ich eine ziemlich hohe Alkoholtoleranz, aber es ist Stunden her, dass ich zum letzten Mal gegessen habe und …

Ich bin noch nicht betrunken, aber die Woge aus Hitze und Ethanol trifft mich mit voller Wucht. Sie schwächt meine Verteidigung und jagt all meine Filter zum Teufel. *Scheiß drauf*, denke ich. Gerade, als ich wieder an der Reihe bin.

»Bist du wütend auf mich?«, frage ich. Oder ist es vielleicht der Tequila? »Wegen dem, was ich dir bei unserer letzten Begegnung angetan habe?«

Sein Gesicht verhärtet sich. »Ja, Jamie. Ich bin *verdammt* wütend auf dich.«

Kapitel 5

Es ist vier Monate her.

An meinem Geburtstag.

Nach der schlimmsten Woche meiner Karriere.

Es war nicht das erste Mal, dass ich einen Patienten verloren hatte. Doch es war noch nie so unerwartet. Ich hätte es wahrscheinlich kommen sehen *sollen*, aber ich war mir so sicher gewesen, dass alles gut werden würde. Dann starb mein Patient, und obwohl mir mein Oberarzt versicherte, dass wir nichts hätten tun können, wusste ich nicht, ob ich mir das je verzeihen könnte. Es war eine harte Schicht nach einer ganzen Reihe harter Schichten, die eine ebensolche Reihe von Zweifeln an meinen Lebensentscheidungen zur Folge hatte und daran, ob ich je fähig sein würde, irgendetwas Komplexeres als einen San-Pedro-Kaktus am Leben zu erhalten. Doch als ich das Krankenhaus verließ, war Marc da, groß und gut aussehend und so *echt*, dass ich eine Sekunde lang dachte: *Das wird schon wieder.*

In den letzten fünf Jahren hatte ich ihn ein paarmal gesehen. Zu Hause natürlich, wenn sich unsere Besuche überschnitten, aber auch hier in der Bay Area. Wir hingen nicht jede Woche zusammen ab, auch nicht jeden Monat. Hin und wieder meldete er sich einfach bei mir, fragte mich, wie es mir ging und führte mich zum Lunch oder Abendessen aus.

Das folgte stets einem interessanten, sorgsam arrangierten Ablauf. So waren immer andere Leute dabei – hautsächlich seine Freunde und Kollegen, die mich alle zu kennen schienen. Zumindest wussten sie, womit ich meinen Lebensunterhalt verdiente, und wahrscheinlich dachten sie, ich würde eine viel größere Rolle in Marcs Leben spielen, als es in Wirklichkeit der Fall war. Wir hatten ein schönes Essen zusammen, lachten ein paar Stunden, hielten uns auf dem Laufenden, was in unseren Leben vorging, und dann sorgte Marc dafür, dass ich wohlbehalten nach Hause kam.

Wir waren *nie* allein, nicht ein einziges Mal. Und er sprach mit keinem Wort an, was er mir gesagt hatte, bevor er das Studium abgebrochen hatte. *Er hat seine Meinung geändert,* dachte ich und sagte mir, dass ich ohnehin zu viel zu tun hätte, um enttäuscht zu sein. *Er ist groß rausgekommen und hat neue, erfolgreichere, interessantere Leute kennengelernt. Außerdem ist mir das völlig egal. Ich habe Shane.*

Doch als Marc an meinem Geburtstag unangekündigt auftauchte, waren Shane und nicht mehr zusammen.

Und er war allein gekommen – nur er und ein Strauß Sonnenblumen; meine Lieblingsblumen.

Und meine Freude, ihn zu sehen, überstrahlte alles so sehr, dass ich mich instabiler fühlte als eine Supernova.

»Alles Gute zum Geburtstag, Butt Paper.«

Ich lachte schnaubend, hätte mich am liebsten in seine Arme geworfen, hatte jedoch Angst, eine Grenze zu überschreiten. »Danke, Marky.«

»Schön, dass wir den obligatorischen Austausch von Beleidigungen hinter uns gebracht haben. So kann ich mich darauf konzentrieren, dich mit Essen zu versorgen.«

Ich fragte nicht, warum er hier war, wie lange er gewartet hatte, woher er wusste, dass ich Hunger hatte. Ich stieg einfach in sein Auto und ließ mich von ihm zu einem Ramen-Lokal ein Stück entfernt fahren, wo ich noch nie gewesen war.

»Weißt du noch, dass du mir bei unserem letzten Treffen gesagt hast, ich bräuchte neue Hobbys?«, fragte ich, als wir uns dem kleinen Restaurant näherten.

»Jep.«

»Also hab ich es mir in den letzten Monaten zur Aufgabe gemacht, das perfekte Ramen zu finden.«

»Ich weiß.«

»Echt? Woher?«

»Ich folge dir auf Insta.«

»Ach ja?« Ich warf ihm einen verwunderten Blick zu. »Folge ich dir auch?«

»Nein. Was ziemlich grausam von dir ist.«

Wir setzten uns nach draußen, und Marc holte mir eine Menge Essen, erinnerte mich sanft an alle Peinlichkeiten, die ich in den ersten sechzehn Jahren meines Lebens gesagt, getan und getragen hatte, und machte sich über mich lustig, weil ich furchtbar schlecht darin war, mit den Stäbchen umzugehen – »*Zum Glück hast du nicht beschlossen, Chirurgin zu werden.*«

Er war lässig. Und so gefestigt. Selbstsicher. Marc war ganz offensichtlich – schon eine Weile – ein Mann geworden. Klar waren da noch Spuren des Jungen, den ich jahrelang geliebt (und verabscheut) hatte, aber es war kaum noch möglich, sich ihn vorzustellen, wie er ein fremdes Ei-Baby aß oder Erdnussbutter unter das Kissen seiner Schwester schmierte. Und dennoch kannte er mich. All die kleinen empfindlichen Teile, die Bausteine, die mich alle zusammen zu der Frau machten, die ich war.

»Hat dein Vater an deinen Geburtstag gedacht?«, fragte er, als wisse er die Antwort bereits, und ich zuckte nur die Achseln. »Jamie. Du solltest es ihm sagen, wenn er Scheiße baut. Sonst wird er es nie lernen.«

»Ist schon okay. Er hat eine neue Freundin, darum ist er gerade sehr beschäftigt. Ich hoffe nur, dass die Beziehung diesmal hält.«

Er schürzte die Lippen. »Du weißt, dass du Besseres verdienst, oder?«

Da war ich mir nicht so sicher. Aber mit Marc allein zu sein war beruhigend und aufregend zugleich, und ich wollte mich nur darauf konzentrieren. Irgendwann war ich satt, und die Sonne ging unter, wir machten einen Spaziergang am Strand, und ich fragte ihn, wie es bei der Arbeit lief.

»Gut.« Seine Haltung änderte sich kaum merklich. »Richtig super sogar.«

Das wusste ich schon – jeder auf der Welt wusste das. Dennoch grinste ich, stolz und glücklich für ihn.

»Weißt du …« Marc blieb stehen und wandte sich mir zu. »Vor einer Weile – vor ungefähr fünf Jahren – habe ich einen Maßstab gesetzt.«

»Einen Maßstab für …?«

»Erfolg.«

»Ah. Wie zum Beispiel … eine Bruttomarge von fünfundsechzig Prozent?«

»Jamie, weißt du überhaupt, was eine Bruttomarge ist?«

»Nein.«

Er lachte. »Ist okay. Du bist in anderen Sachen gut.«

Bin ich das?, überlegte ich düster und starrte auf meine Zehen im Sand.

»Der Punkt ist: Ich habe es geschafft. Ich habe alles erreicht, was ich mir vorgenommen hatte. Die Dinge, die ich für die Firma, für mich selbst erreichen wollte … Ich habe sie alle abgehakt.«

»Das ist großartig.«

»Ist es. Nicht unbedingt der Erfolg, aber … in den letzten paar Jahren habe ich so viel härter gearbeitet, als ich mir zugetraut hätte. Und die ganze Zeit habe ich an dich gedacht.«

Ich blinzelte ihn an, sicher, dass ich ihn falsch verstanden hatte.

»Du weißt doch noch, was ich dir gesagt habe, als wir das letzte Mal allein waren, oder?«

Funkelnde Sterne in bitterkalter Nachtluft. Ein Kuss auf die Wange. Dieses Grinsen mit Grübchen. Wie sich die Außenseite seines warmen Oberschenkels an meinen presste.

Wenn ich das Gefühl habe, so weit zu sein, werde ich dich um eine Chance bitten.

Aber er hatte das gar nicht ernst gemeint. Und wenn doch, hatten sich seine Absichten längst in Luft aufgelöst. Es war eine Schwärmerei, nichts weiter. Oder nur die nachklingende Erinnerung an eine Schwärmerei. Marc hatte ein ganz neues Leben, eine eigene Firma, Freundinnen. Ich hab ihm einen Überraschungsbesuch abgestattet, und da war ein Mädchen, Jamie - was für ein heißes Geschoss, hatte mir Tabitha letztes Jahr getextet. Nett und noch dazu schlau. Ich muss mich doch immer wieder wundern, was für Frauen mein kleiner Bruder abkriegt. Muss am Geld liegen, oder?

Und jetzt sah er mich an, und die Dinge, die er sagte …

»Hast du eine öde Woche?«, fragte ich und zwang mich zu lachen. Was ich da machte, war alles andere als nett, und ich bereute es sofort, und fuhr dennoch fort: »Denn wenn du flachgelegt werden willst, bin ich wahrscheinlich …«

Er beugte sich zu mir.

Brachte mich augenblicklich zum Schweigen.

Sein Kuss war plötzlich, innig, mit offenem Mund, von null auf hundert, und in weniger als einer Sekunde war mir schwindelig, ich vibrierte, ich war kurz davor zu explodieren. Seine Hand schloss sich um meine Hüfte, zog mich näher, und eine Welle schwelender Hitze donnerte über mich hinweg. Ich griff nach oben, um mich irgendwo festzuhalten, und fand seine Schultern, seinen Nacken, ließ meine Fingernägel durch die kurzen Haare dort gleiten. Als ein tiefes, raues Stöhnen aus seiner Kehle aufstieg, dachte ich: *Ich bin am Ende.*

Marc presste mich weiter an seinen warmen, festen Körper. Er schmeckte, wie er roch, fühlte sich nach Zuhause an, und in diesem Moment hätte ich alles für ihn getan.

Doch dann hörte er auf. »Jamie.« Nach kurzem Zögern, mit einiger Anstrengung, zog er sich zurück. »Ich bete dich verdammt noch mal an.« Er lehnte die Stirn an meine. »Ich war schon mit fünfzehn in dich verliebt, und … wenn ich ehrlich bin, hat sich daran nicht viel geändert. Komm mit mir nach Hause. Lass mich für dich sorgen. Lass mich dich glücklich machen. Ich kann sehen, dass du einsam bist, und … ehrlich gesagt bin ich das auch. Ich werde niemals *nicht* einsam sein, solange wir nicht zusammen sind.«

Seine Worte trafen mich wie ein Eimer eiskaltes Wasser. Ich trat einen Schritt zurück, und dann noch einen, und seine Hände zuckten, als er sie instinktiv ausstreckte, um mich zurückzuziehen. »Bist du … Nein, Marc. Bist du verrückt?«

Seine Brust hob und senkte sich stoßweise. »Komm schon, Jamie. Das kann keine Überraschung für dich sein. Ich bin schon seit einer Ewigkeit in dich verliebt.«

»*Das war eine Kinderliebe!* Du hast für mich geschwärmt, als wir Teenager waren, aber das war vor Jahren. Es ist so viel Zeit vergangen, und …«

»Es ist viel Zeit vergangen, und ich habe viele neue Leute kennengelernt, und keine von ihnen kommt an dich heran. Es gibt keine einzige Person, die ich so sehr mag wie dich.«

Ein bitteres Lachen brach aus mir hervor. »Weil ich das Mädchen bin, das dir entwischt ist, Marc. Du hast doch gar keine Ahnung, wie verkorkst ich bin. Ich heule ständig. Letzte Nacht hab ich stundenlang geheult. Ich bin … Ich bin eine Katastrophe. Eine Ärztin, die heult, weil ihre Patienten krank sind!«

Sein Grinsen war schief. »Na, das ändert alles. Mir war nicht klar, dass du zu grundlegenden menschlichen Gefühlen fähig bist.«

»Ich mein's ernst. Ich dachte, du wärst darüber hinweg. Die letzten Jahre hast du …«

»Die letzten Jahre habe ich mich gezwungen, geduldig zu sein, und da ich wusste, dass ich mein Versprechen nie würde halten können, wenn ich mit dir allein wäre, habe ich das vermieden. Aber jetzt ist es so weit. Ich habe etwas geschafft, worauf ich stolz sein kann. Ich habe mir bewiesen, dass man sich auf mich verlassen und ich meine Ziele erreichen kann. Und jetzt will ich es auch dir beweisen. Ich kann für dich da sein. Ich kann dir geben, was du brauchst. Ich kann …« Sein Kiefer mahlte. »Ich bin auf keinen Fall über dich hinweg. Und das werde ich auch nie sein.«

»Du … du hast eindeutig eine völlig idealisierte Vorstellung von mir, die …«

»Idealisiert?« Er lachte. Umfasste mein Gesicht mit beiden Händen. »Jamie, wenn sich jemand deiner Macken bewusst ist, dann ich. Du hast einen grauenhaften Geschmack, was Fernsehserien angeht. Wenn du wütend wirst, schweigst du dich aus, statt darüber zu reden. Dir liegt viel zu viel daran, den Leuten um dich herum zu gefallen, besonders deinem Dad, der das gnadenlos ausnutzt. Nach halb zehn am Abend bist du nicht mehr zu gebrauchen und pennst nur noch weg. Du glaubst merkwürdigerweise, dass du den Leuten nicht sagen darfst, wie du es dir wirklich geht, weil du Angst hast, ihnen damit zu viel zuzumuten und sie sich von dir abwenden könnten. Aber das ist völlig okay. Mir ist all das bewusst, das war es schon immer, und ich liebe dich genau deswegen – nicht trotzdem. Weil dich all diese Dinge zu *dir* machen. Ich liebe dich so, wie du bist – rücksichtsvoll, aufmerksam und mitfühlend. Ich liebe es, dass du dir nie eine Meinung bildest, bevor du alle verfügbaren Informationen hast. Ich liebe deinen trockenen Humor und dass ich nie weiß, ob du gerade einen Witz machst. Ich liebe es, wie wunderschön du bist, wenn du lachst, und dass dein Hirn nie aufhört zu rotieren. Ich liebe *dich*.«

Ich war kurz davor, in Tränen auszubrechen. Denn, ja, okay – vielleicht kannte er mich tatsächlich. Besser als die meisten. Besser als irgendjemand sonst.

Doch das war nicht von Bedeutung. »Marc, ich bin quasi deine ältere Schwester.«

»Was ich für dich empfinde und was ich mein Leben lang in seiner Gegenwart gefühlt habe, hat absolut nichts Brüderliches an sich. Ich wollte dich heiraten, als ich sechs war, und mit achtzehn wollte ich sehr, *sehr* unanständige Dinge mit dir anstellen.«

»Trotzdem! Du bist reich und gut aussehend – du könntest mit jemand so viel Besseres zusammen sein als mir!«

Er sah mich ungläubig an. »Du hast ja keine Ahnung. Es gibt nichts Besseres. Und selbst wenn, würde ich es nicht haben wollen.« Er hob mein Kinn an, als wolle er sicherstellen, dass meine Aufmerksamkeit einzig und allein ihm galt. »Denkst du, ich wäre nicht verkorkst? Denkst du, ich hätte nicht ständig Angst, die Leute um mich herum zu enttäuschen? Dass ich dir nicht genügen könnte? Denkst du, ›reich und gut aussehend‹ hilft dagegen, dass ich mich die ganze fucking Zeit verloren und allein fühle, außer wenn ich mit dir zusammen bin? Komm schon, Jamie. Du kennst mich. Deshalb haben wir uns schon immer so gut verstanden – weil wir uns so ähnlich sind. Du warst bei mir, wenn es mir schlecht ging und wenn ich mich wie ein Arsch verhalten habe, und du hast es immer geschafft, mich zur Verantwortung zu ziehen, ohne mich zu verurteilen. Du warst die Einzige, die nicht nur gesehen hat, wer ich war, sondern wer ich sein könnte, und … Ich will *dich*. Ich will *alles* mit dir. Ich will morgens zur Arbeit gehen und wissen, dass ich dich abends zu Hause wiedersehe. Ich will für dich da sein, wenn du einen harten Tag im Krankenhaus hattest, und dich daran erinnern, was für eine fantastische Ärztin du bist. Ich will dich jeder Person, die ich je getroffen habe, als meine Frau vorstellen. Ich will zu Weihnachten mit dir gemeinsam nach Illinois fahren. Ich will, dass wir im selben Team sind, wenn wir mit unseren Familien *Activity* spielen, und« – er gab mir einen Kuss auf den Mund – »ich will dir die Welt zu Füßen legen, Jamie. Lass mich dich glücklich machen. Bitte.«

»Nein. Nein, das willst du nicht. Marc, ich … ich bin ein Wrack. Ich habe viel zu viel zu tun für eine Beziehung.«

»Hast du wirklich so viel zu tun, Jamie? Oder einfach Angst?«

»Du verstehst das nicht. Ganz ehrlich … ich bin mir nicht mal sicher, ob ich je in einer Beziehung werde sein können. Mit mir stimmt wahrscheinlich was nicht, und …«

Aber Marc schüttelte schon den Kopf, und in diesem Moment wurde es mir klar: Er verstand es nicht. Er verstand nicht, wie unmöglich das war. Er verstand nicht, dass er jemand Besseren brauchte als mich.

Er würde immer und immer wieder dagegenhalten, bis meine Verteidigung zusammenbrach und ich selbstsüchtig akzeptierte, was er mir anbot. Ich würde ihn mit Haut und

Haaren verschlingen, und in zwei, fünf, zehn Jahren würde er genug von mir haben und mich verlassen.

Wie so viele andere vor ihm.

Also atmete ich tief ein, schloss kurz die Augen und sagte, was ich sagen musste: »Es liegt daran, was du mir selbst mal gesagt hast: Du steckst einfach in einer seltsamen psychosexuellen Entwicklungsphase.«

»Ach, komm schon. Ich war sechzehn und wütend auf meine Schwester, weil sie mein Geheimnis verraten hatte. Ich dachte nie wirklich …«

»Aber ich schon. Marc, du bist unreif, kindisch, und ich … ich fühle mich einfach nicht zu dir hingezogen.« Ich versteckte meine zitternden Hände hinter dem Rücken. »Es tut mir leid, aber für mich wirst du immer der nervige kleine Junge bleiben, den ich meiner besten Freundin zuliebe ertragen musste.« Mein Herz tat weh, als hätte es einen Faustschlag abbekommen, und dennoch zwang ich mich weiterzureden: »In romantischer Hinsicht will ich einfach nichts mit dir zu tun haben. Nicht jetzt und niemals sonst.«

Kapitel 6

Ich bin *verdammt* wütend auf dich«, sagt mir Marc.
Im Schein des Feuers schimmern seine Augen silbrig klar, schneidend wie eine Klinge. Sie erinnern mich daran, wie sich sein Gesicht vor vier Monaten verhärtet hat, nachdem ich ihm all diese schrecklichen, unwahren Dinge an den Kopf geworfen, nachdem ich ihn einfach am Strand hatte stehen lassen.

Aber dann nimmt sein Gesicht einen anderen Ausdruck an. Wehmütig. »Aber aus einem anderen Grund, als du denkst.«

»Ach wirklich?«, frage ich. Ich blicke zu dem tobenden Sturm hinaus, doch nur kurz, denn der Tequila macht es mir unmöglich, irgendetwas anderes als ihn ansehen zu wollen. »Ich war dir gegenüber eine Bitch. Die Dinge, die ich gesagt habe, waren unnötig grausam. Das muss der Grund sein.«

»Jamie …« Er seufzt. Sein Groll erinnert eher an Traurigkeit. »Du bist nicht so unergründlich, wie du denkst.« Ich habe keine Ahnung, was er meint. Bevor ich seine Worte entschlüsseln kann, fragt er: »Warum bist du dir so sicher, dass das mit uns nicht funktionieren würde?«

»Ist das deine nächste Frage?«

»Klar.«

Ich blinzle mein leeres Glas an. »Dann brauche ich noch mehr.«

»So ein Pech. Du hattest genug für heute.« Mit einer einzigen entschiedenen Bewegung schiebt er die Flasche außer Reichweite. »Und scheiß auf dieses dämliche Spiel. Sag mir einfach, *warum*.«

»Du wolltest doch …«

»Beantworte einfach meine Frage, Jamie. Und dann sage ich dir, was mich so wütend macht.«

Das sollte ich nicht. Ich sollte ihm nicht erklären, wie mein Verstand funktioniert. *Er könnte das gegen dich verwenden,* warnt mich eine Stimme in meinem Kopf. Aber spielt das überhaupt eine Rolle, wenn ich doch selbst schon so gut darin bin, mir wehzutun? »Du hast keine Ahnung, wie abgefuckt ich wirklich bin. Genau genommen bin ich wahrscheinlich wie mein Vater. Es ist unmöglich, es auf Dauer mit mir auszuhalten. Früher oder später verlässt mich jeder, der mir wirklich wichtig ist. Und ich könnte dich nicht … Du wärst mich irgendwann leid. Ich bin weder interessant noch aufregend. Ich meine, eine Woche nach unserem Streit hast du ein waschechtes *Model* gedatet …«

Er schnaubt.

Mit einem Mal werde ich sauer, gegen jede Vernunft. »Aber es stimmt doch. Deine Schwester hat mir ein Foto von dir und …«

»Ryan, richtig?«

Ich senke den Blick.

»Wir hängen oft zusammen ab. Sie ist toll. Ein wunderbarer Mensch.«

»Das freut mich«, murmle ich, dann stehe ich auf, um … mich im Bad einzuschließen, um diesem Gespräch zu entfliehen. Was ein Fehler ist, denn ich bin um einiges wackliger auf den Beinen, als ich dachte. Wodurch Marc mehr als genug Zeit hat, sich ebenfalls zu erheben.

»Sie ist außerdem wirklich schlau. Ryan, meine ich. Hat Computerwissenschaften studiert und ist ein Cyber-Security-Genie. Und noch dazu total witzig.« Er baut sich vor mir auf und macht es mir unmöglich, ihm nicht ins Gesicht zu sehen. »Und weißt du, was sie noch ist?«

Eifersucht brennt mir in der Kehle. Ich beiße die Zähne zusammen und schüttele den Kopf.

»Sie ist nicht *du*, Jamie.« Marc spricht die Wörter langsam aus, als wolle er sie mir in den Schädel hämmern. »Ryan und ich arbeiten an einem Programmierkurs für Mädchen, nichts weiter. Sie will ihre Plattform nutzen, um mehr Frauen für Computerwissenschaften zu begeistern. Auch wenn sie mich kurz nach deinem Geburtstag um ein Date gebeten hat. Weißt du, was ich ihr gesagt habe?«

Noch ein Kopfschütteln.

»Ich habe ihr gesagt, dass es nicht fair wäre, ihr Angebot anzunehmen, weil eine Beziehung zwischen uns von Anfang an dem Untergang geweiht wäre. Ich habe ihr gesagt, dass es jemand anderen gibt. Ich habe ihr so viel von dir erzählt, dass sie dich wahrscheinlich im Supermarkt erkennen und dir ein Weihnachtsgeschenk aussuchen könnte, das dir auch noch wirklich gefällt. Und als sie gefragt hat, warum wir nicht zusammen sind, habe ich ihr gesagt, dass du mir einen Korb gegeben hast. Aber ich habe ihr auch erklärt, dass deine Versuche, mich wegzustoßen, so was von dürftig waren, dass selbst ein Kleinkind sie durchschaut hätte. ›Sie hat Angst‹, habe ich ihr gesagt. ›Sie hat in ihrem Leben so viel verloren, dass sie sich kein Szenario vorstellen kann, in dem eine romantische Beziehung funktionieren würde. Aber sie ist auch schlau. Und mutig. Und wenn sie erst erkannt hat, dass sie sich selbst etwas vormacht, wird sie zu mir zurückkommen.‹ Ich war mir so sicher, dass du irgendwann zurückkommen würdest, Jamie. Aber das bist du nicht. Und das hat Ryan mitbekommen, weshalb sie mich noch einmal nach einem Date gefragt hat. Aber sie war noch immer nicht du.« Seine Stimme wird lauter. Oder vielleicht ist es auch einfach meine Wahrnehmung, die jedes einzelne Wort verstärkt. »Und die ganze Zeit war ich so was von wütend. Willst du wissen, warum?«

Ein kleines Nicken.

»Weil mir total klar war, wie sehr der Scheiß, den du abziehst, *dich selbst* verletzt. Ich wusste, dass du lügst. Ich wusste, dass du genauso sehr mit mir zusammen sein wolltest wie ich mit dir. Für mich wird es nie jemand anderen als dich geben, und ich schwöre, ich will dich so sehr, ich will dir so viel geben, ich kann mir nicht vorstellen, dass dich irgendjemand glücklicher machen könnte. Und was mich wirklich fertigmacht, ist, dass du es auch weißt. Aber du bist zu feige, um es auch nur dir selbst einzugestehen, und …«

»Das habe ich!«

Schweigen. Sein Atem geht keuchend. »Was?«

»Ich habe es mir eingestanden«, schreie ich ihm beinahe entgegen. »Und dir auch. Du bist derjenige, der nie reagiert hat.«

Marcs Stirnrunzeln vertieft sich. »Der nie worauf reagiert hat?«

»Ich hab dich angerufen, Marc. Ich hab mich entschuldigt. Am Tag nach meinem Geburtstag – ich hab dir auf die Mailbox gesprochen.«

Er taumelt zurück, als hätte ich ihm in den Magen geboxt. »Du hast mir *auf die Mailbox* gesprochen.«

»Auf deinem Handy.«

Er blinzelt. »Wer zur Hölle spricht auf Mailboxen?«

»Viele Leute. Arztpraxen. Ich.«

»Scheiße, Jamie. Ich hab meine Mailbox seit *Jahrzehnten* nicht mehr abgehört.«

»Was?« Jetzt bin ich an der Reihe, verblüfft zu blinzeln. Aber … Das ist schlicht unmöglich. »Hast du nicht einen sehr wichtigen Job, der es erfordert, dass du immer alle wichtigen Nachrichten bekommst?«

»Ja. Und ich habe eine sehr wichtige Telefonnummer für diesen sehr wichtigen Job. Es ist nicht – das mag dich schockieren – dieselbe Nummer, die ich schon mit sechzehn hatte, als ich sieben Dollar die Woche als Lieferant für Guiseppe's Pizza Place verdient habe. Was zufälligerweise die Nummer ist, die du benutzt.«

»Oh.«

»Ja. *Oh.*« Er holt sein Handy aus der Tasche und tippt ein paarmal darauf.

»Ich … Das spielt keine Rolle, Marc. Ich kann dir einfach sagen, was ich …«

Ich werde von einer metallischen Stimme unterbrochen.

Sie haben eine neue Nachricht. Drücken Sie die Eins, um sie anzuhören.

»Jamie.« Er stößt den Atem aus. So aufgebracht habe ich ihn noch nie gesehen oder gehört. »What the *fuck*?«

»Du … Das musst du dir nicht anhören. Das ist Monate her, und …«

Er wendet den Blick keine Sekunde von mir ab, während er auf die Eins drückt. Ich würde am liebsten auf der Stelle tot umfallen.

Marc, wegen gestern … Ich … ich hab Scheiße gebaut. Ich glaube nicht, dass du unreif bist. Und es ist nicht wahr, dass ich nie Interesse an dir haben werde. Das werde ich, ich meine – das habe ich. Es ist nur … Ist es eine Entschuldigung, wenn ich dir sage, dass ich eine beschissene Woche bei der Arbeit hatte? Ich hab so an mir gezweifelt und mich so mies gefühlt. Und dann hast du all diese lieben Sachen zu mir gesagt, und ich war sicher, dass ich dich nur enttäuschen könnte, und habe Panik bekommen, und … Der Punkt ist: Ich glaube, du hast recht. Ich habe wirklich eine Scheißangst. Die ganze Zeit. Wie mein Dad zu enden. Dass mich alle verlassen, an denen mir etwas liegt. Deshalb war ich jahrelang mit Shane zusammen, weil ich wusste, dass ich es verkraften könnte, wenn er mich verlässt. Aber du … Ich mag dich. So, so sehr. Schon immer. Wir haben uns immer so gut verstanden, und wenn wir etwas miteinander anfangen, und es nicht funktioniert, werde ich am Boden zerstört sein. Aber mir wird langsam klar, dass es mir genauso wehtun wird, wenn ich weiter so tue, als würde ich nichts für dich empfinden, also … Wenn du auf ein Date gehen möchtest oder auch … als Freunde abhängen willst, wenn das alles ist, was du nach den furchtbaren Dingen, die ich dir an den Kopf geworfen habe, von mir akzeptieren kannst, würde mich das wirklich …

Im Hintergrund faselt meine Stimme weiter, redet noch mehr von Liebe und Angst und Hoffnung. Aber ich höre nicht mehr hin. Denn Marcs Handy fällt zu Boden, und er drängt mich an die Wand, seine Hände an meinen Wangen, seine Zunge in meinem Mund, sein Körper an meinem.

Und in diesem Augenblick geht das Licht wieder an.

Kapitel 7

Der Sturm wird bis morgen bestimmt nicht nachlassen, und ich beschließe, die Nacht bei Marc zu verbringen. Allerdings haben diese beiden Dinge überraschenderweise rein gar nichts miteinander zu tun – auch wenn das nicht die Geschichte ist, die ich Dad erzähle, als ich ihn anrufe, um ihm zu sagen, dass ich nicht nach Hause kommen werde.

»Meinetwegen, solange ihr nur morgen den Bräter mitbringt«, sagt er uns, ein bisschen besorgt um die Zukunft seines Backofen-Schinkens.

Marcs Augenbrauen schießen in die Höhe, und ich beende den Anruf, bevor Dad ihn sagen hört, dass er aufhören soll, »die Sicherheit meiner Freundin aufs Spiel zu setzen«.

Bis vor einer Stunde dachte ich, er hätte mich abgehakt, und jetzt nennt er mich seine *Freundin*. Diese Beziehung ist sehr schnell eskaliert, und mein Herz gleicht einem Feuerwerk in meiner Brust.

»Marc, falls du vorhast, meinem Dad ein ganzes Auflaufformen-Set zu kaufen …«

»Auf gar keinen Fall.« Er zieht mich an sich, und sein Kinn streift meine Haare. Die Comptons waren nie dafür bekannt, ihre Zuneigung körperlich auszudrücken, aber er kann offenbar nicht aufhören, mich zu berühren. »Dass dein Vater nicht im Besitz eines Kupferbräters ist, hat dich zu mir gebracht und das beschissenste Missverständnis aller Zeiten aufgeklärt. Ich werde dafür sorgen, dass dieser Mann den Rest seines Lebens bräterlos bleibt.« Ich spüre sein Lächeln. »Außerdem ist Schinken womöglich mein neues Lieblingsessen.«

»Könnte das ein guter Zeitpunkt sein, dich daran zu erinnern, dass du Vegetarier bist?«

»Pssst«, murmelt er und führt mich nach oben in sein Zimmer, während draußen noch immer der Sturm tobt. Es ist zehn Jahre her, dass ich zum letzten Mal hier war, aber der Raum hat sich kaum verändert. Seine Schallplatten und sein Plattenspieler befinden sich immer noch in der, wie Tabitha sie nennt, »Hipster-Ecke«, und seine Highschool-Trophäen stehen auf dem Bücherregal, ein bisschen angestaubt. Der größte Unterschied – und das raubt mir den Atem – ist die Art, wie er mich mit sich auf sein Bett zieht.

Das ist das erste Mal. Ich sollte verlegen oder nervös sein, aber hier bei ihm zu sein, fühlt sich an wie das Natürlichste der Welt. Er ist groß, und zusammen haben wir kaum Platz, sodass ich halb über ihm liege, aber das macht mir nichts aus. Ich atme seinen frischen, vertrauten Geruch ein, und erwarte – nein, ich hoffe, ich *bete* –, dass die Finger, die gemächliche Kreise auf meinem unteren Rücken ziehen, unerschrocken unter mein Sweatshirt gleiten, aber eine lange Zeit tut er kaum mehr, als meine Haare zu streicheln.

»Was wird deine Schwester sagen?«, frage ich ihn nach einer Weile und gebe mir Mühe, nicht zu ungeduldig zu werden.

»Wozu?«

»Zu dem hier. Zu uns. Wird sie schockiert sein?«

»Tab?« Er schnaubt. »Ich bezweifle es. Sie wusste schon immer, dass wir beide eine besondere Beziehung haben. Sie war immerhin diejenige, die dir als Erste gesagt hat, was ich für dich empfinde, schon vergessen?«

Wie könnte ich das vergessen? »Ist es noch da drin?«

»Was?«

»Das Kästchen. Mit den Fotos.«

»Nein«, schnaubt er.

»Oh.« Ich bin ein bisschen enttäuscht.

Bis er hinzufügt: »Die Schachtel ist mit mir umgezogen, Jamie. An jede einzelne Adresse.«

»Oh.« Ich schlucke schwer. »Hast du … Das Foto von mir in meinem Abschlussballkleid, das du gemacht hast. Hast du es je …?«

»Ausgedruckt? Nein. Aber …« Mit einigen Verrenkungen holt er sein Handy aus seiner Hosentasche und entsperrt es. Das Hintergrundbild ist …

»Nein.«

»Jep.« Er gibt mir einen Kuss auf die Schläfe. »Da ist es, seit ich es gemacht habe. Und dann … ab und zu habe ich es gegen etwas anderes ausgetauscht, aber nach ein paar Monaten kam ich immer zu ihm zurück. Deshalb habe ich dich nie als das Mädchen angesehen, das mir entwischt ist. An deinem Geburtstag meintest du, das wäre alles, was du für mich bist, aber das ist schlicht nicht wahr. Denn du hättest mir nur entwischen können, wenn ich dich losgelassen hätte. Und das wollte ich nie.«

Das Herz schlägt mir bis zum Hals. Ich schmiege mich enger an ihn.

»Und es ist auch keine Kinderliebe. Wie ich dich begehre, hat nichts Unschuldiges an sich. Und sobald der Tequila aus deinem System ist, werde ich es dir zeigen.«

»Marc, ich bin nicht betrunken.« Das ist die Wahrheit. Ich mag zwar gerade nicht in der optimalen Verfassung sein, um auf einem Drahtseil zu balancieren, aber … ich hatte noch nie ein besonders gutes Gleichgewichtsgefühl. Und mein Urteilsvermögen ist in keiner Weise getrübt.

»Schhh.«

»Nein, das ist mein Ernst. Ich bin *sehr* klar im Kopf.«

»Vielleicht können wir morgen …«

Ich lasse meine Hand unter sein Shirt gleiten, spreize die Finger auf seiner warmen Haut. Und dann stecke ich sie unter seinen Hosenbund.

Marc stockt der Atem. »Jamie …«

»Wenn du es nicht willst«, sage ich, bevor mich der Mut verlässt, »ist das völlig in Ordnung. Ich kann warten, oder … wir können darüber reden. Aber wenn alles, was dich davon abhält, deine Sorge ist, dass ich gerade nicht in der Lage bin, eine Entscheidung zu treffen, dann lasse ich dich hiermit wissen, dass ich mir nie sicherer …«

Offenbar ist das genau die Zusicherung, die er gebraucht hat. Denn er dreht uns um, und eine Sekunde später liegt Marc Compton auf mir, seine dunklen Haare fallen ihm ins Gesicht, als er mich von ganzem Herzen küsst: meinen Mund, meinen Hals, meinen Kiefer. Er sagt eine Million Mal meinen Namen, auf eine Million verschiedene Arten, die alle dasselbe bedeuten. Dann schiebt er endlich seine Hand unter mein Sweatshirt, und obwohl der Wind draußen heult, ist das Konzept von Kälte und Schnee von nun an nicht mehr vorstellbar, und ich kann mich nicht erinnern, je etwas anderes als diese anschwellende, alles verschlingende Hitze gespürt zu haben.

Sein muskulöser Oberschenkel drängt sich zwischen meine Beine. Seine Finger öffnen meinen BH, und seine raue Hand reibt über meine Nippel. Ich wölbe mich ihm entgegen, kurz davor, unter seiner Berührung dahinzuschmelzen, doch da fällt mir ein altes Mathebuch ins Auge, und …

»Ist das seltsam?«, frage ich ihn.

Marc hebt den Kopf, mit geröteten Wangen und glasigen Augen, völlig außer Atem. »Jamie, glaub mir. Nichts – *nichts* – in meinem Leben hat sich je weniger seltsam angefühlt, als deine Brüste anzustarren.«

»Nein, ich meine … das Bett? Das in deinem alten Zimmer zu tun? Besudeln wir deine schönen Kindheitserinnerungen oder so was?«

Er denkt darüber nach. Nickt. Dann sagt er sachlich: »Du hast recht. Ziehen wir in Tabithas Zimmer um.«

»Oh. Ähm. Ich bin mir nicht sicher, ob …«

»Du hast recht, das wäre bescheuert. Das Bett meiner Eltern ist viel größer.«

Ich keuche schockiert. Und als ich begreife, dass er mich aufzieht, kneife ich ihm in die Seite.

»Jamie«, sagt er lachend, »hier drin sind ziemlich unaussprechliche Dinge passiert, und so ziemlich alle hatten mit dir zu tun. Die Besudelung, die du befürchtest, hat längst stattgefunden.« Ich versuche, ihm gegen das Schienbein zu treten, aber wir sind zu eng aneinandergepresst, seine starken Arme umschlingen mich, und einen Moment später keucht er wieder an meinem Hals, und mein Kiefer erschlafft, als er mich auszieht und mich überall küsst, meine Brust und meinen Bauchnabel und die Innenseite meines Schenkels, und dann, als ich so fest in meine Unterlippe beiße, dass sie womöglich blutet, spüre ich seine Zunge auf meiner Klit, genau, wo ich sie brauche.

Ich verliere jeglichen Fokus. Vergrabe die Finger in seinen Haaren, um etwas zu haben, woran ich mich festhalten kann, und versinke in einem benebelten Zustand, trunken vor Begehren. Er lässt mich so oft kommen, dass ich kaum mehr mitzählen kann. Und als ich ihm sage, dass ich es nicht mehr aushalte, gibt er mir eine kurze Pause, gerade lang genug, um über Verhütung und Safe Sex zu reden, wobei wir beide zugeben müssen, wie wenig Sex wir in den letzten Monaten hatten – wie wenig wir an Sex *interessiert* waren. Vielleicht auch in den letzten Jahren.

»Ich war so nah dran, die Firma an dem Punkt zu haben, wo ich sie haben wollte, um endlich zu dir kommen zu können und …« Seine Lippen gleiten über meine. »Gott, Jamie. Ich kann an nichts anderes denken als an dich.«

Ich bin begierig. Ungeduldig. Verliere jedes Zeitgefühl. Dann sind wir beide nackt, und ich will ihn so nah wie möglich an mir haben, greife nach seiner verschwitzten Haut mit einem stillen Flehen, sich zu beeilen, es zu besiegeln, bevor es uns wieder durch die Finger gleitet. Aber das ist nicht so leicht, wie ich gehofft habe.

Seine Hände verflechten sich auf beiden Seiten meines Kopfes mit meinen, und alles, was ich mir wünsche, ist, dass er endlich in mir ist. Aber obwohl ich sehr feucht und er sehr hart ist, scheint es nicht zu funktionieren. »Komm schon, Jamie«, flüstert er nach ein paar flachen, zögerlichen Stößen. »Entspann dich. Lass es geschehen. Hast du nicht gesagt, fünfzwanzig Zentimeter wären gar nicht so viel?«

Ich lache. Er grinst. Mein gesamter Körper glüht vor Liebe zu ihm, und wie durch ein Wunder passt es auf einmal.

»Fuck«, raunt er an meiner Kehle. »Oh, fuck. Jamie. Ich wusste, dass du … aber … *Fuck.*«

Es ist ein bisschen ungelenk, wie wir uns aneinander reiben. Am Anfang tut es ein bisschen weh, aber es wird schnell so gut, keine Worte könnten es beschreiben. Meine ständige Sorge, verlassen zu werden, die Angst, nicht genug zu sein, alles dahin – ich bin so von Marc erfüllt, in mir ist kein Platz für irgendetwas anderes. Eine große Hand legt sich um mein Knie und hebt es hoch, um mich weiter zu öffnen, und dann dringt er so tief in mich ein, dass ich weiß, dass ich alles haben will, was er mir geben will. Ihm entgleitet die Kontrolle, seine Stöße werden erst flach, dann tief, dann verlieren sie sich erratisch. Die Ellbogen auf der Matratze, mein Gesicht in seinen Händen, spüre ich die überwältigende Lust in mir aufsteigen, das heftige Zittern meiner Oberschenkel, die Tränen, die mir über die Wangen strömen.

Dann gibt es nur noch seine sanften Worte. Sein leises Flüstern. Seinen Mund auf meinem, offen, innig, neu und vertraut zugleich. Mein lustvolles Erschauern und seinen festen Griff. Es ist das Beste, was ich je gefühlt habe.

Das hätten wir schon vor Monaten haben können, denke ich. Oder vielleicht sage ich es laut.

»Jamie.« Seine Stimme ist rau. »Ist schon okay. Wir haben noch Jahrzehnte vor uns.«

Wir kommen gemeinsam, und es ist, als würde ich vom höchsten Gebäude ins tiefste Meer fallen. Völlig überwältigt versuche ich mich zu erholen, frage mich, ob Sex mit Marc immer so sein wird. Dann frage ich mich, ob Sex immer so ist, wenn man verliebt ist. Voller Begierde, Verzweiflung und Lachen. Und später, als unser Schweiß abkühlt und unsere Körper an unendlich vielen Stellen aneinanderkleben, als wir unter die Decke gekuschelt liegen und kurz davor sind einzuschlafen, als meine Nase die empfindliche Haut hinter seinem Ohr streift, beginnt er zu sprechen.

»Ich hab dir schon einmal gesagt, dass ich dich liebe«, sagt er. »An deinem Geburtstag. Und … ich glaube, das war zu viel, zu schnell. Ich kenne dich. Ich weiß, warum es dir Angst gemacht hat. Also werde ich es nicht noch mal sagen. Ich kann warten und geduldig sein. Aber nur damit eins klar ist, Jamie. Nächstes Jahr, wenn wir über die Feiertage nach Hause fahren, werden wir das gemeinsam tun. Wir werden beide gleichzeitig bei deinem Dad aufkreuzen. Wir werden im selben Zimmer schlafen – entweder hier oder in deinem. Alle werden wissen, dass du mir gehörst und ich dir. Und bevor wir einschlafen, wirst du es mich sagen lassen.«

Meine Tränen kommen lautlos, und ich frage mich, ob er wüsste, dass ich weine, wenn sie nicht auf seine Haut fallen würden. »Marc?«, murmle ich an seiner Schulter.

»Ja?«

»Nächstes Jahr, bevor wir einschlafen …« Ich lasse die Finger in die kurzen Haare an seinem Hinterkopf gleiten. »… werde ich dir auch sagen, dass ich dich liebe.«

Die Standuhr im Erdgeschoss schlägt Mitternacht.

»Frohe Weihnachten«, flüstere ich.

Marc antwortet nicht, doch ich spüre sein Lächeln an meiner Wange.

Dank

Mein Dank gilt meiner fantastischen Agentin Thao Le, meinen ebenso fantastischen Lektorinnen Maria Gomez und Lindsey Faber, meiner Coverdesignerin Hang Le, meinem Art Director Kris Beecroft, Rachel Norfleet fürs Lektorat, meiner Korrektorin Keri O'Dell und meinem Cold Reader Stephen Reynolds. Mein Dank gilt außerdem den Marketing-Managerinnen Chrissy Penido und Rachael Clark, der PR-Managerin Ellie Schaffer, der Produktionsleiterin Miranda Gardner und der Author Relations Managerin Nicole Wagner.

TESSA BAILEY

Merry Ever After

Stille Nacht, heiße Nacht

Kapitel 1

Evie

Der Farmer ist wieder da.

Ich kann hören, wie er in der Umkleidekabine meines Ladens fluchend an seinen Klamotten herumfummelt. Der Anblick der schmutzigen Schnürsenkel seiner schlammigen Arbeitsstiefel, die unter dem roten Samtvorhang hervorlugen, lässt mich seufzen. Ich werde den Mopp holen müssen, sobald er wieder verschwunden ist. Aber es geht mir gar nicht um den Dreck, den er in meinem Laden hinterlässt. Was mich wirklich interessiert, ist, ob er etwas gefunden hat, das ihm passt.

Mit einem Mal richtet sich der Farmer auf, und sein Hinterkopf ragt über dem Rand des Vorhangs hervor. Unsere Blicke treffen sich kurz im Spiegel, der mit einer blinkenden Weihnachtslichterkette geschmückt ist, und ich spüre einen Anflug von Scham, weil er mich dabei erwischt hat, wie ich ihn anstarre. Sofort wende ich den Blick ab, blicke wieder auf die Skizze vor mir – den ersten Entwurf eines Smokingkleids, an dem ich gerade arbeite – und fahre damit fort, den Bereich unter dem Kragen zu schattieren.

Der nicht enden wollende Strom von Weihnachtsmusik, der unaufhörlich aus der alten Stereoanlage plätschert, verstummt eine Sekunde lang, dann wird Elvis von Wham! mit »Last Christmas« abgelöst. All diese Songs wirken hier fehl am Platz, weil es draußen nicht einmal kalt ist – ganz anders als im mit Sicherheit schon eisigen Chicago. Es kann doch unmöglich schon der 22. Dezember sein? Doch die Straßenlaternen vor den Fenstern sind mit riesigen Glocken geschmückt, und abends erleuchtet der große Weihnachtsbaum den Marktplatz des Ortes mit vielen bunten Lichtern. Ich schätze, in Texas laufen die Dinge einfach anders.

Ein enttäuschtes Grunzen ertönt aus der Umkleidekabine, und ich lasse die Schultern hängen. Kann es wirklich sein, dass bei dem ganzen Haufen von Secondhandjeans, den er vor zehn Minuten mitgenommen hat, keine einzige dabei war, die passt?

Als gleich darauf die wettergegerbte Hand des Farmers den Vorhang zurückzieht und er mit einem düsteren Ausdruck heraustritt, wird mir wieder klar, warum er in diesem kleinen Secondhandladen an der Ecke niemals etwas Passendes finden wird. Seine Größe ist von biblischem Ausmaß, er ist *mindestens* ein Meter neunzig und scheint einzig und allein aus Muskeln zu bestehen. Seine Schultern sind breit, sein Körper muskulös, Erde klebt an ihm, Spuren seiner Arbeit auf dem Feld. Und er sieht so gefährlich aus, dass sich nicht einmal ein Grizzlybär trauen würde, seinen Weg zu kreuzen.

Und doch errötet er gerade bis in die Haarspitzen.

Der Farmer kommt auf die Kasse zu, in der Hand eine einzelne Jeans, die anderen liegen, fein säuberlich gestapelt, hinter ihm in der Umkleidekabine. Er räuspert sich – ein Geräusch, das an Donner erinnert –, was mich überrascht meinen Stift fallen lässt. Die Röte auf seinem stoppligen Gesicht vertieft sich.

Er blickt mich aus seinen warmen braunen Augen von oben herab an. Ich muss ernsthaft den Kopf in den Nacken legen, um ihn ansehen zu können. Und da spüre ich plötzlich ein Zucken, direkt unterhalb meines Bauchnabels, das nichts Gutes verheißt, direkt gefolgt von einer Welle aus Hitze, die sich von der Spitze meiner Wirbelsäule aus ausbreitet und meine Nervenenden versengt. Jedes Einzelne von ihnen. Was war *das* denn bitte?

Er zögert einen Moment, bevor er die Jeans auf den Tresen legt, und sie mir dann hinschiebt. »Die hat nicht gepasst, aber als ich versucht habe, sie wieder auszuziehen, ist das verdammte Ding aufgerissen.« Er senkt das Kinn. »Ich bezahle sie natürlich.«

Ich schätze mal, das erklärt das Rotwerden. »Nicht nötig.«

»Sagen Sie mir bitte, wie viel Sie dafür bekommen.«

Die Jeans ist fast schon antik. Ausgefranst, ausgeblichen und mehrfach geflickt. »Fünf.«

Er versucht, seine Skepsis nicht zu zeigen, und legt einen Zwanziger auf den Tresen. »Der Rest ist für den ganzen Dreck, Ma'am. Es tut mir leid.«

Wie schon die letzten drei Male, als der Farmer versucht hat, hier eine Jeans zu finden, die ihm passt, sieht er mich, kurz bevor er geht, an, als läge ihm etwas auf der Zunge. Vielleicht will er mich nach meinem Namen fragen. Vielleicht auch nach meiner Handynummer.

Ein Teil von mir wünscht sich, er würde es tun.

Der Rest von mir hofft, er würde es nicht tun, denn ich müsste ihn auflaufen lassen.

Das fünf Monate alte Baby, das hinten in dem winzigen Büro des Ladens schläft, ist der Grund, weswegen ich keine Zeit für Dates habe. Ich habe Glück, dass ich meinen Sohn mit zur Arbeit nehmen darf. Habe Glück, dass mir das ältere Ehepaar, dem der Laden gehört, ein ganzes Regal zur Verfügung stellt, in dem ich meine upgecycelten Designs präsentieren kann, und dass ich das Geld durch den Verkauf behalten darf. Dass sie immer sehr verständnisvoll sind, wenn etwas mit Sonny ist, ein Termin beim Kinderarzt oder wenn er wieder mal erkältet ist. Und das hier ist nicht die Art Städtchen, die den Leuten gegenüber, die aus der Großstadt her geweht werden, besonders offen ist, also ja – ich habe wirklich Glück.

Es wäre egoistisch, sich mehr zu wünschen.

Ich habe ohnehin kein besonders gutes Händchen, wenn es um Männer geht. Wäre also gut möglich, dass der Farmer ein ganz mieser Typ ist, oder ein Muttersöhnchen. Vielleicht hält er sich eine Würgeschlange als Haustier, die frei im Haus herumschlängeln darf. Vielleicht unterhält er sich auch ab und zu mit einer Schaufensterpuppe über Landwirtschaft, die er bei sich in der Küche aufgehängt hat. Möglich wäre alles.

Kurz gesagt, ich würde ihm meine Nummer nicht geben.

Aber als er den Blick zu Boden senkt, seufzt und sich zum Gehen wendet, platze ich aus irgendeinem Grund heraus: »Wissen Sie, ich könnte Ihnen eine Jeans *machen*. An Ihre Maße angepasst.«

Er bleibt stehen, wobei seine Stiefel über den Boden kratzen. Er sieht mich aus verengten Augen an. »Klingt nach viel Aufwand.«

»Das wäre es nicht. Ich mache so was gern.« Beiläufig deute ich auf das Regal mit meinen Sachen und wünschte sofort, ich hätte es nicht getan. Es wirkt, als wolle ich angeben, dabei wollte ich ihm nur zeigen, dass es mir ernst ist. Jetzt bin ich diejenige, die rot anläuft. »Um genau zu sein, mache ich gern neue Kleidung aus alten Stücken.«

»Woher kommen Sie?«, fragt er, wobei seine Stimme so tief und volltönend klingt, als wäre sie dafür gemacht, von der hintersten Bank der Kirche aus Choräle zu singen.

»Was?«

Er schüttelt kurz den Kopf, sichtlich genervt von sich selbst. »Ich kenne jeden in dieser Stadt, aber Sie nicht. Sie waren«, er deutet mit einem Nicken auf den Tresen, »eines Tages plötzlich da.«

»Warum fangen wir nicht einfach erst einmal damit an, dass Sie mich nach meinem Namen fragen?«, ziehe ich ihn sanft auf. *Vorsicht, das ging fast schon als Flirten durch.*

Und offenbar wurde dieser Mann noch nicht häufig angeflirtet. Er starrt mich an, als habe er mich nicht richtig verstanden, obwohl seine riesige Brust sich merklich schneller auf und ab bewegt als zuvor. »Wie heißen Sie? Also, wenn die Frage in Ordnung ist.«

Dieser Mann ist eindeutig kein mieser Typ, es sei denn, er kann sich über die Maßen gut verstellen. »Mein Name ist Evie«, sage ich und strecke ihm über den Tresen hinweg meine Hand entgegen. »Evie Crowe.«

Er mustert meine Hand, während er sie ergreift, und sie

verschwindet fast in seiner. Als würde ein Eisbär eine Zuckerstange packen. »Luke Ward.«

Mich überrascht, was für eine starke Empfindung seine von der Arbeit rauen Hände in mir auslösen, die über meine weichen Handflächen streifen. Wie würde es sich erst anfühlen, wenn diese Hände meinen Hintern packen und mich vor- und zurückbewegen würden? O Gott, ich war so lange nicht mehr mit jemanden zusammen, dass es vermutlich ausreichte, wenn er mich hinter den Ohren krault, und ich würde sein Bein besteigen wie ein Cocker Spaniel.

»Schön, dich kennenzulernen, Luke.«

»Evie«, erwidert er, scheint meinen Namen ausprobieren zu wollen. Dann brummt er. Noch immer hält er dabei meine Hand, was ihm nicht bewusst zu sein scheint. »Wie ich schon sagte, ich will keine Umstände machen.«

»Ich schwöre, das macht überhaupt keine Umstände. Aber ich muss deine Maße nehmen.«

»Oh. Nein.« Schließlich lässt er meine Hand doch noch los und weicht in Richtung Tür zurück, die Ohren wieder feuerrot. »Nein, ich denke, das lassen wir lieber.«

»Es dauert nicht lange, höchstens eine Minute.«

»Vielleicht könntest du mir einfach ein paar Jeans zur Seite legen, falls ihr welche in größeren Größen reinbekommt.«

»Ich glaube nicht, dass das passieren wird, Luke. Du bist …« Ich mache eine vage Geste in seine Richtung. »Du bist ziemlich einzigartig.«

»Genau das denke ich jedes Mal, wenn ich dich sehe.«

So leise dieses Geständnis auch daherkommen mag, es

ist so überraschend wie ein auf den Bürgersteig krachendes Klavier. Dabei versucht er auf jeden Fall nicht, sich an mich ranzumachen. Ich glaube kaum, dass er das überhaupt sagen wollte, und aus irgendeinem seltsamen Grund macht das die Wirkung seiner Worte noch stärker. Lässt sie aufrichtig wirken. Ich zittere unter meinem Hemdkleid, und o Gott, werden meine Augen gerade feucht? In letzter Zeit reagiere ich so emotional auf jede freundliche Geste, und seine Worte sind mehr als nur reine Freundlichkeit.

Ich glaube, er … mag mich. Und das ist seine Art, es mir zu sagen.

»Danke«, bringe ich schließlich heraus und habe nicht die geringste Ahnung, was ich als Nächstes sagen oder tun soll.

Mein Sohn nimmt mir die Entscheidung ab, denn ich höre, wie er in seinem Reisebett hinten im Büro anfängt zu weinen.

Lukes Augen weiten sich, als wolle er fragen: *Ist das etwa deins?*

Zur Bestätigung hebe ich den Kopf.

Sein Gesichtsausdruck verfinstert sich, und noch bevor Sonny ein weiteres Mal aufheult, ist er auch schon verschwunden.

»Offenbar sind alleinerziehende Mütter nicht sein Typ«, murmle ich eine Minute später meinem Sohn zu, der in meinen Armen liegt und mit dem ich vor der Kasse auf und ab marschiere, um ihn zu beruhigen. »Sein Pech, nicht wahr, mein Kleiner?«

Ich weigere mich zuzugeben, wie sehr mich Lukes Reaktion enttäuscht.

Bescheuert. *So* bescheuert. Bis vor zehn Minuten wusste ich nicht einmal, wie er heißt.

Ich will doch auch gar nicht daten. Ich *kann* nicht. Ich kenne hier keinen Babysitter, und selbst wenn, könnte ich mir keinen leisten. Und dennoch …

»Weißt du was, Sonny? Vergessen wir die Maße. Ich werde ihm die beste Jeans seines Lebens machen. So einfach wird er mich nicht los.«

Kapitel 2

Lukas

Meine Kaffeetasse verharrt auf halbem Weg zu meinem Mund.

Was zur Hölle …?

Es ist *sie*. Evie Crowe.

Woher weiß sie, wo ich wohne? Kaum, dass mir die Frage gekommen ist, schnaube ich auch schon abfällig. Es ist wohl kaum eine große Herausforderung, herauszufinden, wo der hünenhafte Farmer haust. Fast jeder in der Stadt hätte ihr das verraten können. Und es ist auch völlig egal, wie sie an meine Adresse gekommen ist, denn in diesem Augenblick läuft sie auf mein Haus zu, ihr Baby vor die Brust gebunden, eine braune Papiertüte in der Hand. Was für ein Anblick. Irgendetwas scheint sie an diesem Morgen verärgert zu haben, trotzdem passt sie auf, auf keines der Hühner zu treten, die ihr zwischen die Füße laufen. Durch das Fenster kann ich hören, wie sie sich sogar noch bei ihnen entschuldigt, während sie sich immer weiter meiner Haustür nähert, was ein ganz besonderes Gefühl in mir auslöst.

Allerdings bin ich mir noch nicht sicher, wie man es nennen könnte. Alles, was ich weiß, ist, dass sie die Einzige ist, bei der ich so empfinde.

Eine verheiratete Frau. Natürlich musste ich ausgerechnet einer *verheirateten Frau* sagen, dass sie einzigartig ist. Es wundert mich, dass ihr Mann noch nicht mit einer Schrotflinte bei mir aufgetaucht ist, um mir eine Kugel zu verpassen. Ich würde es ihm nicht einmal verübeln. Wenn sie meine Frau wäre, würde ich jeden in Angst und Schrecken versetzen, der es wagen sollte, Interesse an ihr zu zeigen. Vor allem, wenn derjenige es ihr direkt ins Gesicht sagt, wie ich es getan habe.

Was hat sie nur in dieser Tüte?

Ich kann mich kaum lange genug konzentrieren, um zu raten, was es sein könnte, viel zu sehr lenken mich die Wellen ihres kastanienbraunen Haares ab, die in der Morgensonne lodern wie Flammen. Sie hat eine schöne, eigenwillig gebogene Nase und ein irisches Kinn. Einen breiten Mund. Jetzt, wo ich weiß, dass sie vergeben ist, werde ich ihren Körper nicht weiter bewundern, aber wenn ich es täte …

Mein Gott, sie hat wunderschöne, kräftige Hüften.

Vielen Männern fällt so etwas nicht auf, einem Mann von meiner Statur jedoch schon.

Sie hätte keine Probleme damit, mich aufzunehmen.

Und die Tatsache, dass sie bereits einen Mann hat, ich mir aber heute Morgen im Bett mit meinem Schwanz in der Hand vorstellte, wie ich es ihr, während sie sich über die Theke ihres Ladens beugt, von hinten besorge, eine Hand an ihrer Hüfte, die andere in ihrem Haar vergraben, sollte mich beschämen. Gestern habe ich mir ausgemalt, wie ich sie in der Umkleidekabine nehme. Seit ich ihr zum ersten Mal begegnet bin, habe ich mir vorgestellt, wie ich sie an jedem kleinen Flecken in dieser Stadt nehme.

Diese Schwärmerei muss aufhören, stattdessen scheint sie mir immer stärker zu werden. Wofür auch die Tatsache spricht, dass mir das Herz bis zum Hals zu schlagen beginnt, als sie energisch an meine Haustür klopft.

So sehr ich ihr auch in ihre haselnussbraunen Augen blicken möchte, zögere ich doch, zur Tür zu gehen, weil es mir das alles so peinlich ist. Erstens, dass ich ein Paar Jeans in ihrem Laden kaputt gemacht habe, weil ich einfach so verdammt riesig bin. Und zweitens, dass ich eine verheiratete Frau angemacht habe.

Mehr als nur ein Grund, auf Tauchstation zu gehen.

»Ich habe dich am Fenster stehen sehen.«

»Verdammt«, murmle ich und stelle meinen Kaffeebecher ab. Ich atme einmal tief ein und wieder aus und gehe dann zur Haustür. Als ich sie öffne, steht davor die schönste Frau, die sich jemals auf diesem Grundstück – ach was, auf diesem Planeten – befunden hat. Sie trägt eine winzige Jeansshorts, ein T-Shirt mit dem Weihnachtsmann darauf, rote Cowboystiefel und sieht trotzig zu mir auf. Ihr schlafendes Baby hat einen kleinen roten Fleck auf dem Kopf, und ich verspüre einen plötzlichen Anflug von Neid, auf den Mann, der die beiden seine Familie nennen darf. Vielleicht liegt es an den Feiertagen, dass ich mir … mehr für das schlichte Leben wünsche, das ich führe. Dass ich mich nach jemanden sehne, mit dem ich morgen Abend Weihnachten feiern kann. Doch tief in mir weiß ich, es hat nichts damit zu tun, dass wir Dezember haben. Es ist diese Frau, die mich dazu bringt, mir etwas zu wünschen, was ich mir nicht wünschen sollte. »Guten Morgen, Evie.«

»Guten Morgen, Luke.« Sie hält mir die Tüte entgegen. »Deine Jeans.«

Ich habe das Gefühl, als würde mir ein Bus direkt in die Brust rasen. »Was?«

»Probier sie bitte an. Wenn sie geändert werden muss, nehme ich sie wieder mit zurück in den Laden.«

Ich weiß nicht, was ich sagen soll. Diese Frau hat nicht nur eine Jeans angefertigt, die meinem viel zu großen Körper passen soll, sie ist auch noch extra mit ihrem Baby im Schlepptau hergekommen, um sie mir zu bringen.

Das ist … unglaublich. Berührend. Überraschend.

Und absolut inakzeptabel.

»Ich habe dir gesagt, du sollst dir nicht so viele Umstände machen«, versuche ich zu knurren, aber stattdessen klinge ich nur atemlos. Denn das *bin* ich. Sie raubt mir den Atem. Als das älteste von vier Geschwistern bin ich sonst immer derjenige, der sich darum kümmert, dass alle bekommen, was sie brauchen. Ich habe noch nie erlebt, dass jemand dasselbe für mich getan hätte. Diese freundliche Geste verunsichert mich, als hätte ich ein solches Geschenk nicht verdient.

»Warum hast du so ein Problem damit, wenn etwas Umstände macht?«

»Ich mag es einfach nicht.«

»Das habe ich schon mitbekommen.«

»Ich habe doch überhaupt nichts für *dich* gemacht …« Ich höre abrupt auf zu reden und fühle mich wie ein Trottel. »Tut mir leid, lass mich etwas Geld holen.«

»Ich will kein Geld.« Sie ist wieder so gereizt. Warum? Hat ihr Mann irgendetwas getan, das sie so wütend gemacht hat? Falls ja, wäre es mir ein besonderes Vergnügen, ihm ein paar … »Probier sie an, und wenn sie passt, ist mir das Lohn genug. Sagen wir einfach, die Jeans ist ein verfrühtes Weihnachtsgeschenk.«

Ein unangenehmer Gedanke kommt mir in den Sinn. »Du willst nicht, dass ich jemals wieder in den Laden komme. Nicht wahr?« Ich halte die Tüte hoch. »Das ist der Grund, warum du sie gemacht hast.«

Ihre haselnussbraunen Augen blicken ein wenig sanfter. »Was? Nein.« Doch schon wirkt sie wieder wütend. »Ich wollte dir nur zeigen, wozu ich fähig bin. Eine alleinerziehende Mutter hat diese Jeans angefertigt, verstanden? Und genau diese Tatsache, dass mir das gelungen ist – zwischen dem unentwegten Füttern, Schläfchen machen, Arbeiten und Baden –, macht mich zu etwas Einzigartigem. Nicht meine Titten. Kapiert?«

Alleinerziehende Mutter.

Sie ist eine alleinerziehende Mutter.

Und ich bin … unglaublich bescheuert.

Nur wegen meiner Erziehung und meiner vorgefassten Vorstellung davon, was eine Familie ausmacht, habe ich die Situation völlig falsch eingeschätzt … verdammt, Schuldgefühle machen sich in mir breit. Aber was ich nicht verstehe, ist, warum sie andeutet, ich würde sie für weniger beeindruckend – oder weniger wert – halten, weil sie ein Kind hat und nicht verheiratet ist. »Warum sagst du mir nicht, warum du sauer auf mich bist, dann können wir das klären.«

»Du hast mich stehen lassen, als du Sonny weinen gehört

hast. Das ist mir nicht entgangen. Es sollte mich eigentlich nicht kümmern. Immerhin *kennen* wir uns gar nicht. Ich schätze …« Sie schiebt sich das Tragetuch zurecht, und ich muss mich zusammenreißen, ihr nicht das Gewicht abnehmen zu wollen. Ihr das … Baby abzunehmen. »Du hast es vielleicht nicht so gemeint, aber ich habe diesen Blick in den letzten fünf Monaten oft genug bekommen, und ich musste einfach etwas dagegen tun. Für mich.«

»Ich habe dich nicht stehen lassen, Evie. Als ich das Baby weinen hörte, bin ich davon ausgegangen, dass du verheiratet bist.« Aber das ist sie nicht. *Sie ist nicht verheiratet.* Was zur Hölle soll ich jetzt nur tun? »Ich hatte dir gerade gesagt … na ja, was ich zu sagen hatte, das hast du ja gehört. Und ich bin dann gegangen, weil es das einzig Richtige ist, wenn jemand in einer Beziehung ist.«

Sie hört mir genau zu, wobei ihre Wut sichtlich verraucht. »Oh.«

Ich ziehe eine Augenbraue hoch.

Sie zieht ebenfalls eine Braue hoch.

Ich senke meine wieder.

Himmel. Diese Frau schafft es wirklich, mich völlig durcheinanderzubringen. Als ich sie das erste Mal sah, ahnte ich schon, dass sie in einer anderen Liga spielt als ich. Beim zweiten Mal war ich mir dann sicher: Eindeutig, völlig andere Liga. Das denke ich immer noch. Sie ist jung und sexy, und *liebe Güte*, sie ist so voller Temperament und Energie. Und Talent. Und sie liebt dieses Baby. Ich sehe es daran, wie sie seinen Kopf hält, als wolle sie es vor der Welt beschützen. Zu all dem, was ich an ihr bewundere, kommt also auch noch, dass sie liebevoll ist.

Ein Mann könnte sich in diese Frau verlieben und an ihrer Seite bleiben. Für immer an ihrer Seite bleiben.

Irgendwie fühlt es sich richtig an, dass sie vor meiner Tür steht. Als wäre sie dazu bestimmt, früher oder später hier aufzutauchen. Was, wenn es doch den Hauch einer Chance gibt, dass die dasselbe empfindet wie ich? Klar, ich bin ein ständig mit Dreck überzogener Farmer; ich habe absolut keine Ahnung, wie man eine Frau für sich gewinnt, und ich bin ein riesiger Trampel, der voreilige Schlüsse zieht. Aber vielleicht stimmt es doch, was man sagt, und es *gibt* irgendwo für jeden einen passenden Deckel.

Ich habe keine Ahnung. Doch ich würde es für alle Zeit bereuen, wenn ich es nicht versuche.

»Wenn du reinkommst, probiere ich die Jeans an.« Als mir bewusst wird, wie das in ihren Ohren klingen könnte, läuft mein Hals rot an und ich schiebe hinterher: »Ich werde sie in einem anderen Zimmer anprobieren, meinte ich.«

Es ist fast ein bisschen lustig, wie sie sich zur Seite lehnt, um einen Blick in mein Haus zu werfen, als würde sie Ausschau nach möglichen Folterwerkzeugen halten, und ich frage mich, was sie von meinem zweieinhalb Meter hohen, ungeschmückten Weihnachtsbaum hält, der in meinem Wohnzimmer aufragt. Ich habe ihn selbst geschlagen und hier aufgestellt, weil ich den Duft der frischen Tanne so mag, habe jedoch absolut keine Ahnung, wo ich den ganzen Glitzerkram kaufen soll, mit dem man Weihnachtsbäume schmückt.

»Da wo ich herkomme, ist es nicht üblich, das Haus eines Fremden zu betreten, aber es wäre schön, mich eine Minute setzen zu können«, sagt sie. »Ich habe etwa auf halber

Strecke gemerkt, dass diese Stiefel zwar viel Klasse, aber kein Mitleid mit meinen Füßen haben.«

Mein Puls macht einen Hüpfer. »Hast du dir eine Blase gelaufen?«

Sie nickt, wenn auch zähneknirschend – und ich durchforste in Gedanken bereits meinen Verbandskasten. Ich mache mir nie die Mühe, meine Schnitte und Hautabschürfungen zu verarzten, darum habe ich also keine Ahnung, was sich darin verbirgt. Wahrscheinlich Spinnweben. »Wenn du dich damit nicht wohlfühlst, reinzukommen, kann ich dir auch einen Stuhl nach draußen bringen.«

Ihre Haltung wird etwas weicher.

Verdammt! Vielleicht kann ich doch mit Frauen umgehen?

Oder vielleicht habe ich einfach nur ein Händchen für diese eine besondere Frau. Ich hoffe es.

»Nein«, sagt sie. »Ich komme rein.«

Ich schlucke meine Erleichterung herunter und trete zur Seite, wobei ich versuche, die schöne Rothaarige, die in diesem Augenblick mein Haus betritt, nicht anzustarren. Ich ziehe einen Stuhl unter dem Tisch hervor. Ich habe nur zwei, und die sind riesig. Ich musste sie selbst in meiner Scheune bauen, weil ich welche brauchte, die meiner Größe gewachsen waren. Sie sagt nichts zu den extragroßen Stühlen, scheint aber leicht amüsiert darüber zu sein, dass ihre Füße den Boden nicht berühren.

Das Baby beginnt, sich im Tragetuch an ihrer Brust zu winden. Sie schaukelt es sanft hin und her, gurrt leise, während ich den Verbandskasten in einem der Küchenschränke suche. Bei einem der vielen Blicke, die ich über die Schulter werfe, um zu ihr zu sehen, merke ich, wie sie sich windet und ihren Rücken durchstreckt.

»Das Baby den ganzen Weg hierherzutragen muss die Hölle für deinen Rücken gewesen sein.« Endlich finde ich den Verbandskasten und stelle ihn auf die Arbeitsplatte, damit ich den Inhalt überprüfen kann. »Willst du ihn auf mein Bett legen?«

Sie zögert kurz. »Vielleicht nur für ein oder zwei Minuten.«

Ich deute mit einem Nicken auf den hinteren Flur. »Es ist gleich da drüben.«

Sie murmelt etwas davon, dass sie anscheinend vergessen hat, sich vor Fremden in Acht zu nehmen, zieht jedoch ihre roten Stiefel aus, steht auf und trägt das Kind nach hinten ins Haus. Kaum, dass sie mir den Rücken zugedreht hat, sehe ich die beiden Blutflecke, die ihre Socken rot gefärbt haben. Und ich schätze, das verrät mir so einiges über diese Frau: Wenn nötig, wird sie bluten, um ihren Standpunkt deutlich zu machen.

Einen Moment später kehrt sie zurück, wie von einer schweren Last befreit. Sie setzt sich wieder, ihr Blick wärmt meinen Rücken, während ich alles zusammensuche, was ich brauche, um sie zu verarzten. Was denkt sie, wenn sie mich ansieht? Kann es sein, dass sie meine Größe bewundert? Oder will sie mich einfach nur anglotzen, so wie alle anderen?

»Du hast gesagt, da, wo du herkommst, betritt man die Häuser von Fremden nicht. Wo ist das?«

»Chicago.«

Vor meinem inneren Auge sehe ich sie, wie sie sich in

der weit entfernten Stadt, auf einer Kreuzung, durch eine Masse von Menschen schiebt, während um sie herum Hupen und Sirenen heulen. Es gefällt mir nicht besonders. »Wie bist du hier gelandet?«

»Wenn ich es dir sagen würde, würdest du es mir nicht glauben.«

»Lass es drauf ankommen.«

Ihr Brust hebt sich, als sie tief einatmet. »Als ich dreizehn war, habe ich einen Roadtrip mit meiner Mutter gemacht, und wir haben hier zu Mittag gegessen. Im Diner. An der Straße stand ein Schild, auf dem die weltgrößte Ameisenstatue beworben wurde – du weißt schon, die auf dem Dach des Baumarktes.« Sie lächelt, und mein Herz schlägt schneller. »Wir haben aus dem Fenster des Diners geschaut und die Ameisenstatue betrachtet, während wir unsere Milchshakes und Pommes hatten. Wir nannten das Ding Andy, und Mom hat sich eine ganze Story darüber ausgedacht, wie ich Andy küsse und er sich dann in einen schönen Prinzen verwandelt, der vom Dach klettert und uns auf seinem Rücken – genauer: *Thorax* muss es natürlich heißen – in den Sonnenuntergang trägt. Eigentlich eine alberne Geschichte, aber … es war einfach ein guter Tag, dem viele schlechte vorangegangen waren.« Sie sagt nicht, was sie damit meint, und ich frage sie nicht danach. Noch nicht. »Seit ich hierhergezogen bin, fragt sie mich ständig, ob Andy mir schon einen Antrag gemacht hat. Ich schicke ihr Fotos, auf denen ich ihm Küsse zuwerfe oder ihn anschmachte. Ich bin sicher, der Besitzer des Baumarkts glaubt, ich hätte sie nicht mehr alle beisammen.«

Ein Grollen steigt in meiner Brust auf.

Bin ich eifersüchtig auf eine Ameisenstatue? Du liebe Güte, ich glaube, das bin ich tatsächlich.

Ich nehme die leicht verrostete blaue Metallbox und hocke mich vor sie hin. Gerade noch rechtzeitig blicke ich auf, um zu sehen, wie ihr die Kinnlade herunterfällt und sie die Sitzfläche des Stuhls umklammert. Überrascht es sie, dass ich vor ihr auf die Knie gegangen bin? Aber was glaubt sie denn, wie ich sonst ihre Füße versorgen könnte?

In dieser Position bin ich ihr so nah, dass ich den winzigen Flaum auf ihren Oberschenkeln und die leichten Bewegungen der Muskeln unter ihrer weichen Haut sehen kann. Sie hat eine Narbe auf ihrem rechten Knie, die aussieht, als stamme sie aus ihrer Kindheit, und rund herum sind Sommersprossen auf ihrer Haut verstreut. Ich gebe mir große Mühe, nicht auf den Saum ihrer Shorts zu schauen, was mir jedoch nicht gelingt. Mein Blick ruht lange genug dort, dass ich mir die Wölbung des Jeansstoffs über ihrer Pussy einprägen kann, ebenso wie die Zartheit der Innenseiten ihrer Schenkel, je näher sie ihrem Schritt kommen.

Wie es wohl sein muss, wenn eine Frau wie sie mich zwischen ihren Schenkeln willkommen hieße?

Es wäre das verdammte Paradies.

»Ein hübscher Prinz«, sage ich heiser und reiße die Verpackung mit dem kleinen Alkoholtüchlein darin mit den Zähnen auf. »Ist es das, wonach du suchst?«

»Nein.« Sie zuckt nicht zusammen, als ich den Alkohol auf ihre Wunde auftrage und sie reinige. Dass sie keinen Schmerz zeigt, verrät mir noch mehr über sie. »Ich kümmere mich einfach darum, mein Geld zu verdienen und mich um meinen Sohn zu kümmern. Ich bin nicht auf der Suche nach einem Mann. Oder einer Ameise.«

Scheiße. »Solche Dinge kann man nicht immer planen. Was, wenn plötzlich jemand kommt, der dich interessieren könnte?«

Evie antwortet nicht sofort. Sie sieht mir dabei zu, wie ich Wundsalbe auf zwei Pflaster auftrage, sie dann auf ihre Blasen klebe und mit dem Daumen glatt streiche. Ist das Gänsehaut auf ihren Beinen? Ist es hier drinnen zu kalt?

»Wenn mich jemand interessieren würde«, beginnt sie mit einer heiseren Stimme, die meine Haut in Flammen setzt, »würde ich ihm wahrscheinlich eine ganz lockere Geschichte vorschlagen.«

Mein Mund ist plötzlich ausgetrocknet. »Was ist eine ›ganz lockere Geschichte‹?«

»Weißt du …«

Und dann sagt sie diese drei Worte, zu denen ich augenblicklich eine äußerst zwiespältige Beziehung habe.

»Friends with Benefits.«

Kapitel 3

Evie

Es ist ziemlich überwältigend, diesen wirklich riesigen Mann vor mir knien zu haben, während er meine Füße verarztet.

Aus der Nähe riecht er nach … Land. Wind, Erde, hartem Leder. Seine Haut ist so wettergegerbt, als hätte die Sonne die fruchtbare Erde seiner Farm in seine Haut eingebrannt. Selbst die einfache Bewegung, die es erfordert, mir zwei Pflaster auf die Fersen zu kleben, weckt ein ganzes Arsenal von sich bewegenden Trizeps- und Trapezmuskeln. Sein Mund und seine Augenbrauen sind angespannt, sein Blick konzentriert. Und es ist dieser Blick, der etwas in mir auslöst. Doch ich bin nicht bereit, das auslösen zu lassen.

Nein.

Auf gar keinen Fall.

»Ich glaube, ich sollte gehen«, flüstere ich.

»Ich habe die Jeans noch gar nicht anprobiert.«

»Oh, richtig.« Ich schlucke schwer und ignoriere das tiefe Verlangen, seine Handflächen zu spüren, wie sie über meine Oberschenkel gleiten. »Könntest du?«

»Könnte ich was?«, fragt er, wobei er definitiv heimlich einen Blick auf den Hosenschlitz meiner Jeansshorts wirft und davon abgelenkt wird. Kann er durch den Jeansstoff sehen, wie sich meine Pussy zusammenzieht?

Meine *Güte*, ich fühle mich so unglaublich von diesem Mann angezogen. Und das nicht nur wegen seines Körpers, der aussieht, als könne er einen ganzen Lastwagen anheben. Sondern wegen seiner Art. Er hat sich nicht nur für die falschen Schlüsse, die er in Bezug auf mich gezogen hatte, entschuldigt – er setzt auch alles daran, dass ich mich sicher und wohl fühle. Jetzt kniet er vor mir und verbindet meine Wunden.

Ein Mann mit Stolz, der auch bereit ist, ihn abzulegen. Also, das ist … etwas. Etwas, das zu mehr als nur zu etwas Lockerem führen könnte.

O nein. Das wird nicht passieren.

»Könntest du die Jeans jetzt anprobieren?«

Ist das ein wissendes Funkeln, das in seinen Augen aufblitzt, als er sich zu seiner vollen, beeindruckenden Höhe aufrichtet? Ich hoffe nicht. »Klar, Evie.«

Während er sich im Badezimmer umzieht, nehme ich mich selbst ins Gebet. Zu oft habe ich erlebt, wie wankelmütig Männer sein können. Wie verletzend und unverantwortlich. Ich bin hierhergekommen, um mit meinem Sohn einen Neuanfang zu schaffen, und das ist mir gelungen. Ich hatte nichts als eine Skizze für mein neues Leben, und jetzt bin ich dabei, sie sorgfältig auszumalen. Liebe würde nur dafür sorgen, dass die Farben ineinanderlaufen und das Bild verzerren. Oder ein völlig anderes Bild daraus machen. Das will ich nicht. Dazu bin ich nicht bereit.

Allerdings fangen meine Hormone an, ihre ganz eigene Skizze zu zeichnen, als Luke in Jeans und ohne Oberteil aus dem Bad kommt. Eine Skizze, in der ich einen zuverlässigen Babysitter finde und mich von Zeit zu Zeit mit diesem riesigen, liebenswerten Farmer vergnüge. Daran kann doch nichts Verkehrtes sein. Sex ist ja quasi gesund, solange er gut ist. Und safe.

»Evie …«, setzt er an und reibt sich den Nacken. »Ich hatte immer Probleme mit Hosen, nie haben sie mir gepasst. Jedenfalls nicht wirklich. Aber die hier fühlt sich an, als wäre sie für mich gemacht.«

Die Dankbarkeit in seinem Ton lenkt mich von den Muskeln oberhalb seiner Hüften ab. »Ist sie ja auch.«

Er nickt, will etwas sagen und schließt den Mund dann doch wieder. Als wäre er völlig überwältigt von meinem Weihnachtsgeschenk, und jetzt fühle ich mich noch schlechter, weil ich hergekommen bin und es ihm regelrecht an den Kopf geworfen habe. Stattdessen wünschte ich, ich hätte ihm zehn Paar Jeans gemacht. Vielleicht werde ich das noch. »Danke«, sagt er schließlich. »Ich will dir aber etwas dafür geben.«

»Diesmal nicht«, widerspreche ich und schüttele den Kopf. »Das ist ein Geschenk.«

Wie an dem Tag, als er mir unbedingt fünf Dollar für die Jeans geben wollte, die er zerrissen hatte, bekomme ich auch jetzt einen Eindruck von der Sturheit dieses Farmers. Allerdings schreckt sie mich nicht ab. Denn sie scheint aus seinem Bedürfnis zu erwachsen, Leuten ihre Freundlichkeit zurückzuzahlen. Was ich wirklich … verlockend finde. Viel zu verlockend.

»Ich fürchte, ich kann kein Geschenk annehmen, ohne mich zu revanchieren«, sagt er. »Eigentlich war ich es, der meine Brüder und Schwestern großgezogen hat, während ich mich gleichzeitig darauf vorbereitet habe, diese Farm von meinen Eltern zu übernehmen. Ich weiß, wie man gibt, aber nicht, wie man nimmt.«

Ich stehe auf und durchquere den Raum, trete hinter Luke und zupfe hier und da am Bund der Jeans, um die Passform zu überprüfen. »Du kannst nicht einmal eine Jeans annehmen?«

»Nein.«

Ich stehe nun direkt vor ihm, nah genug, um die Hitze seines muskulösen Oberkörpers zu spüren, seinen Atem auf meinem Scheitel.

»Ich muss dich warnen, wenn du mein Geld nicht annimmst, werde ich den Gefallen auf eine andere Weise erwidern. Mach dich darauf gefasst.«

»Oooh, zum Fürchten«, mache ich, lege meinen Kopf zurück und täusche ein Schaudern vor. Dieses Schaudern wird allerdings echt, als ich ihn dabei erwische, wie er meinen Mund anstarrt, als wäre der aus Schokoladeneis. »Ich schätze, dieses Risiko muss ich wohl eingehen, Luke Ward.«

In seiner Kehle zuckt es. »Träume ich, oder willst du wirklich geküsst werden?«

Ich drücke meine Brüste gegen seine Brust, und ihm entringt sich ein rauer Laut. »Das musst du schon selbst herausfinden.«

»Fuck.«

Er haucht dieses eine Wort wie einen Schwur, aber noch bevor es seinen Mund ganz verlassen hat, liegen seine Lippen schon auf meinen, und die Wucht seines Verlangens lässt mich unwillkürlich zurückstolpern. Es lastet schwer auf ihm. Das kann ich deutlich spüren, und es macht mich an, denn auch ich empfinde dieses Verlangen. Und noch während sich mir wegen dieser ersten Berührung unserer Zungen der Kopf dreht, begreife ich, dass ich ehrlich zu mir sein muss. Dieser Hunger nach ihm erwachte bereits, als er das erste Mal den Secondhand-Laden betreten hat und nichts fand, was ihm passte.

»Himmel, du bist so schön. *Gott.*« Die Finger seiner rechten Hand fahren durch mein Haar, gleiten dann fieberhaft tiefer, über meinen Rücken, ziehen mich fest an ihn. Er lässt mich die wachsende Ausbuchtung in seiner Jeans spüren. »Mir gefällt der Anblick von dir in meinem Haus, Evie.«

In meinem Hinterkopf schrillt eine Alarmglocke. Nicht laut genug, um das köstliche Gefühl seines Mundes auf meinem zu unterbrechen, aber laut genug, um mich ihn warnen zu lassen. »Ich bin nicht an etwas Ernstem interessiert.«

Er packt mit seiner Faust den Bund meiner Jeansshorts über meinem Hintern, dreht seine Hand und zieht mich damit auf die Zehenspitzen. Der Jeansstoff presst sich dabei gegen die Stelle zwischen meinen Schenkeln und lässt mich wimmern. *O Mann. O wow.* »Woran bist du dann interessiert?«, will er wissen und sieht mir in die Augen. Zieht an meinem Hosenbund.

Höher. Höher.

»Ich habe es dir schon gesagt, Luke«, keuche ich und folge seinem stummen Befehl, klettere an seinem großen Körper hinauf, schlinge meine Beine um seine Hüften, lasse Hartes und Weiches ineinander übergehen, presse mich wieder und wieder an ihn. Ein leises Stöhnen entkommt meinem Mund, ein Fluchen seinem.

»Friends with Benefits ist etwas für Jungs«, sagt er und presst mich rücklings gegen seinen Kühlschrank. Er setzt seine Erektion *genau dort* an, reibt sich erst leicht an mir, dann stärker. Noch stärker. »Ich bin kein Junge.«

Das ist er ganz sicher nicht. Hat mir schon jemals ein Mann derart den Atem geraubt? Fühlt es sich so an, wenn man vor Lust den Verstand verliert? Ich kann kaum noch klar denken, mein Puls geht unregelmäßig, und all meine Sinne knallen mir durch.

»Dann s-sagen wir einfach, wir verbringen ab und zu Zeit für Erwachsene zusammen …« Mein Mund öffnet sich, ein Schluchzen entfährt mir, als er dreimal rasch gegen mich stößt und den Kühlschrank zum Rütteln bringt. »Wie … *oh* … wie willst du es denn nennen?«

»Meine Frau ficken«, raunt er an meinem Hals. »So will ich es nennen.«

»Ich wäre aber nicht deine Frau. Ich gehöre nur mir.«

»Dann hätte ich einen anderen Vorschlag, Süße. Wenn du immer noch nicht willst, dass ich dich meine *Frau* nenne, nachdem ich es dir so richtig besorgt habe, darfst du das mit uns stattdessen als *Friend with Benefits* bezeichnen.«

Mhm … das ist fast schon lächerlich einfach. Oder? Ich denke, ich werde es gerade noch so hinbekommen, nicht von irgendwem als *seine Frau* bezeichnet zu werden, als wären wir im Wilden Westen. »Deal.«

»Gott sei Dank, das war einfach.« Seine Zähne graben sich in mein Ohrläppchen, seine Hüften reiben sich weiter an mir, pressen mich gegen den Kühlschrank, und o Mama, das reicht fast schon aus, damit ich komme. Ich werde tatsächlich kommen, einfach so, wenn er seinen Unterleib nur weiter auf diese Weise bewegt. *Bitte. Bitte. Bitte.* »Ich bin nicht einfach zu nehmen, Evie. Verstehst du, was ich dir damit sagen will?«

Das habe ich schon vor fünf Minuten verstanden. »Du bist überall groß.«

»Ja.« Er verbirgt sein Gesicht an meinem Hals, schmiegt sich mit einem lang gezogenen Stöhnen dagegen. »Es gibt nicht viele Jeans, die mir passen, und es gibt auch nicht viele Frauen, die mir passen.«

Seinem Tonfall nach zu urteilen, hat er schon einige frustrierende Erfahrungen damit hinter sich.

Doch ich weiß instinktiv, dass es bei uns anders sein wird. Verdammt, nach nur ein paar Küssen hat sich mein Unterleib in einen Wasserpark verwandelt. Ich kann mir nicht vorstellen, wie diese atemberaubende Chemie, die wir miteinander haben, nicht explodieren sollte, sobald wir nackt sind.

Ich will mit ihm nackt sein. Jetzt. *Unbedingt.*

»Ich werde passen. Jeder Zentimeter von dir wird passen«, flüstere ich, lecke und knabbere an seinem Kiefer und spreize meine Knie noch weiter, damit er näher an mich herankommt. »Warum probierst du mich nicht einfach?«

»Evie«, knurrt er und presst seinen Mund auf meinen –, und wir fangen an, uns gegenseitig die Kleider vom Leib zu zerren. Mein T-Shirt fällt als Erstes, und er gibt einen verzweifelten Laut von sich, der mehr nach einem Tier als einem Menschen klingt, leckt zwischen den hungrigen Angriffen auf meine Lippen immer wieder über meine Brustwarzen, bis die zu steifen Nippeln werden, und ich war noch nie so froh darüber, keinen BH zu tragen, wie an diesem Morgen. Er packt meinen Hintern grob mit den Händen und saugt geräuschvoll an meinen rosigen Nippeln, seine Brust hebt sich wild, seine Pupillen sind so groß, dass von dem Schokoladenbraun seiner Augen kaum noch etwas zu sehen ist. Ein Mann, gefangen in seiner Lust. Wegen mir. »Was für ein Mann ist das, der freiwillig auf das hier verzichtet?«

»Ich … weiß nicht, ich …«

»Du willst mich bis zum letzten Zentimeter in deiner nassen Pussy haben, nicht wahr? Braves Mädchen.« Er fährt mit den Zähnen über meinen Hals, am Gesicht entlang. »Wie hart soll ich in dich stoßen?«

So hart, wie du willst.

Zerstör mich einfach vollkommen.

Daddy.

Es liegt mir auf der Zunge, ihm das als Antwort entgegenzuschreien, doch dann ist die Gelegenheit vorbei. Denn in diesem Augenblick beginnt Sonny im Schlafzimmer zu weinen. Und dieses so vertraute, geliebte Geräusch hat denselben Effekt auf mich, als würde man mir einen Dolch in die Seite stoßen. Während der letzten Minuten habe ich völlig vergessen, dass mein Sohn im Bett dieses Mannes schläft.

Ich habe mich selbst verloren. Ich habe vergessen, was meine oberste Priorität ist.

Ist es das, wozu dieser Mann mich bringen will?

Wenn ja, dann ist er gefährlich. Dann ist er genau das, was

ich mir geschworen habe zu meiden: der Wunsch, mich an jemanden zu binden. Dabei ist die einzige Bindung, die ich gerade zulassen darf, die zu mir selbst.

Für meinen Sohn.

»Ich muss gehen.«

Er nickt ruckartig, lässt meine Schenkel von seiner Taille gleiten. Er stemmt die Hände in die Hüften und tritt einen Schritt zurück, holt tief Luft. »Das war etwas Besonderes, Evie.«

»Ich weiß«, bringe ich heraus, während ich versuche, irgendwie wieder zu Atem zu kommen. »Alles andere als locker, oder?«

»Ja.« Seine Wange zuckt. Er scheint gegen den Drang anzukämpfen, mich wieder gegen den Kühlschrank zu pressen. Ein Teil von mir wünscht sich, er würde es tun. »Du entscheidest, was das ist und wie schnell es gehen soll, aber ich werde alles tun, um dafür zu sorgen, dass du dich für mich entscheidest. Evie, du kannst alles von mir haben. Und ich werde dir so viel davon geben, wie du mir erlaubst.«

Er sieht mir lange genug in die Augen, um meinen Puls zum Rasen zu bringen. »Aber ich will eine Sache ganz deutlich sagen, damit es keine Missverständnisse gibt: dich und deinen Jungen gibt es nur im Doppelpack. Das weiß ich, und es macht mir keine Angst.« Er deutet mit seinem stoppeligen Kinn auf meine Füße. »Ich werde dich nach Hause fahren, Evie. Ich werde nicht zulassen, dass du meinetwegen auch nur noch einen Tropfen Blut vergießen musst.«

Mir schnürt sich die Kehle zusammen, sein Gesicht vor

mir beginnt zu verschwimmen – und ich weiß, ich muss von hier verschwinden.

Muss den Kopf frei bekommen, meine Prioritäten neu setzen.

Muss mir ins Gedächtnis rufen, dass die Ablenkung durch einen Mann nur zu Enttäuschung führt.

❄

Eine sehr schweigsame Viertelstunde später setzt er Sonny und mich vor dem Secondhandladen ab. Luke beobachtet, wie ich die Tür aufschließe, die zu der kleinen Wohnung im Obergeschoss führt, und versucht gar nicht erst, den Hunger oder die Entschlossenheit in seinem Blick zu verbergen, als ich über die Schulter zu ihm zurückschaue. Und trotz allem, was ich gezwungen war, über die Liebe und Beziehungen und Männer zu lernen, kann ich nicht anders, als anzuerkennen, dass … Luke mich möglicherweise von meinen Prioritäten ablenken könnte.

Und keine Enttäuschung sein würde.

Kapitel 4

Lukas

Ich behalte das Gebäude mit dem Secondhandladen im Erdgeschoss – und meiner widerspenstigen Frau in der ersten Etage – im Auge, gehe um meinen Pick-up herum und hebe die blaue Plane an, unter der das Fahrrad liegt, das ich gerade fünfzig Meilen entfernt abgeholt habe. Sicher, ich hätte auch hier in der Stadt ein Fahrrad kaufen können, aber keines der gebrauchten Räder, die ich mir hier angesehen habe, erschien mir besonders genug für Evie. Aber jetzt, wo der Zeitpunkt gekommen ist, es ihr zu geben, werde ich mit jeder Sekunde aufgeregter.

Es ist Heiligabend, und endlich sind die Temperaturen gesunken. Obwohl die Kälte wahrscheinlich morgen früh gleich wieder von der texanischen Sonne weggebrannt wird, verleihen die kühle Luft zusammen mit den blauen Lichterketten, die auf dem Dach des Secondhandladens blinken, und dem Duft nach Äpfeln und Zimt, der von der Kirche am anderen Ende des Blocks herüberweht, diesem Moment einen Hauch echter Weihnachtsstimmung.

Mein Blick wandert zum Fenster im ersten Stock, und

ich entdecke Evie, die am Herd steht und, mit dem Löffel in der einen Hand und Sonny auf dem freien Arm, etwas in einem Topf umrührt. Ich spüre, wie sich ein starker Druck in meiner Brust ausbreitet – wie immer, wenn ich auch nur in ihrer Nähe bin.

Habe ich damals wirklich geglaubt, dass ich im Secondhandladen eine Jeans finden könnte, die mir passt?

Nein.

Es ging mir nur darum, einen Blick auf die schöne Frau hinter der Kasse werfen zu können.

Die Frau, die immer so zuversichtlich und doch vorsichtig ist.

Ich empfinde etwas für eine Frau, die nur wegen einer Ameisenstatue und einer schönen Erinnerung in diese Kleinstadt gezogen ist. Diese Frau, die den ganzen Weg bis zu meiner Farm gelaufen ist, um mir eine Jeans zu bringen, und mir gleichzeitig die Leviten zu lesen. Diese Frau, deren Körper, deren Mund und deren Haut einen unstillbaren Hunger in mir geweckt haben, seit sie mir erlaubt hat, sie zu küssen.

Ich möchte, dass Evie bei mir bleibt. Das zu schaffen wird eine echte Tortur werden. Sie will nicht, dass ein Mann in ihr Leben platzt und alles durcheinanderbringt. Anscheinend ist das schon einmal passiert, auch wenn ich keine Einzelheiten kenne. Ich werde Geduld brauchen. Ihr zeigen müssen, dass es die Dinge nicht schlechter, sondern schöner machen würde, wenn sie mir erlaubt, an ihrem und Sonnys Leben teilzuhaben.

Und wenn sie das tut, darf ich es ihr jeden Tag aufs Neue beweisen.

Verdammt, darauf freue ich mich schon jetzt.

Mit zusammengebissenen Zähnen und angespanntem Kiefer hebe ich das Fahrrad von der Ladefläche und stelle es auf den Bürgersteig, in Sichtweite des Fensters der Wohnung. Ich richte die große rote Schleife am Lenker und mache das Rad mit einem Schloss an dem Fahrradständer dort fest; dann laufe ich eine Weile unruhig hin und her, versuche, den Mut aufzubringen, die Treppe bis zu ihrer Tür hinaufzugehen. Es ist gut möglich, dass sie nicht besonders erfreut darüber sein wird, mich unangemeldet bei ihr auftauchen zu sehen. Aber wenn ich Evie davon überzeugen will, mir eine Chance zu geben, muss ich Risiken eingehen.

Schließlich stehe ich vor ihrer Wohnungstür und klopfe. Der Fernseher verstummt, zögernde Schritte nähern sich der Tür.

»Hallo?«

Jeder Muskel in meinem Körper spannt sich bei dem Klang ihrer Stimme an. »Evie.«

Schluckt sie etwa? »Luke.«

Es gibt einen Moment des Zögerns, gefolgt vom Klicken des Türschlosses. Erleichtert schließe ich die Augen, reiße sie aber gleich wieder auf, kann einfach nicht erwarten, sie nach diesen langen vierundzwanzig Stunden wiederzusehen – und wie sehr hat sich das Warten gelohnt. Sonny klemmt auf ihrer rechten Hüfte und spielt mit ihrem Haar. Ich bin mir nicht einmal sicher, ob das wirklich ein Kleid ist, das sie da trägt, ich glaube, man nennt das ein *Slip Dress*. Ein Kleid, das Frauen unter ihren Kleidern tragen, was keinen Sinn ergibt, aber in diesem Moment bin ich überaus dankbar, dass es so etwas gibt. Denn dieses hier ist fast durchsichtig. Und kurz. Es lässt ihre Schenkel beinahe vollständig sehen.

Ihre Kurven.

Erbarmen.

»Es ist … es ist Heiligabend. Was machst du denn hier?«

»Ich habe ein Geschenk für dich.«

Sie mustert mich mit einem Blick, der immer unruhiger wird. »Wo ist es?«

»Unten.« Ich deute mit einem Nicken auf das Innere ihrer Wohnung. »Du kannst es von deinem Fenster aus sehen. Ich kann solange hier warten, wenn du willst.«

Abwesend wirft sie sich das Haar über die Schulter, um es aus der Reichweite von Sonny kleinen grabschenden Händen zu bringen. Sie denkt nach. Wägt das Für und Wider ab. Vielleicht hätte ich sie nicht einfach so überrumpeln sollen. »Nein, komm rein«, murmelt sie und tritt zur Seite. Als ich mich ducke, um nicht gegen den Türrahmen zu stoßen, muss sie sich ein Lächeln verkneifen. »Wie ich sehe, trägst du die Jeans immer noch.«

»Ich habe sie nicht mehr ausgezogen, außer zum Schlafen. Und zum Duschen«, füge ich schnell hinzu. »Und ich habe eine Menge Komplimente dafür bekommen.«

»Wirklich? Von wem?«

»Zum Großteil von den Hühnern.«

Sie lacht laut auf, und es ist das unglaublichste Lachen, das ich jemals in meinem Leben gehört habe. Es hallt in meinem ganzen Körper wider, in meinem Herzen. Der Klang weckt Sonnys Aufmerksamkeit, und er betrachtet seine Mutter neugierig, während sie zum Fenster geht, und hinausschaut.

»Oh«, haucht sie. »Das ist ein Fahrrad.«

»Es ist ein Fahrrad.«

»Mit einem … mit einem Kindersitz auf dem Gepäckträger.«

Ich wünschte, ich hätte einen Hut dabei oder irgendetwas, womit sich meine Hände beschäftigen können. Sie fühlen sich gerade so nutzlos an. »Ich hoffe, du wirst es dazu benutzen, um mich auf der Farm zu besuchen, Evie.«

Sie antwortet nicht.

Ich würde hundert Morgen meines Landes geben, nur um zu erfahren, was sie gerade denkt.

»Danke«, sagt sie schließlich, und ihre Stimme zittert ein bisschen. »Ich danke dir.« Sie dreht sich um und drückt den Kopf des Babys an ihre Brust. »Das ist wirklich sehr aufmerksam, Luke.«

Ich gebe ein Grunzen von mir. Was habe ich sonst zu sagen?

Was meine Absichten sind, habe ich ihr deutlich gezeigt. Den nächste Schritt muss sie machen.

»Ich habe dich beim Kochen gestört«, sage ich, wende mich wieder zur Haustür und greife nach der Klinke, öffne die Tür aber noch nicht. »Ich weiß, morgen ist der erste Weihnachtstag, aber würde es dich stören, wenn ich dich trotzdem anrufe …«

»Bleib doch«, platzt es aus ihr heraus, und ihre Wangen färben sich rosa. »Ich meine, warum bleibst du nicht zum Essen? Wenn du schon mal da bist.«

»Das kann ich nicht.«

»Du kannst. Und du wirst.« Die Art und Weise, wie sie das Ruder übernimmt, sobald sie eine Entscheidung getroffen hat, passt zu ihr, und ich mag es, diese Seite an ihr zu erleben. Ich mag es überhaupt, sie kennenzulernen, ganz egal, wie wichtig oder unbedeutend die Dinge auch sind, die ich erfahre. Sie kommt auf mich zu, fasst mich am Ellenbogen und führt mich zu der blauen Couch, die vor dem stummgeschalteten Fernseher steht. Es läuft *Kevin – Allein zu Haus*. Sie hat einen guten Geschmack. »Hier. Setz dich und entspann dich. Ich muss nur …« Sie bringt den Satz nicht zu Ende, sondern blickt zur Küche. »Ich war gerade dabei, Käsetoast mit Tomatensuppe zu machen. Ist das okay?«

»Mehr als okay.«

»Gut. Okay.« Sie dreht sich im Kreis. Habe ich sie verunsichert?

»Evie.«

»Ja?«

»Es macht mir wirklich nichts aus zu gehen.«

»Ich will nicht, dass du gehst, Luke. Dieses Fahrrad hat mich bloß etwas überwältigt. Ich habe bisher nie daran gedacht, dass ich mir eins kaufen könnte. Und der Kindersitz …« Sie beißt sich auf die Lippe und fährt dann mit der Zunge darüber. »Ich bin mir nicht sicher, ob ich es annehmen sollte. Wie ich schon sagte, ich bin nicht …«

»Auf der Suche nach etwas Ernstem. Das weiß ich. Aber das ist nur das, was ich dir für die Jeans geben möchte.« Ich ziehe eine Augenbraue hoch. »Hättest du einfach mein Geld angenommen, wärst du jetzt nicht in dieser Zwickmühle.«

Sie lächelt widerwillig. »Lektion gelernt.«

Wir starren uns fast zehn Sekunden lang an, und meinetwegen könnte ich für immer so verharren, während sie nur mich ansieht. »Wenn du willst, kann ich auf Sonny aufpassen, solange du kochst. Ich bin das älteste von fünf Geschwistern. Zwischen mir und dem Jüngsten liegen dreizehn Jahre, ich bin also ziemlich kampferprobt.«

Evie brummt und wiegt ihren Sohn auf ihrem Arm. »Ich glaube, bisher haben nur ich und die Krankenschwestern im Krankenhaus ihn gehalten.«

Ich nicke.

Und warte.

»Er wird unruhig, sobald du dich hinsetzt, wenn du ihn auf dem Arm hast. Er hält einen gern auf Trab.«

»Meine Schwester war genauso.

»Wo ist sie jetzt?«

»Lebt in Kanada. Calgary. Sie hat dort an der Uni einen Mann kennengelernt. Sie heiraten im Herbst.« Ich werfe ihr einen Blick zu. »Ich werde wahrscheinlich einen maßgeschneiderten Anzug brauchen. Vielleicht kennst du ja einen guten Schneider.«

Wieder dieses hübsche Zucken um ihre Lippen. »Vielleicht.«

Sie macht einen Schritt in meine Richtung. Und dann noch einen. Rückt das Baby auf ihrem Arm auf eine Weise zurecht, die mir signalisiert, dass sie bereit ist, es mir zu geben. Ich versuche, mir meine Erleichterung nicht anmerken zu lassen, stehe auf, nehme Sonny auf den Arm und schiebe den kleinen Jungen bis an meine Schulter hoch. Dann erst beginne ich, langsam und wiegend umherzugehen, wobei Evie mich aufmerksam im Blick behält.

Sie hat keine Ahnung, dass ich mich gerade fühle, als hätte ich im Lotto gewonnen.

Dieser Vertrauensbeweis ist ihr nicht leichtgefallen, dennoch tut sie es: Sie vertraut mir.

Und ich will mehr davon.

»Was ist mit deinen anderen Geschwistern?«, fragt sie und geht zurück zum Herd, rührt die Suppe um und macht einen zweiten Käsetoast. »Wo leben sie?«

»Sie sind überall verstreut. Neben meiner Schwester in Calgary habe ich noch einen Bruder, der nicht weit von hier bei meinen Eltern lebt. Mein anderer Bruder geht noch in die Schule, und ich habe noch eine Schwester, die mit einer Theatertruppe auf Reisen ist. Sie ist die Drama Queen der Familie.«

Ich gehe Richtung Küche vorbei und muss lächeln, als das Baby Spuckeblasen fabriziert und sich in den Kragen meines Hemdes krallt. »Hast du Geschwister?«

»Nein.« Sie schüttelt den Kopf. »Nein, aber ich habe mir immer eine Schwester gewünscht.«

»Du kannst dir eine von meinen ausleihen, am besten die mit dem Hang zum Drama.«

Ich kann ihr Lächeln nur im Profil sehen. »Hast du die Farm dann nur übernommen, weil du der Älteste bist?«

»Irgendwie schon, ja. Aber gleichzeitig glaube ich auch nicht, dass die anderen für dieses Leben gemacht wären. Wie auch immer, ich glaube …« Ich merke, wie sich mir die Kehle zuschnürt. »Ich glaube, ich habe sie zu sehr gedrängt, habe zu sehr versucht, ihnen die Liebe zur Farm zu vermitteln, damit sie sie genauso sehr lieben wie ich. Vielleicht habe ich damit aber nur das Gegenteil erreicht – bevor mir das überhaupt bewusst war.« Sie sieht mir in die Augen. Weder verurteilt sie mich noch bemitleidet sie mich. In ihrem Blick liegt nur stilles Verständnis. »Ich liebe das Leben auf der Farm, es liegt mir im Blut. Meine Geschwister haben ihre Leidenschaft woanders gefunden, und das ist in Ordnung.«

Ich kann sehen, wie ihre ganze Haltung allmählich weicher wird, wie die Spannung aus ihren Schultern weicht, und sie sich immer sicherer am Herd bewegt. »Ich warte die ganze Zeit darauf, dass du mich fragst, was mit Sonnys Vater ist, aber du tust es nie. Das ist normalerweise die erste Frage, die mir die Leute stellen.«

»Ich nehme an, du wirst es mir erzählen, wenn du bereit dazu bist.«

Sie legt beide Toastscheiben in die heiße Pfanne, und das mit Butter bestrichene Brot beginnt zu brutzeln. Wenn ich mir Käsetoasts mache, dann esse ich normalerweise vier oder fünf davon, aber das werde ich ihr nicht sagen. Heute Abend muss ein Toast reichen – zum Glück gibt es noch die Suppe.

Es besteht eine Chance, dass ich nicht verhungern werde.

»Wir waren zwei Jahre zusammen, und dann wurde ich schwanger. Er wollte keine Familie und ist einfach gegangen. Ehrlich gesagt, wollte ich anfangs auch kein Kind haben, aber …« Sie zuckt mit den Schultern. »Ich war auch ein Unfall. Meine Mutter hat mich immer ihren Silberstreif am Horizont genannt. Ich schätze, dadurch hatte ich gleich eine Verbindung zu Sonny, und ich wollte einfach … ich wollte es versuchen. Ich war bereit.« In der Art, wie sie mich über ihre Schulter hinweg ansieht, liegt etwas sehr Verletzliches. »Ich war bereit, zu versuchen, das Gute im Leben von jemandem anders zu sein.«

Mir wird die Kehle eng … und immer enger. Sie wird für dieses Kind eine Heldin sein.

»Ich denke, du bist es schon. Und so viel mehr.« Ich tue so, als würde mir das Baby etwas ins Ohr flüstern. »Sonny sagt, dass die Milchflaschen immer die perfekte Temperatur haben. Du bist die Mutter des Jahres.«

Sie lacht von Neuem, und ich könnte mich an dieses Geräusch wirklich gewöhnen. Zum Glück bin ich ihr gegenüber nicht mehr so gehemmt und kann sogar Witze reißen. »Wie viele Käsetoasts soll ich dir machen?«, fragt mich Evie dann ganz nebenbei. »Drei oder vier?«

Damit ist es beschlossen. Ich werde diese Frau heiraten, komme, was wolle.

Kapitel 5

Evie

Luke hält das Baby während des ganzen Essens im Arm. Er isst mit einer Hand und wiegt mit der anderen den schläfrigen Sonny an seiner Schulter, und ich frage mich langsam, wie dieser Mann überhaupt real sein kann. Ich sitze am Tisch und erzähle ihm von meinem Kindheitsreisen mit meiner Mutter und von den lustigsten Begegnungen, die ich mit den Kunden unten im Laden hatte, aber vor meinem inneren Auge sehe ich noch immer das Fahrrad vor dem Fenster stehen, mit der großen roten Schleife und dem Kindersitz.

Ich habe noch nie so ein schönes Geschenk bekommen.

Es wird mir dabei helfen, so viele Dinge zu tun, an die ich bisher kaum habe denken können. Das Fahrrad schenkt mir Freiheit, schenkt mir die Möglichkeit, an andere Orte zu fahren. Sonny wird an der frischen Luft und im Sonnenschein sein, und vielleicht wird er sogar erste Erinnerungen sammeln. Das Rad sieht teuer aus. Brandneu. Glänzend. Es hat sogar mehrere Gänge. Ich sollte es nicht annehmen, aber …

Ich glaube, ich fände es *schön*, Luke leichter besuchen zu können.

Natürlich nur für einen One-Night-Stand, aber immerhin. Besser als laufen.

Da ist eine kleine Stimme in meinem Hinterkopf, die mich eine Lügnerin nennt, weil ich das mit ihm nur als lockere Geschichte abtue, aber ich ignoriere sie. Vehement. Ich habe Sonny und mir versprochen, uns vor Menschen zu beschützen, die einfach in unserem Leben auftauchen und dann genauso schnell wieder verschwinden. Wie sein Vater. Wie *mein* Vater. Man kann mich nicht mit einem Fahrrad kaufen. Und ganz sicher werde ich mich nicht von seinem Großer-Mann-Zauber mitreißen lassen.

Warum macht es mich so an, ihm dabei zuzusehen, wie er seinen vierten Käsetoast isst?

Da ist etwas an der Härte seines Körpers, der tiefen Bräune, den Muskeln, die von ehrlicher Arbeit geformt wurden, diesen wachen braunen Augen. An der Aufrichtigkeit, wenn er von seiner Familie oder der Farm erzählt. Oder wenn er überhaupt von irgendetwas erzählt. An der Art, wie mein Löffel in seiner Hand aussieht wie ein Kinderspielzeug. Er hat einfach etwas, Punkt.

»Das Baby schläft«, brummt Luke leise. »Willst du ihn hinlegen?«

Ich nicke und stehe auf, wobei ich erschrocken feststelle, dass sich meine Beine wie Gummi anfühlen. »Wir teilen uns ein Zimmer«, sage ich unnötigerweise und bedeute ihm, mir zum einzigen Schlafzimmer in der Wohnung zu folgen. »Wenn er größer wird, muss ich mir etwas einfallen lassen.«

Luke brummt. »Ich bin sicher, das wird dir gelingen.«

»Ich hoffe es.« Ich deute auf die Krippe in der Ecke des Zimmers, zu der Luke geht. Er lässt seinen Blick durch den Raum schweifen und erfasst alles darin: die halb fertige Bluse, die an eine Schaufensterpuppe ohne Kopf neben meiner alten Kommode geheftet ist. Die jadegrüne, wieder abziehbare Tapete. Meine geblümte Tagesdecke. Den Morgenmantel aus Seide, der an einem Haken an meinem Kleiderschrank hängt. Den Wickeltisch mit Windeln, Feuchttüchern und sauberen Stramplern. »Ich versuche, die Hälfte des Geldes, das ich mit dem Verkauf meiner Designs verdiene, für ein Haus beiseitezulegen. Mal sehen, ob es funktioniert. Ich fände es schön, einen Garten für Sonny zu haben. Ihm Platz zum Herumrennen geben zu können.«

»Ich habe reichlich Platz.« Er legt Sonny in die Krippe und richtet sich wieder auf. Sieht mich an. »Du kannst ihn nutzen, wann immer du willst, Süße.«

Das gummiartige Gefühl in meinen Beinen breitet sich rasend schnell in meinem ganzen Körper aus. Noch nie hat es irgendjemand geschafft, dass ich mich seinetwegen wie Gummi gefühlt habe.

Und ich weiß noch nicht, ob mir das gefällt.

»Was genau erhoffst du dir hier?«, flüstere ich, als er näherkommt. »Von mir?«

»Ich hoffe auf dich.« Seine großen Hände legen sich auf meine Hüften, fest. »Wie auch immer das aussehen mag. Wie viel Zeit auch immer es braucht.«

O Gott, mein selbstmordgefährdetes Herz beginnt zu pochen. In viel zu lauten, fast schon dröhnenden Schlägen. »Du kennst doch das Sprichwort *Wenn etwas zu schön ist, um wahr zu sein, ist es das wahrscheinlich auch*?«

»Ja.«

Ich muss den Kopf heben, damit ich ihm in die Augen sehen kann. »So fühlt sich das hier an.«

Er ist sichtlich verwirrt. »*Ich* … bin zu gut, um wahr zu sein? Ich?«

»Du hast mir ein *Fahrrad* gekauft, Luke. Du kannst ganz wunderbar mit meinem Sohn umgehen …«

»Du hast mir Jeans gemacht, die mir passen. Du hast dich bei meinen Hühnern dafür entschuldigt, dass sie dir aus dem Weg gehen mussten.« Das Letzte, was ich erwartet habe, ist, dass er mich hochhebt, aber genau das tut er. Tatsächlich schleudert er mich sogar hoch wie Pizzateig, ehe er mich an seine breite Brust drückt. Dann geht er mit mir in seinen Armen langsam zurück ins Wohnzimmer und schiebt die Schlafzimmertür mit der Hüfte zu. »Du bist mutig und mitfühlend, und zu oft wurde dir das Herz gebrochen. Du bist stolz. Hast Talent. Du bist atemberaubend, Evie. Umwerfend. Wenn hier jemand zu schön ist, um wahr zu sein, dann bist du es.«

Ich winde mich in seinen Armen und weiß nicht, wie ich mit diesem Ansturm von Komplimenten umgehen soll. Oder warum sie mir das Gefühl geben, nach einem langen kalten Winter das erste Mal wieder das Licht der Sonne auf meinem Körper zu spüren. Ich bin nicht sehr gut darin, meine Unsicherheit zu verbergen, darum nimmt es auch keiner von uns beiden besonders ernst, als ich sage: »Vielleicht sagst du das ja nur, weil du mit mir ins Bett willst.«

»Ich kann dich vögeln wollen und gleichzeitig die Wahrheit sagen.«

»Wow. Es ist also besser, sich einen Mann zu suchen, der beides kann, was?«

»Musst du nicht. Ich bin ja hier.«

Er setzt mich vor der Couch zurück auf die Füße, lässt die Hände einfach hinabhängen und wartet offensichtlich darauf, dass ich ihm grünes Licht gebe. »Weißt du«, sage ich und lasse meine Stimme ein wenig verführerischer klingen als sonst, »jedes Mal, wenn ich dich sehe, bist du ein bisschen selbstbewusster.« Er lässt es zu, dass ich unsere Positionen tausche und ihn auf die Couch drücke. »Woher kommt das?«

»Ich weiß es nicht.« Seine Brust hebt sich sichtbar. »Vielleicht liegt es an der Art, wie du mich ansiehst.«

Ich knie mich vor ihn, lege meine Hände auf seine Knie und lasse sie langsam, ganz langsam seine Oberschenkel hinaufgleiten, bis zu der Stelle, an der sie aufeinandertreffen. Je näher ich seiner immer härter werdenden Erektion komme, desto schneller geht sein Atem, seine Finger graben sich in die Sofakissen, sein Mund vor Lust geöffnet. »Wie sehe ich dich denn an?« Meine Hände erreichen die immer größere Wölbung zwischen seinen Beinen, und ich fahre mit dem Finger leicht darüber – vor und zurück, vor und zurück –, und er flucht leise. Ich lasse ihn so steif wie möglich werden, bevor ich den Reißverschluss seiner Jeans herunterziehe. »So als würde ich das hier tun wollen?« Ich beuge mich herunter und küsse die Erhebung, die sich gegen seine graue Unterhose drückt, bevor ich den Gummibund herunterziehe. Bei seinem Anblick – massiv und lang und bedeckt von pochenden Adern – entfährt mir ein leises hastiges Keuchen. »Du meine Güte.«

»Komisch, ich habe gerade genau das Gleiche gedacht«, stöhnt er, legt den Kopf zurück und lässt die Arme auf die Rückenlehne der Couch sinken. »Süße, ich weiß, er ist nicht fürs Blasen gemacht. Benutz einfach deine Hände und leck ein wenig über die Spitze, wenn du kannst. Wenn es dir nichts ausmacht.«

Ich habe keine Ahnung, worauf ich zuerst eingehen soll: wie höflich er um eine (Art?) Blowjob bittet oder das andere, »nicht fürs Blasen gemacht«. Er schüttelt eindringlich den Kopf, als wolle er seine Worte unterstreichen. Aber ich bin entschlossen, ihm zu zeigen, dass er falschliegt. Ich lege meine Lippen auf die Spitze seiner Erektion, halte meine Lippen dagegen gedrückt, als ich anfange zu sprechen, sodass meine Lippen ihn mit jedem Wort streicheln. »Ich denke, wir müssen diese Theorie widerlegen.«

Er stöhnt.

Ich habe noch gar nichts gemacht, und er stöhnt schon, hat die Finger in den Sofakissen vergraben, und seine Brust hebt und senkt sich hastig. Dieser Mann hat noch nie die Lust erfahren, die er verdient hat – und es bereitet mir so viel Befriedigung zu wissen, dass ich die Erste bin, die sie ihm schenkt.

Ich ziehe ihm seine Unterhose ganz aus, bündle meine Haare zu einem Pferdeschwanz. Unsere Blicke treffen sich, und wortlos bitte ich ihn, meine Haare für mich zusammenzuhalten. Und das tut er. Mit zitternder Hand. Auch alles an ihm beginnt zu zittern, als ich ihn in den Mund nehme und meine Lippen so weit dehne, wie ich nur kann. Ich reibe mit beiden Händen über seinen Schaft, drehe meine Hände dabei leicht bei jeder Aufwärtsbewegung, nehme so viel von ihm in meinem Mund auf, wie ich schaffe, spucke auf seine Eichel, damit ich tiefer rutschen kann.

»O Gott. O Gott«, stöhnt er, als ich besonders hart an ihm sauge und ihn in schnellen, regelmäßigen Zügen reibe. »O Gott, bitte.«

»Ich glaube, du wurdest dafür gemacht, dass man dir den Schwanz lutscht«, murmele ich und kratze mit meinen Zähnen über die Seite seines harten Schwanzes, lasse meine Zunge gegen seine Eichel schnappen. »Sag es, Luke.«

»Mein Schwanz wurde gemacht, damit man ihn lutscht.« Seine Faust in meinem Haar packt fester zu, und meine Hormone beginnen förmlich zu tanzen. »Er wurde für Evie gemacht, damit sie ihn lutscht.«

Ich gleite mit der Zungenspitze durch seinen Schlitz, und ihm entkommen die ersten Tropfen der Lust. Sein Samen fließt wie flüssige Perlen über meine Hände, die ihn weiterstreicheln, und ich verteile sie, nutze sie, um ihn noch mehr zum Gleiten zu bringen. Meine Hände bewegen sich immer schneller, bis ihm der Atem stockt und seine Hüften zucken, und sein großer Körper sich immer unruhiger auf der Couch bewegt.

»Mehr ertrage ich nicht, Evie. Baby, es ist Zeit aufzuhören.«

Ich schmolle, und seine Augen werden glasig.

»Ich warne dich«, knurrt er.

Ich hatte nie viel davon, Männer beim Sex zu ärgern, aber jetzt kann ich mir sehr gut vorstellen, das in Zukunft öfter zu machen, wenn ich dadurch seine muskulösen Schenkel zu Beben bringen kann und er das Gesicht verzieht und die Zähne bleckt und mit seiner Faust auf die Couch hämmert. Meine Güte, Luke ist heiß. Er war vorher schon heiß, aber jetzt, wo er derart erregt ist, ist er noch zehnmal heißer. Und ich bin so abgelenkt durch das Spiel seiner Oberschenkelmuskeln und seinen rasselnden Atem, dass ich vergesse, von ihm gewarnt worden zu sein.

Bevor ich die Chance habe, mich an ihm sattzusehen, liege ich rücklings auf dem Teppich. Und während ich mich noch darüber beschwere, zieht Luke mir schon den Slip aus, drückt meine Beine auseinander und fährt mit seinem offenen Mund an meiner Spalte entlang. Er stöhnt so laut, dass ich die Vibrationen in meinem ganzen Körper spüren kann. Mein Körper indes beginnt aus einem ganz anderen Grund zu vibrieren, als er sein Gesicht leicht dreht, um meinen Schoß zu teilen, und dann leckt er meine Klit, als wäre sie eine Frucht vom Baum des Lebens. Seine schwieligen Hände liegen ehrfürchtig auf meinen Knien, massieren, streicheln, und das Geräusch von feuchtem Fleisch, von Stöhnen und Keuchen, erfüllt das Wohnzimmer.

»Ich will dich in mir haben.«

»Du bist noch nicht bereit.«

»Doch. Doch, das bin ich.«

Ich versuche, mich aufzusetzen, in dem Irrglauben, ich könnte diesen riesigen Mann irgendwie bewegen, aber seine schweren Unterarme auf meinem Bauch halten mich weiter auf den Boden gedrückt. »Ich will, dass du nach mehr schreist, nicht weniger, Süße.« Wir sehen uns über meinen sich windenden Körper hinweg an, und als er sicher ist, dass ich nicht wieder versuche, mich aufzusetzen, lässt er seinen Unterarm von meinem Bauch rutschen. Die freie Hand legt er zwischen meine Beine und sieht mit schweißnasser Stirn dabei zu, wie sich zwei seiner Finger in meinen nassen Eingang schieben. Er hält sie gerade, schiebt sie fünf-, sechsmal in mich hinein, beißt sich dann auf die Unterlippe, und beginnt, schneller in mich zu stoßen. Dabei spreizt er sie leicht, schüttelt sie, als wolle er mich lockern, mich vorbereiten. »Wie zur Hölle, soll ich es schaffen, lange genug meine Finger von dir zu lassen, um mir ein Kondom überzuziehen?«

»Du brauchst keins«, sage ich und erschauere. »Ich nehme die Pille. Und ich war gerade erst beim Arzt …«

Er sieht mich an, als hätte ich ihm soeben den Zutritt zur Himmelspforte gegeben. »Wir können es ohne Kondom machen?«

»Ja.« Ich bin mir plötzlich so sicher, dass dieser Mann mir völlig den Verstand rauben wird, und muss schluchzen. »Bitte.«

Er spuckt auf meine Spalte. Zweimal.

Ich liebe es.

»Soll das heißen: *Bitte fick mich*?«

»Ja.«

Sein leises, erwartungsvolles Grollen erfüllt meine Ohren, als er sich zurücklehnt und gerade lang genug hinkniet, um sich das Hemd über den Kopf zu ziehen und es zu Boden zu werfen. So kann ich seinen starken, muskulösen Körper bewundern, seine Kraft, ganz zu schweigen von diesem dicken Schaft in seiner Hand. Und dann lässt er sich auf mich sinken, stützt sich auf seinen linken Ellenbogen, um mich mit seinem Gewicht nicht zu erdrücken. Er hält sich noch immer mit seiner rechten Hand umfasst, reibt sein Fleisch an meinem und stößt ein wenig gegen mich. Das Verlangen lässt ihn erschauern, lässt mich erschauern.

»Wie nennt man dieses Kleidchen?« Er beugt sich hinab und beißt in den Ausschnitt. Dann bewegt er den Kopf hin und her, zerrt am Stoff, bis er beginnt zu reißen. »Schieb die Träger runter und zeig mir deine Titten.«

»Ja, Sir«, wimmere ich, ohne nachzudenken, fast wie in Trance. Dieser Mann hat mich mit einem Bann belegt, aber es ist kein Bann, es ist nur seine Ehrlichkeit, die all das mit mir macht. Er ist ein Mann, der weiß, was er will – und wie sehr er es will –, und das bin ich. Ich genieße alles, was er tut, jedes Wort aus seinem Mund, und ich habe nicht eine Sekunde das Bedürfnis, ihn aufzuhalten. »Das ist ein Slip«, sage ich unsicher, schiebe die Träger über meine Schultern nach unten und entblöße meine Brüste. »Ein Slip Dress.«

Er lässt den Blick hinabwandern und schluckt. »Du bist so wunderschön, ob mit oder ohne Kleid. Es ist egal, was du trägst, du bist immer schön.«

»Danke«, flüstere ich ergriffen. Ich greife mit meinen Fingern in sein Haar, meine Nägel kratzen über seine Kopfhaut, massiere seine Hüften mit den Innenseiten meiner Schenkel. Und er liebt Hautkontakt, liebt meine Berührung, die Reibung. Er liebt es genauso sehr wie ich.

»Himmel, Evie, ich schäme mich dafür, wie hart ich es dir besorgen will, denn du bist so schön, aber ich brauche dich zu sehr«, haucht er rau an meinem Hals, seine rechte Hand zittert, bewegt sich wie von selbst, drückt mein Knie hart auf den Boden, und seine Länge drängt sich langsam in mich, dehnt mich auf wundervolle Weise, und gibt mir, Zentimeter für Zentimeter, das Gefühl, vollkommen ausgefüllt zu sein. So voll, dass ich den Genuss oder Schmerz, was auch immer es ist, kaum ertragen kann. »Seit ich dich das erste Mal gesehen habe, wollte ich zwischen deinen Beinen liegen.«

»An genau der Stelle wollte ich dich haben. So sehr«, keuche ich. Meine Augen beginnen zu tränen, dabei ist er erst zur Hälfte in mir. Eine Stimme in mir sagt, wir sollten langsamer machen, ich solle mich erst an seine Größe gewöhnen, aber da ist noch eine andere, viel lautere Stimme, die sagt, dass ihn ganz spüren will und zwar *jetzt.* Dass mich das intensivste Gefühl meines Lebens erwartet, wenn ich ihn ganz in mir spüre – und ich vertraue ihr. Ich vertraue ihm. Ich vertraue dem, was ich zwischen uns fühle. »Ich wollte dich schon die ganze Zeit.«

»Wirklich?« Luke keucht, hält kurz inne, hebt seinen Kopf und sieht mich mit seinen braunen Augen an, die glasig vor Verlangen sind. Eine Spur von Verletzlichkeit inmitten seines endlosen Hungers.

Unglaublich, dass dieser beeindruckende Mann Rückversicherung braucht, aber ich bin nur allzu gern bereit, sie ihm zu geben. Ich stöhne, ziehe ihn zu einem Kuss an mich heran und fahre mit meinen Nägeln sanft seinen Rücken hinab, vergrabe sie in seinem Hintern, spanne mich um ihn herum an, bis er die Zähne zusammenbeißt und erschauert. »Hast du auch nur die geringste Ahnung, wie heiß du bist?« Ich beuge mich vor und nehme sein Ohrläppchen zwischen meine Zähne, recke ihm meine Hüften entgegen und verenge mich wieder. »Nichts hat je besser geschmeckt als dein Kuss.« Meine Stimme sinkt zu einem Flüstern herab. »Außer vielleicht deinem Schwanz.«

»Verdammt, Evie.«

»Gib mir alles.«

»Oh, *fuck*«, stößt er aus und schiebt seine Hüften mit einer harten Bewegung voran, ächzt dabei leise. Und ich presse die Lippen zusammen, schreie stumm, meine Nägel hinterlassen blutige Spuren auf seinem Rücken … aber mir ist augenblicklich klar, dass ich recht hatte. Dieses Gefühl ist überwältigend und zugleich wunderschön. Er beansprucht mich ganz und gar, überschreitet alle Grenzen, von denen ich bisher nicht einmal wusste, dass man sie hinter sich lassen könne, und ich will mehr. Mehr. Ich zerre an seinen Hüften und bettle um mehr, in unverständlichen Lauten, doch ich weiß, er versteht mich. »Evie.«

»Weiter. weiter, bitte.«

»Fühlt es sich gut an, mich so tief in dir zu haben?«

»Ja. Ja.«

Vor meinen Augen verändert sich sein Gesichtsausdruck von Erstaunen zu unvorstellbarer Lust, Erleichterung, Dankbarkeit, und er beginnt seine Hüften zu bewegen, seine Hoden klatschen gegen meinen Hintern, unter mir knarren die Dielen, sein Unterarm schiebt sich unter meinen Steiß und hält mich fest, während er mich in einem hemmungslosen Taumel fickt. Alles an seinem Körper ist stark, unnachgiebig, ehrlich in seiner Lust, perfekt, und seine Stöße offenbaren, wie tief sein Verlangen reicht. »Na, komm schon, nimm dir deinen Schwanz«, knurrt er. »Du kommst einfach in meine Stadt und machst mich hart, indem du dich über die Theke des Ladens lehnst und mir deine hübschen, prallen Titten zeigst. Ich habe deine Titten gesehen, Baby. Jetzt sie gehören mir.«

»Sie gehören dir. *Ja.*«

Verdammt, o *verdammt*, ich bin so heiß, dass es kaum auszuhalten ist. Ich spreize meine Schenkel so weit, dass es sich fast schon unanständig anfühlt, wölbe ihm meinen Oberkörper entgegen, damit er sehen kann, wie meine Brüste im Takt seiner qualvollen Stöße wackeln. Ja, qualvoll. Diese Lust lastet auf ihm, und der einzige Weg, sich davon zu befreien, ist, mich auf dem Boden des Wohnzimmers zu nehmen, und diese Erkenntnis ist so erotisch, dass ich mich diesem Rausch, so begehrt zu werden, noch weiter überlasse. Ich wimmere Dinge im Dunkeln, die ich bei Licht niemals von mir geben würde. Dinge, die in diesem Moment unglaublich gut klingen, mir aber morgen früh die Schamesröte ins Gesicht treiben werden. Ich nenne ihn Daddy und sage ihm, dass meine Pussy ihn braucht, dass es mir in meinem ganzen Leben noch niemand so gut, so tief gegeben hat, und das ist zu hundert Prozent wahr. So schmerzlich wahr, dass mich mein Orgasmus überkommt wie ein scharfer Schlag auf meine Sinne, wie ein Hauch frischer Luft auf einem anderen Planeten. Luke überwältigt mich ganz und gar, reißt mich in Stücke und lockt wortlose Schreie aus meinem Inneren hervor, während er sich auf mir bewegt. Seine Erektion fühlt sich sogar noch härter als zu Beginn an, jegliche Zurückhaltung ist dahin.

Gut.

»Ich wollte dich nicht auf dem Boden nehmen«, keucht er undeutlich.

»Ist … okay«, stammle ich, während die Wellen meines Höhepunkts noch immer, eine nach der anderen, über mir zusammenschlagen. »Völlig okay.«

»Vielleicht ist das die Strafe, die du bekommst, weil du so eine verdammte süße Pussy hast?« Er stößt zu, tief und hart, dann gibt er mir mit seiner großen Hand einen Klaps auf den Hintern, noch einmal und wieder, was meinen Höhepunkt nur noch verstärkt. »Ich würde mir den Arsch für diese süße, enge Pussy aufreißen. Den ganzen Tag unter zehn Sonnen schwitzen, um nur einmal zustoßen zu dürfen. Du nimmst mich so verdammt *tief* in dir auf, Baby. *Fuck*. Bis zum Anschlag. *Braves Mädchen.*«

Ich bin jenseits von allem.

Die Welle türmt sich ein letztes Mal in mir auf, bis ich mich unter ihm winde, bis auch der letzte Tropfen Lust aus mir herausgepresst ist, bis da nur noch Erleichterung und Unglaube sind.

Nachdem mein Orgasmus abgeebbt ist, bin ich erschöpft und euphorisch, alles verschwimmt vor meinen Augen, und mein Herz wie auch mein Verstand wollen nur noch spüren, wie er kommt. Jetzt. Ich brauche es. Meine Beine sind noch immer gespreizt, und ich klammere mich an ihn, als hinge mein Leben davon ab, genieße die Grobheit, mit der er mich auf dem weichen Teppich fickt, wie er wie ein Tier an meinem Hals hechelt, seinen Schweiß, der sich mit meinem vermischt, und seine rauen Atemzüge. Fast ist es so weit … und wenn es geschieht, wenn er wie eine Bombe in mir explodiert, werde ich meine Schenkel so fest wie nur möglich um seine Hüften pressen, das Stöhnen von seinen Lippen küssen und spüren, wie diese flüssige Hitze sich in mir ausbreitet, mich erfüllt. Ihn erfüllt.

»Wann immer du willst, Luke«, keuche ich in sein Ohr und verenge mich. »Wann immer du willst.«

»Wie wäre es mit dem Rest meines Lebens, Evie?«, sagt er und drückt seinen Mund auf meinen, küsst mich intensiv zu diesen letzten schwindelerregenden Stößen. »Wie wäre es damit?«

Er sackt auf mir zusammen, und für ein paar Sekunden spüre ich sein ganzes Gewicht auf mir, das mich zu Boden drückt, während er versucht, wieder zu Atem zu kommen. Viel zu schnell rollt er von mir herunter, verschränkt unsere Finger miteinander, als wolle er die Verbindung, die wir gerade geschaffen haben, nicht wieder abreißen lassen – und genau das ist es, was mich dazu bringt, an die Frage zu denken, die er mir soeben gestellt hat.

Wie wäre es mit dem Rest meines Lebens, Evie?

Ich habe die Kontrolle darüber verloren, wie schnell sich diese Beziehung entwickelt hat. So schnell, dass sie sich mit einem Mal wie eine richtige Beziehung anfühlt. Ich dachte, wir würden einfach ein bisschen Spaß miteinander haben, aber plötzlich ist es … mehr. Er hat mich auf eine Art genommen, die mehr ein Schwur, eine Inbesitznahme war, mehr als eine Friends-with-Benefits-Konstellation.

Er hat meinen Sohn ins Bett gebracht.

Und ich fühle … eine Verbindung zu Luke. Das Gefühl kam ganz schleichend, und ich habe es nicht bemerkt.

»Evie.«

»Ja?«

Ich schaue zu ihm, merke, wie er mich mustert, jede Linie meines Gesichts betrachtet … und als sich sein Mund zu einer dünnen Linie zusammenpresst, weiß ich, dass er meine Gedanken gelesen hat. Wort für Wort. Was an sich schon beängstigend ist.

Luke schließt seine Jeans und küsst meine Schulter, zieht mein Kleid sanft über meinem Schoß zurecht und die Träger wieder hoch. Er rückt nah an mich heran, legt seine Stirn an meine, küsst mich jedoch nicht. Es fällt mir viel zu deutlich auf, denn ich sehne mich nach dem Gefühl seiner Lippen auf meinen, danach, wie seine Bartstoppeln wie Sandpapier über meine Haut kratzen.

»Evie …« Sein Atem geht stockend. »Ich werde nie vergessen, was du mir gerade gegeben hat.«

»Luke …«

»Aber ich habe verstanden, dass ich nun abwarten muss, bis du zu mir kommen willst«, sagt er langsam, als würde es ihm erst in diesem Moment klar werden. Als würde er sich mir anpassen. *Dieser Mann …* »Ich würde lieber sterben, als dich zu verängstigen oder dich zu etwas zu drängen, zu dem du noch nicht bereit bist. Aber ich habe gesagt, was ich mir wünsche. Wenn du mein sein willst, wenn du willst, dass ich dir gehöre, weißt du, wo du mich findest.«

Kapitel 6

Luke

Vielleicht habe ich einen Fehler gemacht.

Es ist Neujahr, eine Woche ist vergangen – ohne ein Zeichen von Evie, der Frau, die mir auf dem Boden ihres Wohnzimmers die Seele aus dem Leib gerissen hat. Ich meinte jedes Wort, was ich gesagt habe, und werde nie vergessen, wie sie sich angefühlt hat. Und diese Unmöglichkeit, nicht an sie zu denken, sorgt dafür, dass ich ständig ins Leere starre, statt mich um die Farm zu kümmern, was ich eigentlich tun sollte, so wie jetzt.

Da ist ein Zaun, der repariert werden muss. Ein Feld, das gepflügt werden muss. Doch ich ringe mit einem schrecklichen Grauen in mir, das es mir schwer macht, mich aufzuraffen. Mich zu bewegen. Etwas anderes zu tun, als hier auf der Veranda zu sitzen, in dem Holzstuhl, den mein Großvater gebaut hat, und frage mich, ob ich irgendetwas hätte anders machen sollen.

Zunächst einmal hätte ich wahrscheinlich nicht einfach gehen sollen. Doch nachdem sie plötzlich zumachte und in Panik geriet, schien es mir die beste Wahl zu sein, ihr etwas Raum zu geben. Aber ich hatte ihr gerade erst gesagt, dass ich für immer mit ihr zusammen sein will, und dass ich dann einfach gegangen bin, hat sie wohlmöglich glauben lassen, ich hätte es nicht ernst gemeint. Als würde ich einfach meine Meinung ändern. Aber wenn es um Evie geht, steht meine Überzeugung felsenfest. Ich weiß, was ich will.

Ich will sie.

Nein, ich *brauche* sie.

Ich brauche es, jeden Morgen aufzuwachen und meine Nase in ihrem roten Haar zu vergraben.

Ich brauche das Funkeln dieser klugen Augen, wenn ich etwas Lustiges sage.

Ich brauche die Arbeit auf dem Feld ebenso wie das Wissen, dass sie mich zu Hause erwartet.

Was ich vor allem brauche, ist ihr Vertrauen. Ich bin nicht irgendein Typ, der sich einfach aus dem Staub macht und abhaut. Wenn ich eine Bindung eingehe, stehe ich dazu, unverrückbar. Und wenn Evie tatsächlich beschließen sollte, dass sie mit mir zusammen sein will, würde ich mich ihr ebenso verpflichtet fühlen wie Sonny. Verdammt, es wäre mir eine Ehre, diesem Kind den nötigen Platz zu geben, den es braucht, um herumzulaufen, aufzuwachsen. Ein Kind zu sein.

Ich beuge mich vor, stütze die Ellenbogen auf meine Knie und lasse den Kopf auf meine gefalteten Hände sinken. Ein tiefer Seufzer entweicht meiner Brust. Lange halte ich das nicht mehr aus, bis ich doch wieder zu Evie fahren muss, um es noch einmal zu versuchen. Aber ich habe sowieso schon zu viel Druck gemacht, oder? Habe ihr die

Farm aufgedrängt. Was mein Land und mein Haus für sie und Sonny sein könnten.

Genauso, wie ich es schon bei meiner Familie falsch gemacht habe.

Dazu bin ich auch noch wie ein Tier über sie hergefallen. Aber verdammt, ich habe in meinen dreiunddreißig Jahren noch nie etwas so Feuchtes und Heißes gefühlt. Habe noch nie so süße Klänge gehört wie ihr Schluchzen, als sie mich anflehte, noch tiefer in sie zu stoßen. Nie zuvor hatte ich das Gefühl, dass mein Herz, mein Kopf und mein Testosteron sosehr in einer Reihe stehen und alles in mir ruft: *Das ist, wo du hingehörst.*

Sie *ist, wo du hingehörst.*

Habe ich mir selbst nur gesagt, was ich hören wollte?

So langsam fange ich an, das zu glauben …

Ich hebe ruckartig den Kopf, als ich ein unbekanntes Geräusch höre. Ich schaue instinktiv über das Feld zu meinem Windrad, ob es irgendein Problem damit gibt, aber nein, wie immer dreht es sich träge im Wind. Was zur Hölle ist das für ein Geräusch? Irgendetwas im Haus? Ich stehe auf, um nachzusehen. Doch in diesem Moment fällt mein Blick auf die Straße, die zu meinem Haus führt, und etwas fällt mir ins Auge.

Als mir klar wird, was ich da sehe, rutscht mir das Herz in die Hose, um gleich darauf wild zu schlagen. Und irgendwie weiß ich, dass ich dieses Bild nie vergessen werde.

Es ist Evie auf dem Fahrrad, sie fährt auf mein Haus zu, und Sonny sitzt hinter ihr im Kindersitz.

Meine Füße sind wie angewurzelt, auch wenn mein Verstand mir sagt, ich soll ihr entgegengehen. Steh nicht einfach nur herum und starr sie an wie ein Zombie. Erst als sie nur noch etwas fünfzig Meter von der Veranda entfernt ist, setze ich mich in Bewegung und erreiche die letzte Stufe im Moment ihres Ankommens. Ihr rotes Haar weht hinter ihr im Wind, und Sonny grabscht mit seinen kleinen pummeligen Fingern danach.

Ich brauche einen Moment, um etwas zu sagen, vor allem, weil sie so verdammt atemberaubend in ihrem blauen Sommerkleid aussieht, dessen Träger im Nacken zusammengebunden sind, und sie lächelt mich an.

»Ich dachte schon, du würdest nie kommen«, bringe ich schließlich heraus.

Ihr Lächeln wird schwächer, und wir sehen uns einige Sekunden lang stumm an. Es ist nichts weiter zu hören als der Wind und Sonnys Glucksen, und ich schwöre, ich kann spüren, wie sich in diesem Augenblick alles zusammenfügt und sich eine Zukunft formt, die vorher noch nicht existiert hat. Für uns beide.

»Na ja, jetzt bin ich hier«, murmelt sie schließlich. »Ich habe dir etwas genäht.«

»Wirklich?«

Sie nickt und dreht nervös an dem Lenker herum. »Es war eine spontane Idee. Sie fühlte sich irgendwie richtig an, aber …« Sie stößt ein Lachen aus. »Vielleicht sollte ich noch etwas damit warten, es dir zu geben …«

»Nein, bitte. Ich würde es gern sehen. Was auch immer es ist.«

Sie schluckt, greift in den geflochtenen Korb vorn am Lenker und nimmt ein gefaltetes Stück Stoff heraus. Es ist marineblau. Ich nehme es ihr ab, drehe es in meinen Händen, aber ich erkenne erst, was es ist, als ich es auseinanderfalte.

Ein Babytragetuch. Ein Kingsize-Babytragetuch, auf meine Maße zugeschnitten.

Hinter meinen Augenlidern wird es plötzlich heiß, und in den Ohren dröhnt mein Herzschlag. Sie hätte mir kein schöneres Geschenk machen können, denn es ist ein Symbol ihres Vertrauens. Und ich bin mir sicher, es ist ihr nicht leichtgefallen, mir dieses Vertrauen zu schenken.

Unfähig zu sprechen, beginne ich, mir das Tragetuch anzulegen, schnalle Sonny im Kindersitz ab und setze ihn dann vorsichtig in das große Stück Stoff, richte seine Position ein wenig, bis er sicher an meiner Brust liegt. Als ich endlich das Gefühl habe, nicht mehr hilflos von meinen Gefühlen überwältigt zu werden, küsse ich meine Frau, und ihr kleiner Sohn windet sich zwischen uns. Wenn es nach mir geht, ist dies nur der erste von zehn Millionen Küssen. Oder mehr.

»Ihr seid beide hier willkommen, wann immer ihr herkommen wollt, Evie«, sage ich mit rauer Stimme an ihrem Mund. Mein Herz mahnt mich, ich solle mich nicht zurückhalten, trotz all meiner Selbstzweifel, die mich in der letzten Woche geplagt haben. »Für immer. Wenn du möchtest.«

Sie blickt mir forschend in die Augen. »*Für immer* klang mit jedem Tag, den ich von dir getrennt war, etwas weniger beängstigend.«

Ein Kloß bildet sich in meinem Hals. »Sag mir Bescheid, wenn es dir gar keine Angst mehr macht, Evie Crowe.«

»Das werde ich, Luke Ward.«

Hand in Hand gehen wir ins Haus. Und ich bin mir ziemlich sicher, dass ich sie auch in den nächsten Stunden nicht loslassen werde.

Epilog

Evie
Sieben Jahre später

Im Licht des goldenen Sonnenuntergangs zeichnen sich die dunklen Silhouetten meines Mannes und meines Sohnes ab, und ihre Stimmen wehen zu mir auf die Veranda. Luke ist gerade dabei, Sonny die verschiedenen Etappen der Ernte zu erklären, seine Hand auf Sonnys Kopf ruhend, der an Lukes Hüfte lehnt. Beide tragen den gleichen Hut. Der Anblick dieser beiden löst in mir immer den Wunsch aus, ich könnte malen, um ihre Vertrautheit auf Leinwand festhalten zu können. Heute jedoch reicht es mir zu wissen, dass ich die Kleidung, die die beiden tragen, selbst genäht habe.

Mit meinem großen Zeh schiebe ich die Hollywoodschaukel an, und fahre mit den Fingern durch das Haar meiner Tochter, die in meinem Schoß schläft. June wird bald in den Kindergarten gehen, und ich werde es vermissen, zu sehen, wie sie den ganzen Tag barfuß über die Farm rennt, aber ich bin auch bereit, endlich mehr Zeit im Laden zu verbringen. Vor fünf Jahren hat Luke den Secondhandladen als Hochzeitsgeschenk für mich gekauft, und inzwischen besteht mehr als die Hälfte der Kleidung, die wir anbieten, aus meinen upgecycelten Designs. Schon bald soll der Laden nur noch Originalstücke führen, mit meinem Namen, eingestickt auf der Innenseite. Und nachdem ich nun auch online zu finden bin, hoffe ich, in Kürze eine größere Reichweite zu haben.

Nicht zum ersten Mal wundere ich mich darüber, dass mich eine Entscheidung, die aufgrund einer Ameisenstatue getroffen wurde, hierhergeführt hat. Zu diesem wundervollen Ort, zu dieser wundervollen Zeit, zu diesem … Mann. Meinem Mann.

Luke blickt über die Schulter zu mir, als hätte ich ihn gerade gerufen. Wegen der Sonne kann ich seine Augen nicht sehen, aber ich weiß, dass sein Blick in diesem Moment weicher wird. Dass er vor Liebe nur so strotzt, als er mich mit unserer Tochter im Schoß sieht. Ich weiß alles über Luke, so wie er alles über mich weiß. Wir sind Liebende, Partner, beste Freunde.

Für immer.

Schon merkwürdig, wie schnell diese zwei Worte begannen mir Halt zu geben, als ich mich darauf einließ, wieder zu vertrauen.

Und dieses Vertrauen wurde nicht enttäuscht, summt mein Herz, während Luke mit Sonny zurück zum Haus kommt. Dabei klopft er ihm auf die Schulter, bedeutet ihm, schon einmal vorauszulaufen und sich vor dem Abendessen, das an diesem Heiligabend im Ofen gart, die Hände zu waschen. June scheint zu spüren, dass ihr geliebter großer Bruder wieder da ist, sie erwacht mit einem Gähnen und folgt ihm sogleich ins Haus, lässt mich allein, damit ich meinen Mann begrüßen kann.

Ich stehe von der Hollywoodschaukel auf, überquere die Veranda und lehne mich an der obersten Verandastufe mit der Hüfte gegen das Geländer. Luke ist verschwitzt, mit Staub bedeckt, und er trägt die Klamotten, die ich für ihn gemacht habe. Am Fuß der kleinen Treppe bleibt er stehen und nimmt meinen Anblick in sich auf, wie er es am Ende eines jeden Tages tut, sein Blick wandert langsam meine Beine und Hüften, meinen Bauch und meine Büste hinauf, und sein Adamsapfel hält mitten in der Bewegung inne.

»Frohe Weihnachten«, sagt er, wobei seine Stimme etwas rau klingt. »Ist das ein neuer Entwurf, den du da trägst?«

»Ja, stimmt.« Ich drehe mich einmal um mich selbst und tue so, als würde ich die anerkennenden Laute, die er von sich gibt, während er auf meinen Hintern in dem engen Jeansrock starrt, nicht bemerken. »Gefällt er dir?«

»Wie lange haben wir noch bis zum Abendessen?«, fragt er statt einer Antwort.

Mein Puls beschleunigt sich. »Rund zwanzig Minuten.«

Luke nimmt die vier Stufen der Veranda in zwei Schritten und reißt die Haustür aus. »Sonny, wenn du für zwanzig Minuten auf deine Schwester aufpasst, liegt morgen ein zusätzliches Geschenk für dich unter dem Baum.«

»Okay, Dad.«

Jetzt liegt meine Hand in Lukes, und ich muss fast rennen, um mit ihm auf dem Weg über die sonnenverbrannte Koppel zur Scheune Schritt zu halten. Meine Augen sind schon wieder ein bisschen feucht geworden, weil Sonny ihn eben *Dad* genannt hat, obwohl er das schon tut, seit er sprechen kann. Aber es ist nichts, das ich jemals als selbstverständlich ansehen werde. Nicht eine einzige Sekunde lang.

Sobald wir unseren geheimen Platz erreicht haben, lässt Luke seinen Hut fallen und zieht mich in das Halbdunkel der hintersten Pferdebox. Er drückt seinen riesigen Körper gegen meinen, seine schwieligen Finger packen schon den Saum meines Rocks, reißen ihn mir bis zu den Hüften hoch, und sein Mund legt sich auf meinen. Seine von der harten Arbeit rauen Hände greifen meinen Hintern, kneten ihn grob, geben mir einen Klaps, während unser Kuss immer gieriger wird.

»Du ahnst nicht, was das mit mir macht«, keucht er, während ich den Verschluss seiner Jeans öffne, und er stöhnt und zuckt, als ich den Reißverschluss runterziehe, »dich dort im Schein der Abendsonne zu sehen, wie du auf mich wartest. Das ist das einzige Weihnachtsgeschenk, das ich brauche. Dieses Jahr, in allen Jahren.« Er schüttelt den Kopf. »Was gibt dir das Recht, so schön zu sein, Evie Ward?«

Ich habe den Kopf in den Nacken gelegt, sehe ihm in die Augen, und flüstere: »Das Glück. Du.«

Er schiebt mir den Slip hinunter, hält kurz inne. »Wenn ich dich bisher auch nur halb so glücklich gemacht habe wie du mich, dann würde ich sagen, dass wir ein gutes Leben geführt haben.«

»Und wir haben noch Jahrzehnte vor uns«, flüstere ich und spüre seine Zunge zwischen meine Lippen.

»Und dafür danke ich Gott jeden Tag.« Er hält mich fest in seinen Armen, hebt mich an, was uns beide zum Stöhnen bringt, denn sein nacktes Fleisch trifft dabei auf meines, unnachgiebige Härte, die von süßer Zartheit umfangen wird. »Ich liebe dich, Evie.«

»Ich liebe dich auch, Luke.« Es nur ein einziges Mal zu sagen ist nie genug. »Ich liebe dich.«

Er saugt meine Worte förmlich auf, scheint dadurch neue Kraft zu tanken. »Du bist Mutter, Designerin, Geschäftsinhaberin. All diese Dinge. Du machst das alles so gut, Süße. Ich weiß nicht, ob ich es dir oft genug sage, aber ich bin so verdammt stolz auf dich.«

Damit überrumpelt er mich völlig, und ich weiß nicht, wie ich reagieren soll. »Luke …«

»Aber jetzt gerade?« Er neigt seine Hüften und gleitet in mich hinein, was einen Schauer durch meinen gesamten Körper jagt, und mir ein Wimmern tief in meiner Kehle entlockt. »Jetzt bist du nur mein braves Mädchen.« Er stößt so tief in mich hinein, wie er nur kann, hält kurz inne, macht zwei kurze Stöße, bevor er sich wieder zurückzieht und mich dann gegen die Scheunenwand hart nimmt. Er knurrt meinen Namen an meinem Ohr, und diese animalische Lust explodiert zwischen uns. »Oder etwa nicht?«

»Ja, Sir«, hauche ich und kreuze die Beine auf seinem Rücken.

Seine Fingerspitzen graben sich hart in meine Oberschenkel und gleiten langsam tiefer, bis zu meinen Knien. Er schiebt seine Unterarme unter meine Schenkel, hält sie gespreizt und schiebt sich dann wieder und wieder in meinen Körper, der ihn willkommen heißt, und mein Keuchen wird von seinem hungrigen Mund verschluckt. »Dann halt dich gut fest und zeig es mir.«

OLIVIA DADE

All by My Elf

Wenn wahre Liebe harte Arbeit ist

Für Lauren
Danke, dass du mich als Autorin von Anfang an unterstützt hast ♥

Als der Beifahrer des SUVs auf der linken Spur sein Fenster herunterkurbelte und winkend auf sich aufmerksam machte, öffnete Nina ebenfalls ihr Fenster. Dabei zwang sie sich zu einem Lächeln, weil das nun mal zu ihrem derzeitigen Aushilfsjob gehörte. Auch, weil es nicht die Schuld irgendeines x-beliebigen Kerls war, dass ihr heißer Nerd-Kollege, für den sie seit vier Monaten schwärmte, auf der Rückbank hinter ihr dicht an ihre beste Freundin gekuschelt saß und mit ihr tuschelte. Über was auch immer. Etwas, von dem sie eindeutig nicht wollten, dass Nina es hörte. Etwas, das wahrscheinlich ziemlich intim war.

Als Nina das Fenster herunterließ, strömte kalte Dezemberluft herein. Fröstelnd drehte sie die Heizung noch eine Stufe höher, fest entschlossen, nicht mehr in den Rückspiegel zu schauen. Stattdessen konzentrierte sie sich auf den Typ im SUV, dessen rot-grün gestreifte Mütze sie an die Elfen-Outfits erinnerte, die sie und die anderen bei der Arbeit trugen, wenn sie nicht gerade von einem Ort zum anderen reisten.

»Was ist denn mit eurem Hotdog los?« Kleine Atemwölkchen bildeten sich vor dem Mund des SUV-Typen, als er ihr die Frage stellte, die sie nach fast drei Wochen Fahrt mit dem Mincemobil schon viel zu oft gehört hatte. »Der hat irgendwie ziemlich viel Ähnlichkeit mit ei…«

»Das ist eine Filoteigrolle mit Mincemeat«, fiel sie ihm hastig ins Wort, denn sie wusste nur zu gut, an was die röhrenförmige Glasfaserskulptur auf dem Dach ihres Fahrzeugs erinnerte. »Beträufelt mit Karamell. Eines unserer beliebtesten Produkte bei Mrs. Claus's Mincemeat Treats. Wir verkaufen sie im Dreierpack, denn«, der folgende Spruch verursachte ihr jedes Mal aufs Neue geradezu körperliche Schmerzen, »unsere Filo-Rollen rocken.«

Der SUV-Typ schaute skeptisch. Verständlich, denn das Mincemobil in seiner acht Meter langen, drei Meter hohen und über zwei Meter breiten Pracht war eindeutig ein in aller Eile umgebautes Heißwürstchen auf Rädern. Und wenn man besagtes Objekt auf dem Dach mit blass-beiger Acrylfarbe anpinselte, sah es nun mal aus wie ein Penis – selbst wenn aufgemaltes Mincemeat an den Enden herausquoll und goldbraune Karamellsoße auf der Oberseite glänzte. In diesem Fall sah es noch dazu wie ein Penis aus, der dringend ärztliche Hilfe benötigte.

Angeblich wurden solche Weenie on Wheels so gut wie nie ausgemustert und weiterverkauft. Es war also durchaus möglich, dass sie nicht nur einen Riesenpenis durch die Gegend kutschierte, sondern einen Riesenpenis vom Schwarzmarkt.

Die Ampel schaltete auf Grün. Doch sowohl auf ihrer Spur als auch auf der des SUVs stauten sich die Autos so sehr, dass die Ampel wieder auf Rot schaltete, bevor sie auch nur einen Meter vorgefahren waren.

In diesem Moment tauchte William neben ihr auf, hockte sich in den Mittelgang und sah sie ernst aus den dunkelbraunen Augen hinter seiner Hornbrille an. Dann streckte er die Hand aus, um die Heizung auf die höchste Stufe zu stellen, und hielt ihr eine grüne Fleecejacke mit aufgedrucktem Logo hin. »Alles in Ordnung, Nina? Wenn du willst, kann ich weiterfahren.«

Mit ihren siebenunddreißig Jahren war sie – unvermeidbarerweise – schon ein paarmal hoffnungslos verknallt gewesen. Er war nicht der Erste. Womöglich wäre er auch nicht der Letzte. Und natürlich würde diese intensive, unwillkürliche Aufmerksamkeit für jedes Detail an ihm – die Art, wie er seine kräftigen, blassen Hände bewegte, wie sich die dunkle, eng anliegende Jeans über seine überraschend muskulösen Oberschenkel spreizte, die Form seiner sanft geschwungenen Lippen, wenn er sie ansah – irgendwann vorübergehen. Das musste sie. Andernfalls würde Nina sich, sobald sie drei zu ihren normalen Jobs als befristete Lehrkräfte an der Dogwood University zurückkehrten, einen anderen Arbeitsplatz in der Bibliothek suchen müssen. Einen, der sehr viel weiter von seinem entfernt war. In erster Linie aus Gründen der Produktivität, aber auch aus vielen anderen.

»Alles gut.« Sie nahm die Fleecejacke entgegen und breitete sie auf ihrem Schoß aus, überrascht, dass er den kurzen Wortwechsel mit dem Typ im SUV mitbekommen hatte. Er und Claudia schienen völlig in ihrer eigenen Welt versunken gewesen zu sein. »Aber danke für das Angebot.«

Kaum dass William zu seinem Platz zurückkehrt war und sich angeschnallt hatte, deutete der SUV-Inquisitor, den sie auf Mitte zwanzig schätzte, auf den Firmenslogan an der Seite des Filo-Penis: *Voller Nährstoffe, lecker und sooo britisch.* »Voller Nährstoffe? Im Ernst?«

Sie behielt ihr freundliches Lächeln bei. »Der Weihnachtsmann ermahnt uns Elfen immer, uns gesünder zu ernähren. Jedes von Mrs. Claus's Mincemeat Treats enthält Obst sowie feinste Gewürze, hochwertig gebrannten Schnaps und echte Molkereibutter.«

Der Typ hob eine Augenbraue. »Rät euch der Weihnachtsmann auch, mehr Schnaps zu trinken?«

Bei dem viertägigen Treater-Training für diesen Job während der Thanksgiving-Ferien an der Dogwood University war diese spezielle Frage kein Thema gewesen, aber drei Wochen im Mincemobil und ein Semester mit Grundkursen voller hibbeligen Collegestudierenden hatten sie gelehrt, stets das Unerwartete zu erwarten.

»Ich werde kein Filo-Blatt vor den Mund nehmen – manchmal können die Tage in der Weihnachtswerkstatt ziemlich lang werden«, improvisierte sie fröhlich.

Sein Stöhnen angesichts des schlechten Wortspiels verwandelte ihr angestrengtes Lächeln in ein aufrichtiges Grinsen. Der Gebrauch von Wortspielen war im Laufe des Treater-Trainings durchaus Thema gewesen und explizit zur großzügigen Anwendung empfohlen worden.

Sie fröstelte. Die Temperaturen sanken wirklich schnell, sobald die Sonne untergegangen war.

Die Ampel zeigte nach wie vor Rot, und wie es aussah, würden sie auch bei der nächsten Grünphase noch nicht über die Kreuzung kommen. Die Straßen von Newport News waren proppenvoll, der übliche Heiligabendverkehr, wenn sich die ganze Stadt auf den Weg zu Familienfeierlichkeiten oder Partys im Freundeskreis machte, gemischt mit der seltsamen Angst vor einem drohenden Schneesturm. Als Nina zum Studium nach Virginia gezogen war, hatte sie festgestellt, dass die Menschen in dieser Gegend Schneefall mit einer bizarren Mischung aus Nonchalance und regelrechter Panik begegneten. Wenn sie nicht gerade hektisch zwölf Brote, zwanzig Liter Milch und sämtliche Batterievorräte, derer man habhaft werden konnte, aufkauften, fuhren sie fröhlich in ihren Kleinwagen ohne Allradantrieb herum, ohne sich die Mühe zu machen, auch nur die Scheinwerfer einzuschalten.

Nina, Claudia und William – die drei »Treaters« an Bord ihres Gefährts, das entlang der mittelatlantischen Küste unterwegs war, um Mrs. Claus's Mincemeat Treats mit einem Paukenschlag auf dem Markt für saisonale Lebensmittel zu etablieren – hatten vorgestern ihre Vorgesetzte angerufen und um Erlaubnis gebeten, den schlimmsten Teil des Schneesturms im Haus von Claudias Eltern auszusitzen. Doch Ruth war nicht zu erweichen gewesen.

»Jeden Tag müssen mindestens zwei Treaters im Dienst sein«, hatte sie Nina in frostigem Tonfall mitgeteilt, in dem eine gehörige Portion Missbilligung mitschwang. »So lautet die Regel. Außerdem ist das Mincemobil nach wie vor für die Parade am Weihnachtsmorgen in DC eingeplant. Was bedeutet, dass du und Will-YUM euch so schnell wie möglich auf der Interstate nach Norden begeben müsst, sobald ihr Mrs. Clauds bei ihrer Familie abgesetzt habt.«

Nachdem sie aufgelegt hatten, war sich William mit der Hand durch sein gewelltes braunes Haar gefahren und hatte mit einem Seufzen kommentiert: »Mrs. Ruth-Rücksichtslos …«

»Diese Frau kennt wirklich keine Gnade«, hatte Nina zugestimmt. Und als er darauf gelächelt hatte, war ihr augenblicklich so heiß am ganzen Körper geworden, wie sie es seit den frühen Tagen ihrer auf ganzer Linie gescheiterten Ehe nicht mehr erlebt hatte.

Hinzu kam, dass es für Nina nicht gerade angenehm war, einer Frau unterstellt zu sein, die fast zehn Jahre jünger war als sie selbst. Aber da Ruth das Trio für den ganzen Monat angeheuert hatte und jedem von ihnen ein Honorar zahlte, für das sie an der Uni ein ganzes Semester lang unterrichten musste, sowie die Kosten für die Hotels übernahm und darüber hinaus ein angemessenes wöchentliches Verpflegungsgeld zahlte, war Nina durchaus bereit, die Demütigung wegzustecken. Selbst wenn sie dafür ein um die Brust etwas zu enges Kostüm und spitze Elf-Stiefelchen tragen musste. Selbst als Ruth darauf bestanden hatte, sie mit dem firmeninternen Treater-Titel »Nutmeg Nina« zu benennen. Selbst wenn die Firmenregeln sie dazu zwangen, sich aus Gründen des »Erlebnismarketings« mit irgendwelchen Typen durch offene Fenster zu unterhalten und sich dabei den Hintern abzufrieren. Selbst wenn sie mit ansehen musste, wie sich William und Claudia im hinteren Teil ihres Mincemobils näherkamen.

Die Ampel sprang erneut auf Grün, und die vorderen Autos in der Schlange setzten sich in Bewegung. Die Bremslichter des Pick-ups vor ihr erloschen, Nina winkte dem SUV-Typ noch einmal fröhlich zu und wollte gerade ihr Fenster wieder hochfahren, als …

»Hey!« Der SUV-Typ gestikulierte in Richtung des Filo-Schwanzes auf ihrem Dach. »Meiner ist größer!«

Der Fahrer gab Gas und bog an der Kreuzung links ab, während aus dem Innenraum des SUVs Gelächter ertönte.

Hinter ihr murmelte William eine unverständliche Bemerkung, die für einen sonst so ausgeglichenen Mann wie ihn untypisch mürrisch klang. Worauf Claudia etwas sagte, das sich anhörte wie: »Dann *mach* es doch einfach«, und von dem Nina keine Ahnung hatte, was es zu bedeuten hatte.

Versuchte er gerade, den Mut aufzubringen, trotz Ruths Anweisung zu fragen, ob er bei Claudia übernachten könne? In diesem Fall würde Nina nichts dagegen einwenden. Sie würde die Parade im Alleingang durchziehen und auf die möglichen beruflichen Konsequenzen scheißen. Ihre beste Freundin arbeitete seit dem ersten Semester ihres Studiums unglaublich hart und war darüber hinaus brillant und nett und witzig und verdiente ein wenig Glück. Nina würde ihr auf keinen Fall irgendwelche Steine in den Weg legen. Gut, sie hatte Claudia eines Abends bei einer Cocktail-Happy-Hour von ihrem Crush auf den neuen Kollegen erzählt. Aber ihre Freundin ging in ihren besten Momenten als wandelnder Stereotyp der zerstreuten Professorin durch. Und sobald Claudia einen im Tee hatte, reduzierte sich ihr Erinnerungsvermögen für sämtliche Informationen, die nichts mit Genderfragen und Sexualität im alten Rom zu tun hatten, von fragwürdig auf nicht vorhanden.

Claudia erinnerte sich schlicht nicht mehr an Ninas Geständnis von vor zwei Monaten. Nicht ihre Schuld. Nina war deswegen nicht sauer. Nur … traurig. Und ein bisschen einsam war sie auch, aber das lag vermutlich vor allem an den Feiertagen. Claudias Familie, mit der sie sehr eng war, wohnte nur ein paar Stunden entfernt. William stand seinen Verwandten vielleicht nicht ganz so nahe, aber dafür hatte er jetzt Claudia. Und Nina … Na ja, ihre Familie lebte in Michigan. Und vielleicht würde sie bald mal eine Dating-App ausprobieren.

Sie schloss das Fenster und fuhr geradeaus über die Kreuzung. »Ich bin mir echt nicht sicher, ob diese ganzen ›Meiner ist größer‹-Typen, auch nur die geringste Vorstellung vom maximalen Fassungsvermögen einer menschlichen Vagina haben.«

William, der gerade einen Schluck aus seiner Wasserflasche genommen hatte, verschluckte sich und begann zu husten, worauf ihm Claudia auf den Rücken klopfte.

»Ganz zu schweigen von den Gesetzen der Physik«, stimmte sie Nina zu. »Wenn dein Schwanz so groß ist wie dieser riesige Filo-Phallus, dann viel Glück dabei, ein geeignetes Transportmittel zu finden, mein Freund. Unter einem Traktoranhänger geht da nichts.«

Sie und Nina hatten den »Meiner ist größer!«-Spruch mindestens ein Dutzend Mal gehört. Und in der Woche, die sie noch vor sich hatten, würde es vermutlich ein Dutzend weitere Male geben. Wenigstens hatte der Kerl nicht blankgezogen – unerbetene nackte Hintern und Schwänze hatten sie in den letzten Tagen genug für den Rest ihres Lebens gesehen.

William hingegen – mit seinem gepflegten dunklen Bart, der seinen scharf geschnittenen Kiefer betonte, der Wärme, die in den Winkeln seiner klugen Augen aufblitzte, wenn er lächelte, und dem erstaunlich kräftigen Körperbau unter seinem dünnen Lieblingsstrickspullover – dürfte mehr nackte Brüste zu sehen bekommen haben als ein Festwagen bei Mardi Gras. Nicht, dass er jemals anders darauf reagiert hätte, als den Blick abzuwenden und den Frauen die Aufmerksamkeit zu verweigern, die sie sich wünschten. Genau wie es Treater-Training angeordnet hatte.

Manchmal fragte sich Nina, wie William wohl reagieren würde, wenn *sie* ihm ihre Brüste zeigte. Nicht, dass sie sich jemals einem Kollegen gegenüber so unprofessionell verhalten würde, schon gar nicht, wenn er und Claudia etwas miteinander anfingen, aber … bis vor ein paar Tagen hätte sie noch schwören können, dass er seinen Blick durchaus hätte verweilen lassen, anstatt sich sofort abzuwenden.

Sie hätte schwören können, dass er Interesse hatte. An ihr. Nicht an Claudia.

Mit den Reaktionen der Leute mussten sie alle irgendwie klarkommen, sämtliche andere Aufgaben hatten sie jedoch von Anfang an unter sich aufgeteilt. Claudia kümmerte sich um die Beiträge für Social Media und die Online-Kommunikation, während William ihre Termine im Blick hatte und in jeder Stadt, in der sie haltmachten, als Ansprechpartner für die lokalen Medien – Print, Fernsehen und Radio – fungierte. Genau die richtige Aufteilung, da es eine absolut schlechte Idee gewesen wäre, Claudia mit ihrer Zerstreutheit die Kontrolle über den Penis-gekrönten Koloss zu überlassen, und William sehr viel lieber zu Fuß oder mit öffentlichen Verkehrsmittel unterwegs war, statt sich selbst hinters Steuer zu setzen. Weswegen Nina in allerseitigem

Einvernehmen vom ersten Tag an den Löwenanteil beim Fahren übernommen hatte. Und vom ersten Tag an bis vor etwa achtundvierzig Stunden hatte William, wann immer möglich, als Beifahrer neben ihr gesessen.

Über endlose Meilen hinweg hatten sie gemeinsam über das Vergütungssystem der Universität gestöhnt und darüber, dass sie irgendwie die Einkommenslücke zwischen dem letzten Gehaltsscheck für das Herbst- und dem ersten für das Frühjahrssemester hatten füllen müssen. Als Mrs. Claus's Mincemeat Treats Ende Oktober letzten Jahres ihren Kollegen aus dem Fachbereich Geschichte um ein Interview zur britischen Tradition der Mincemeat Pies gebeten hatte und dabei erwähnte, dass saisonbedingt Aushilfen für das neu erworbene Mincemobil benötigt würden, hatte die freundliche Professorin Jain die Idee aufgebracht, statt Studierende doch lieber Lehrbeauftragte aus dem Kollegium für den Job anzuheuern.

Und Nina und William hatten viel zu lachen gehabt. Über ihre anfängliche Unbeholfenheit bei ihren ersten Marketingevents in Supermärkten, bei denen sie Coupons und Logo-Magnete verteilten. Über die Anweisung des Unternehmens, öffentliche Veranstaltungen als »Mincemeat & Greet« zu bezeichnen und Besuchern ihres Standes mit einem herzlichen »Sag ›Riiiind‹!« ein Selfie-Lächeln zu entlocken – obwohl nur noch eine einzige der Pasteten echtes Rinderhackfleisch enthielt, nämlich das traditionelle »Roast Beast«. Sie tauschten Tipps für ihre Kurse an der Uni aus und erzählten sich von ihren Lieblingsstudierenden, ja, sie führten sogar ein paar längere Gespräche darüber, inwiefern es Schnittmengen ihrer akademischen Interessen mit ihrem aktuellem Job gebe. Als Lehrende, deren Forschung auf die Wirtschaftsgeschichte der USA im späten 19. Jahrhundert fokussiert war, erklärte Nina, was sie über die kommerziell erfolgreiche Inszenierung der Weihnachtszeit in den Kaufhäusern des Goldenen Zeitalters wusste. Im Gegenzug hatte William sein Wissen über die Weihnachtstraditionen im kolonialen Amerika mit ihr geteilt. Und mit der Zeit hatte er sie bei ihren Unterhaltungen immer häufiger berührt. Mal, indem er eine Hand auf ihren Arm legte, um ihre Aufmerksamkeit zu erregen, mal indem er sie mit dem Knie anstieß, wenn ihn etwas amüsierte. Oder indem er ihr nach einer Pause auf dem Weg zurück zum Mincemobil sanft eine warme Hand auf den unteren Rücken legte.

Sie hatte gedacht …

Es spielte keine Rolle, was sie gedacht hatte. William war jetzt mit ihrer besten Freundin zusammen. Die gestern Abend sogar für eine Stunde in sein Hotelzimmer rübergegangen war, um »ein bisschen zu quatschen«. Wenigstens hatte Nina bisher noch nicht mit ansehen müssen, wie sie miteinander rummachten. Nicht einmal Händchen hatten sie in ihrer Gegenwart gehalten. Der Anblick körperlicher Intimität zwischen den beiden hätte Nina zu sehr verletzt, als dass sie eine Reaktion hätte verbergen können. Und auch wenn sie insgeheim traurig war, freute sie sich für die beiden. Wirklich.

Außerdem hätte dieser wochenlange Roadtrip endlich bald ein Ende. Das letzte Mincemobil-Event war für den 1. Januar geplant. Anschließend würde sie William vielleicht ab und zu in der Bibliothek und auch zusammen mit ihrer besten Freundin sehen, aber zumindest wäre sie nicht mehr stundenlang mit dem glücklichen Paar im selben Fahrzeug eingesperrt.

Der Countdown lief – noch acht Tage.

»In fünf Minuten sind wir da«, rief sie nach hinten, als sich der Stau vor ihnen endlich aufzulösen begann. Bald würden sie bei Claudias Eltern sein.

»Danke, Nina.« Claudia klang müde. »Ich packe schon mal mein Zeug zusammen.«

Da William nicht reagierte, warf Nina an der nächsten roten Ampel einen Blick über die Schulter, um zu sehen, ob er eingeschlafen war.

Doch er war hellwach und erwiderte aufmerksam ihren Blick. Nina hatte keine Ahnung, wie sie seinen Gesichtsausdruck deuten sollte. Und als er sich wieder Claudia zuwandte, um ihr getuscheltes Gespräch fortzusetzen, schwor sie sich, es endgültig aufzugeben.

Als Nina ihren Mantel wieder anzog, half William ihr hinein, ganz der Gentleman. Anschließend schlüpfte sie in ihre Stiefel, schlang sich ihre Handtasche um und nahm eine der zwei überladenen Papiertüten entgegen. Die andere bekam William.

»Vielen Dank, Mrs. Ko«, sagte Nina aufrichtig. »Das ist wirklich sehr freundlich von Ihnen.«

Die Familie Ko feierte Weihnachten zwar nicht so wie Ninas Eltern – mit einem großen Baum und einem Haufen Rentierfiguren im ganzen Haus verteilt –, dennoch erwarteten ihre Eltern, so hatte es Claudia ihr erzählt, dass alle Kinder, die über die Feiertage frei hatten, nach Hause kamen. Dementsprechend hatten Mr. und Mrs. Ko ein Festmahl gekocht, unter dessen Gewicht der Esszimmertisch eigentlich laut hätte ächzen müssen.

Als Claudia ihrer Mutter gestanden hatte, dass Nina und William nicht zum Abendessen bleiben konnten, hatte Mrs. Kos finsterer Blick missbilligende Funken gesprüht. Doch in Anbetracht des bevorstehenden Schneesturms konnte selbst sie nicht bestreiten, dass es klüger wäre, sich so schnell wie möglich wieder auf den Weg zu machen, damit Nina und William ihr Hotel außerhalb von DC erreichten, bevor das Wetter es nicht mehr zuließe.

Stattdessen hatte sie ihnen, während sie nacheinander auf die Toilette gingen, einen absurd großen Stapel wiederverschließbarer Behältnisse mit Essen eingepackt: Schweinebauch mit Frühlingszwiebeln, gebratene Eier und Tomaten, grüne Bohnen mit Knoblauch, Suppe und Dumplings. Außerdem Mac and Cheese, was Mr. Ko mit den Worten kommentiert hatte: »Weil unsere Tochter sich bis heute wie eine Achtjährige ernährt.«

»Als Claudia erzählt hat, dass Sie nichts zu essen an Bord dieses … Ungetüms haben, konnte ich es kaum glauben.« Mrs. Ko schüttelte den Kopf. »Keine Kochgelegenheit. Keine Toilette. Keine Betten. Ihnen ein paar Reste mitzugeben ist das Mindeste, was ich tun kann. Sind Sie sich ganz sicher, dass Sie nicht doch über Nacht hierbleiben können? Es fängt schon an zu schneien.«

Das tat es tatsächlich. Draußen vor dem Fenster schwebten die ersten Flocken vom dunklen Himmel herab.

Trotzdem konnten sie nicht bleiben – die Anweisung von Ruth-Rücksichtlos war so unbarmherzig wie unmissverständlich gewesen –, also verabschiedeten sie sich und machten sich wieder auf den Weg.

Nachdem sie an der nächsten Raststätte getankt und sich mit Getränken eingedeckt hatten, nahmen sie die Ausfahrt auf die I-64 West und fuhren weiter in Richtung Richmond, wo sie schließlich auf die I-95 Nord stoßen würden.

Zum ersten Mal seit zwei Tagen saß William wieder neben ihr, aber keiner von beiden verlor viele Worte. Nina, weil sie sich auf die Straße konzentrieren musste, ganz besonders jetzt, in der Dunkelheit und bei diesem schlechten Wetter, William, weil … Wer wusste das schon. Vielleicht vermisste er Claudia. Welchen Grund er auch haben mochte, er war seltsam zappelig. Ständig wechselte er zwischen den Playlists von Indie Rock zu Synthie-Pop zu Motown und wieder zurück, bevor er an der Heizung herumzufummeln begann und die Lüftungsschlitze so einstellte, dass die warme Luft direkt zu ihr gelenkt wurde.

Nach etwa vierzig Minuten auf der Interstate, mitten im Nirgendwo, wurde aus den vereinzelt treibenden Flocken ein wirbelndes, wildes Schneetreiben. Zum Glück fuhr Nina langsam und vorsichtig, denn das Meer aus Bremslichtern, das vor ihnen aufleuchtete, bemerkte sie erst, als es schon fast zu spät war, um anzuhalten. Das ABS des Mincemobils machte sich eindeutig bezahlt, als ihr schweres Fahrzeug mit nur wenigen Zentimetern Abstand hinter der Stoßstange des kleinen Elektroautos vor ihnen zum Stehen kam. Mit einem Ruck wurden sie in ihre Sicherheitsgurte geschleudert.

Nachdem sich Ninas wieder gelockert hatte, atmete sie zittrig und erleichtert aus und löste ihre verkrampften Finger vom Lenkrad. Sie schaute zu William hinüber, der sie ebenfalls ansah. Langsam senkte er den Arm, den er reflexartig vor ihr ausgestreckt hatte. Schon wieder eine dieser ritterlichen, wenn auch vollkommen überflüssigen Gesten.

»Krass, wie du es gerade noch geschafft hast zu bremsen. Du bist der Wahnsinn, Nina.« William war blass, und der Ausdruck in seinen braunen Augen wirkte besorgt, als er sie noch einmal von oben bis unten musterte. »Dein Hals … Alles okay?«

»Alles gut.« Sie würde nicht zulassen, dass ihr dieser Blick, diese Worte, mehr bedeuteten, als sie sollten. »Und bei dir?«

»Auch alles gut.« Nachdem er einmal tief ein- und ausgeatmet hatte, neigte William den Kopf, um einen Blick auf sein Handy zu werfen. »Es gibt noch keine offiziellen Verkehrswarnungen. Und ich sehe auch keine … Ah, Moment, laut dieser Karte könnte es vor uns auf der Strecke einen Unfall gegeben haben.«

Nina runzelte die Stirn. »Hoffentlich nichts wirklich Schlimmes.« Bei diesem Wetter könnte es sehr viel länger dauern als üblich, bis Hilfe eintraf.

»Ja, das hoffe ich auch.« Als William sich auf die rosige Unterlippe biss, musste sie den Blick abwenden, bevor der Drang, sich auf der Stelle auf ihn zu stürzen, übermächtig wurde. »Ich schätze … Ich schätze, dann warten wir einfach ab?«

»Ehrlich gesagt, glaube ich nicht, dass uns irgendwas anderes übrig bleibt. Eine Ausfahrt ist auf jeden Fall nicht in Sicht.« Sie beugte sich vor, um durch die Windschutzscheibe zu spähen, konnte außer Schneegestöber jedoch nicht viel erkennen. Sirenen waren auch keine zu hören. »Die gute Nachricht ist, dass wir gerade erst Rast gemacht haben, unser Tank voll ist und wir zusätzliche Klamotten und jede Menge Essen dabeihaben. Egal was passiert, wir sollten eine Weile aushalten.«

»Im schlimmsten Fall müssen wir die Heizung zwischendurch abschalten, um Benzin zu sparen.« Sein Lächeln wirkte etwas angespannt. »Noch eine gute Nachricht: Im Moment sind die Bedingungen so schlecht, dass niemand sein Auto verlassen und an unsere Tür klopfen wird, um Pies und Filo-Rollen zu kaufen, die wir gar nicht haben. Vielleicht sehen sie uns nicht einmal.«

Was tatsächlich eine gute Nachricht war. Als sie das letzte Mal in der Nähe von Rockville in einem längeren Stau gestanden hatten, war es beinahe zu einem Aufstand gekommen, als die Meute erfuhr, dass das Mincemobil Mincemeat-los war.

Nina begann mit den Fingern auf das Lenkrad zu trommeln. »Vielleicht dauert es ja gar nicht so lange.«

Doch das tat es. Eine Stunde später hatten sie sich nicht einen Zentimeter vorwärtsbewegt. Und da sie online keine brauchbaren Informationen gefunden hatten und auch keine offizielle Hilfe hörten oder sahen, stellten sie den Motor ab, schnallten sich ab, zogen sich ihre Fleecejacken an und machten sich über ihr inzwischen nur noch lauwarmes Abendessen her. Allerdings aßen sie nicht alles auf. Zum einen, weil sie bei dem Versuch, so viel Essen in sich reinzuschaufeln, geplatzt wären; zum anderen, weil sie ihre Vorräte rationieren mussten. Nur für den Fall der Fälle.

»Wenigstens müssen wir uns nicht darum kümmern, die Reste kalt zu stellen«, sagte Nina mit einem Bissen grüner Bohnen im Mund.

Williams heiseres Lachen vibrierte in ihr nach, als wäre sie die lüsternste Stimmgabel der Welt – und das war eine verdammte Katastrophe. Wie bitte sollte sie mit so viel unerwarteter Intimität fertigwerden, wenn sich der Verkehr nicht bald wieder in Bewegung setzte?

Okay, okay. Nach dem Essen würde sie vorgeben, zu müde zum Fahren zu sein, um anschließend so zu tun, als würde sie schlafen. Weil sie ihre Freundin nicht hintergehen würde und sich weigerte, sich lächerlich zu machen oder William in Verlegenheit zu bringen, indem sie ihm offenbarte, wie sie auf seine Nähe reagierte.

»Jep, mangelnde Kälte ist auf jeden Fall nicht unser Problem.« Sein Gesichtsausdruck veränderte sich auf eine Weise, die Nina nicht deuten konnte. »Abgesehen von …«

O nein. Hatte er etwa gespürt, dass er sie alles andere als kaltließ?

»Abgesehen von was?«

Stille. Nichts außer dem Pfeifen des Windes, dessen Kraft das Mincemobil leicht zum Schwanken brachte.

»Nichts. Ich kann nicht …« Er schüttelte den Kopf und beugte sich hastig wieder über seine Tupperdose mit gebratenem Schweinebauch. »Nichts.«

War er gerade kurz davor gewesen, zur Sprache zu bringen, dass sie viel zu offensichtlich in ihn verknallt war … Verdammt, wie peinlich wäre das denn?

Und er machte es ihr wirklich nicht gerade leicht. Ohne den konstanten Luftstrom aus der Heizung roch sie nun mit jedem Atemzug den warmen Kräuterduft seines Shampoos. Im schummrigen Licht der umstehenden Fahrzeuge konnte sie erkennen, dass er sie auf die gleiche Weise ansah wie vorhin, und durch die Dunkelheit nahm sie überdeutlich jedes Rascheln von Jeans auf Jeans wahr, wenn er seine kräftigen Oberschenkel bewegte.

Sie würde ihrer Anziehung zu ihm nicht nachgeben, aber dass sie sie spürte – mehr denn je –, konnte sie kaum verhindern.

Trotz der Hitze, die Nina in Williams Nähe empfand, sank die Temperatur im Inneren des Fahrzeugs rapide. Die Kälte kroch unter ihr Sweatkleid und drang durch ihre dicke Strumpfhose und die Fleecejacke. Noch waren ihre Füße warm, aber auch das würde sich bald ändern, wenn sie sich nicht wärmer einpackte.

Nina schluckte einen Seufzer hinunter und stellte den Plastikbehälter, aus dem sie gegessen hatte, auf das Armaturenbrett, um ihren Wollmantel anzuziehen.

»Möchtest du noch meine Jacke haben?« William hielt seine Winterjacke hoch, dabei wusste sie ganz genau, wie sie aussah. Sie war waldgrün und gesteppt, was seiner schlanken Statur aus irgendeinem Grund unglaublich schmeichelte. Und sie würde wahrscheinlich kaum mehr als die Hälfte ihres eigenen, deutlich kurvigeren Körpers bedecken.

»Danke für das Angebot, aber die wird mir leider ein bisschen zu klein sein.« Womit sie sich nicht für ihre Kleidergröße entschuldigte – das hatte sie sich schon vor über einem Jahrzehnt abgewöhnt –, sondern lediglich eine Tatsache aussprach. »Ich kann mir noch was aus meinem Koffer holen, wenn mir zu kalt wird.«

»Du könntest dir die Jacke einfach über die Beine legen«, schlug William vor, als hätte er den Hinweis auf ihre körperlichen Unterschiede gar nicht gehört.

»Du brauchst sie mehr als ich.« Sie zog die Brauen zusammen. »Warum hast du sie nicht längst angezogen?«

Ihr selbst war eher schnell zu heiß als zu kalt, doch bei ihm war es in der Regel umgekehrt, wie sie im Laufe ihres Roadtrips festgestellt hatte. Eigentlich hätte er schon so viele Schichten wie nur irgend möglich übereinander tragen müssen.

»Ich dachte, es könnte mir vielleicht helfen, mich nicht gleich wieder so warm einzupacken.« Er hielt inne und rutschte verlegen auf seinem Sitz hin und her. »Und damit meine ich … äh … dabei helfen, mich an die Kälte zu gewöhnen.«

Was?

»Ich glaube nicht, dass das so funktioniert.«

Er nahm seine Brille ab und fuhr sich mit beiden Händen über das Gesicht. »Vielleicht nicht.«

»Es wird viel schwieriger sein, wieder warm zu werden, wenn die Temperatur im Auto noch weiter gesunken ist. Bitte zieh deine Jacke an, William.« Sie stieß ein amüsiertes Schnauben aus. »Es sei denn, du bist drauf aus, der einzige Dozent der Dogwood University zu werden, der als Popsicle durchgeht.«

»Schon gut«, murmelte er und schob seinen rechten Arm in den Ärmel. »Wenn es dich glücklich macht.«

»Das tut es.« Sie lächelte ihn dankbar an. »Genau wie diese Mac and Cheese. Meinst du, sie haben sie mit Gruyère gemacht? Da ist definitiv nicht nur Cheddar drin.«

Voller Bedauern spießte Nina den letzten Bissen auf und kaute bedächtig. Die Fusilli waren perfekt al dente. Dann kratzte sie die letzten Reste Käsesoße aus dem Behälter und leckte mit einem genießerischen Seufzen die Gabel ab. Sie musste unbedingt herausfinden, welche Käsekombination Mr. Ko verwendet hatte und das Rezept nachkochen.

Als sie zu William aufsah, wirkte er auf einmal wie erstarrt. Dann zog er eilig seine Jacke wieder aus und legte sie sich auf den Schoß. »Ich glaube, mir ist auch ohne die Jacke warm genug. Sorry.«

Konnten Männer in ihren Mittdreißigern an Hitzewallungen leiden? Oder war das eine Art Machogehabe? Nina wäre niemals davon ausgegangen, dass William so was nötig hatte, aber … So oder so war es an der Zeit, sich der Versuchung zu entziehen.

»Ich werde langsam ein bisschen müde, also …«, sagte sie im selben Moment, als er herausplatzte: »Nach dem letzten Verkehrs-Update wird es noch Stunden dauern, bis wir irgendwo ankommen. Wie wär's, wenn wir uns ein bisschen ausruhen?«

»Genau das habe ich auch gerade gedacht.« Sie schauderte. Langsam kroch ihr die Kälte in die Knochen. »Solange wir hier noch feststecken, sollten wir das Essen nach hinten räumen, da ist es am kühlsten. Dann können wir hier vorn ein paar Minuten lang die Heizung laufen lassen, um uns aufzuwärmen«, zumindest sie würde das auf jeden Fall tun, »und uns kurz hinlegen.«

Er griff über sie hinweg, um den Motor anzustellen. »Dir wird kalt.«

Ach was.

Ihre Zähne klapperten trotz der warmen Luft, die durch die Lüftung ins Wageninnere strömte. »Ein bisschen, ja.«

»Äh …« Er schluckte hörbar und wirkte seltsam nervös. Und auch ein wenig … aufgeregt? »Ich habe mir gedacht, vielleicht … vielleicht sollten wir, äh … unsere Körpertemperaturen kumulieren. Ich meine … äh … während wir uns hinlegen.«

Ihr blieb der Mund offen stehen.

»Du …« Halluzinierte sie? »Willst du, dass wir *kuscheln*?«

»Nur wenn du einverstanden bist«, sagte er und fügte in einem hastig hervorsprudelnden Wortschwall hinzu: »Wenn du das nicht möchtest, ist das natürlich gar kein Problem. Ich würde die Situation nie ausnutzen oder irgendwas tun, das dir unangenehm ist, das ist ja klar. Ich möchte nur verhindern, dass du frierst und uns das Benzin zu schnell ausgeht, aber wir können den Motor auch einfach länger laufen lassen, falls du dich mit mir nicht wohlfühlen …«

»Ich fühle mich in deiner Gegenwart wohl.« Vielleicht eher ein wenig *zu* wohl? Möglicherweise. Aber sie hatten keine Ahnung, wie lange sie festsitzen würden, also war es wichtig, dass sie den Tank nicht komplett verheizten. Außerdem waren Williams Absichten eindeutig unschuldig, und Nina hätte sich eher ein Bein abgehackt, als ihre beste Freundin zu hintergehen. Sie selbst fror schon jetzt erbärmlich, und da er sich weigerte, seine Jacke anzuziehen, mussten sie eben andere Maßnahmen ergreifen, also …

»Klar. Wir können kuscheln.«

»Wirklich?«, fragte er so überrascht, als könne er es kaum glauben.

»Ja.« Es war in Ordnung. Nur ein harmloser Austausch von Körperwärme, wie unter verirrten Pfadfindern in der Wildnis. Vorausgesetzt, besagte Pfadfinder kauerten sich unter einem riesigen Zelt in Form eines Schwanzes zusammen. »Lass uns die Tupperdosen wegräumen, dann überlegen wir, wo wir uns am besten hinlegen können und trotzdem etwas Privatsphäre haben. Und was wir drunterlegen können, damit es nicht so hart ist.«

»Bin ganz bei dir«, sagte er, und da war etwas in seinem Tonfall …

Nein, da war nichts. Das bildete sie sich nur ein.

»Okay, dann los.«

*

Zehn Minuten später hatten sie sowohl die Tupperdosen als auch sich selbst im Laderaum untergebracht. Nachdem sie Buttons und Magnete zusammengeschmissen hatten, passten die Essensbehälter in die Schubladen der Regale, die an den Wänden im hinteren Teil des Vans eingebaut waren. Und wenn sie sich aneinanderkuschelten, fanden sie gerade so in dem mit Teppich ausgelegten Mittelgang Platz. Was letztlich die einzige Option war, obwohl es hinten im Wagen um einiges kühler war. Doch die Vordersitze ließen sich nur minimal verstellen, und obwohl die Sicht nach draußen – und demnach auch zu ihnen hinein, solange sie kein Licht anmachten – praktisch nicht vorhanden war, würde sich das in dem Moment ändern, in dem es aufhörte zu schneien. Die Vorstellung aufzuwachen und zu sehen, wie irgendwelche Fremden sie durch die leicht getönten

Scheiben beobachteten, erschien Nina wenig verlockend, und Williams Hinweis, dass es im Laderaum keine Fenster gebe, hatte ausgereicht, um sie zu überzeugen.

Nachdem sie sich mit Zahnpasta und einem Schluck aus der Wasserflasche behelfsmäßig die Zähne geputzt hatten, hatten sie immerhin beide einen minzig frischen Atem. Was angesichts der Tatsache, wie nahe sie sich kamen, gut war. Sie lagen auf der Seite, die Gesichter einander zugewandt, die Arme umeinander gelegt. Ihre Beine waren ineinander verschlungen, die Schuhe hatten sie zugunsten einer zusätzlichen Schicht dicker Socken ausgezogen. Ein großes Stoffbanner – *Season's Meatings from Mrs. Claus's Mincemeat Treats!* – musste zusammen mit ein paar Pullovern als Matratze herhalten. Nina hatte ihren Mantel aufgeknöpft und wie William den Reißverschluss der Fleecejacke geöffnet, um den Austausch an Körperwärme zu erleichtern; William hatte dazu seine Jacke über ihre Beinen ausgebreitet. Nicht zu vergleichen mit einem richtigen Bett und einer Daunendecke, aber für eine Nacht würden sie klarkommen.

Williams Arme umschlossen sie fest. Seine breite Hand lag in ihrem Nacken und drückte ihr kühles Gesicht an seinen Hals, während er mit der anderen über ihren unteren Rücken strich und sie noch dichter an sich zog. Durch die Nähe fühlte sich jeder seiner Atemzüge an wie eine Welle, die sie sanft hin und her schaukelte, und anscheinend hatte sein Duschgel den gleichen angenehmen Kräuterduft wie sein Shampoo, denn inzwischen nahm sie nichts anderes mehr wahr als diesen ganz bestimmten Geruch.

Hatte sie sich in ihrem ganzen Leben je so geborgen gefühlt wie in diesem Moment, fragte sich Nina. Oder je so scharf auf jemanden? Leider hatte William keinen einzigen seiner angespannten Muskeln gelockert, seit sie sich hingelegt hatten. Und zu ihrer Überraschung strahlte der Mann, dem doch sonst so viel schneller kalt wurde als ihr selbst, eine Hitze aus, die dem riesigen Motor des Mincemobils Konkurrenz hätte machen können.

Keiner von beiden tat ein Auge zu. Nina war so hellwach, als hätte sie Red Bull intravenös verabreicht bekommen, und auch William zappelte unablässig. Einen Moment lang glaubte sie sogar zu spüren …

Nein. Das musste sein Portemonnaie gewesen sein. Oder irgendein anderer Gegenstand, der in der Tasche seiner Fleecejacke steckte. Was-auch-immer verschwand auf jeden Fall, als er sich erneut bewegte.

»Ich …« Sein Räuspern vibrierte an ihren Lippen, worauf sie ihre entschlossen zusammenpresste, anstatt das zu tun, was sie eigentlich tun wollte. Nämlich ihren Mund öffnen, um diesen Klang auf ihrer Zunge zu schmecken. »Wollen wir *Never Have I Ever* spielen? Ich habe eine Tüte M&Ms in der Tasche …«

Das war es also, was sie gespürt hatte. Enttäuscht und erleichtert zugleich, atmete Nina langsam aus.

»Die können wir zum Spielen benutzen. Jeder fängt mit zehn an.« Obwohl William leise sprach, klang er seltsam … entschlossen. Als würde er etwas vorschlagen, von dem er wusste, das es in einer Katastrophe enden könnte, und wolle es aber dennoch durchziehen. »Wem zuerst die M&Ms ausgehen, hat verloren.«

»Du *hasst* dieses Spiel.« Als sie verwirrt den Blick hob, um ihm in die Augen zu sehen, streiften ihre Wimpern seine

Wange, und er zuckte zusammen. »Claudia und ich spielen es ständig, und du wolltest nie mitmachen.«

»Ich hasse es nicht.« Er hielt inne und schien nach den richtigen Worten zu suchen. »Aber ich … äh … ich traue Claudia zu, dass sie versuchen würde, mich in unangenehme Situationen zu bringen.«

Was immer das heißen mochte. Hatte er Angst davor, dass Claudia sexuelle Anspielungen machen könnte, während er versuchte, ihre Beziehung diskret zu behandeln?

Wie dem auch war, solange sie ohnehin nicht schliefen, konnten sie genauso gut ein Spiel spielen. »Es besteht die tausendprozentige Chance, dass wir die M&Ms dabei über den ganzen Boden verteilen. Lass uns stattdessen einfach unsere Finger nehmen.«

Sein ohnehin schon angespannter Körper erstarrte.

»Was ist?« Nina wich ein Stück zurück und versuchte, seinen Gesichtsausdruck in der Dunkelheit zu deuten. »Habe ich was Falsches gesagt? Wenn du unbedingt M&Ms benutzen willst, können wir …«

»Nein, nein«, wehrte er hastig ab. Seine Stimme war heiser. »Finger sind … Finger sind in Ordnung.«

»Okay, dann los.« Sie kuschelte sich wieder enger an ihn und spreizte ihre Hände auf seinem Rücken, der inzwischen sogar durch die Stoffschichten hindurch so heiß war, dass er in der kühlen Luft eigentlich hätte dampfen müssen. »Du fängst an.«

Falls er aufgepasst hatte, wenn sie und Claudia spielten, wusste er, dass er am besten Aussagen wählte, die nicht auf ihn selbst zutrafen, von denen er aber stark vermutete, dass sie auf Nina zutrafen.

»Okay. Ähm …« Seine Finger krümmten sich in ihrem Nacken. »Noch nie in meinem Leben bin ich geblitzt worden.«

Jep, er hatte definitiv gut aufgepasst.

Sie krümmte einen Finger. »Nur weil du nicht viel fährst. Und zu meiner Verteidigung: Mit dem Mincemobil bin ich noch nie zu schnell gefahren.«

»Du sagst selbst immer, du hättest Angst, dass unser Filo-Penis bei hoher Geschwindigkeit wegfliegt und ein anderes Auto pfählt.« Sein Ton war so trocken wie ihre winterlichrauen Ellenbogen. »Ohne vorheriges Einverständnis.«

»Enthusiastisch geäußerter Konsens ist wichtig«, stimmte sie zu. »Woher wusstest du, dass ich normalerweise zu schnell fahre?«

»Manchmal, wenn uns bei freier Fahrt ein Auto auf dem Highway überholt, hast du diesen ganz bestimmten Blick. Voller aufrichtiger Sehnsucht und zähneknirschendem Neid. Das ist süß und gleichzeitig sehr witzig.«

Sie konnte sich nicht erinnern, in den letzten zwei Jahrzehnten jemals als *süß* bezeichnet worden zu sein. War das so zu verstehen, dass er in ihr so etwas wie seine kleine Schwester sah?

»Dir ist schon klar, dass ich älter bin als du, oder?«

»Dreiundzwanzig Monate, ja.« Seine Schulter drückte gegen ihr Ohr, als er damit zuckte. »Nicht weiter erwähnenswert. Du bist dran.«

»Okay.« Sie wusste ganz genau, was sie sagen wollte. »Noch nie in meinem Leben habe ich so getan, als würde ich nicht sehen, dass mir jemand zuwinkt, wenn ich im Mincemobil sitze.«

Er seufzte, und sie spürte, wie sich sein Zeigefinger an ihrer Wirbelsäule krümmte. »Zu *meiner* Verteidigung: Ich bin von Natur aus introvertiert. Mich mit Fremden zu unterhalten ist für mich viel, viel schwieriger, als einen Vortrag zu halten oder ein Seminar zu leiten. Zumal ein Seminar höchstens drei Stunden dauert, während wir bei diesem Job manchmal den ganzen Tag mit anderen Leuten zu tun haben. Du kannst viel besser mit Menschen umgehen als ich. Du bleibst gelassen und bist nett, lässt dir aber auch keine Grobheiten gefallen.«

Sie vergrub ihr Gesicht an seinem Strickpulli, um ihr glückliches Lächeln zu verbergen, das bei seinem Kompliment an ihren Mundwinkeln zupfte. »Das ist sehr nett, aber ich glaube, du unterschätzt dich. Die Leute lieben dich. Sonst würden sie dir nicht so oft ihre Brüste zeigen.«

Er schnaubte. »Sie würden sie auch jedem anderen zeigen. Glaub mir, das ist nichts Persönliches.«

»Hm.« Da war Nina anderer Meinung, aber sie würde ihm nicht widersprechen. »Du bist wieder dran.«

»Apropos Brüste zeigen …« Er hielt inne. »Vergiss es. Ich überlege mir besser was anderes.«

»Nein, sag schon.« Euphorisiert von all den Pheromonen, die ihr Gehirn fluteten, und dem unbändigen Bedürfnis, ihre Finger über seinen Rücken zu einer weniger anständigen Stelle wandern zu lassen, wischte sie sein Zögern mit einer Geste beiseite. »Ich werde nicht beleidigt sein, versprochen.«

»Noch nie in meinem Leben war ich in Versuchung, in Reaktion selbst blankzuziehen«, sagte er schließlich so bedächtig, als würde er jedes Wort einzeln abwägen.

Verdammt. Langsam krümmte sie einen zweiten Finger an seinem Schulterblatt. »Woher weißt du das?«

»Wie gesagt, du bist sehr nett zu anderen. Immer höflich und kein bisschen einschüchternd.« Er hielt inne. »Aber manchmal, wenn jemand vor dir blankzieht, schaust du auf deine … äh …«

»Brüste.«

Ihr war nicht klar gewesen, dass er sie so genau beobachtete. Aber warum? Aus reiner Neugierde? Langeweile während der endlosen Autofahrten?

Er schluckte schwer. »Du schaust auf deine … Brüste. Als würdest du über etwas nachdenken. Und ich denke dann immer, dass dieses Etwas die Überlegung ist, sie als Reaktion den Typen mit den nackten Hintern zu zeigen.«

Sie nickte, wobei ihr Kinn über seine Brust strich. »Nur um sie zu so schockieren, wie sie mich schockieren wollen.«

»Aber du bist nie schockiert.«

Der Mann hatte sie durchschaut. Leider nicht auf die Art und Weise, wie sie es sich gewünscht hätte.

»Ich bin nicht so anständig, wie du denkst. Und auch nicht so leicht aus der Fassung zu bringen.« Das Einzige, was sie regelmäßig aus der Fassung brachte? Ihr heimliches Verlangen nach diesem Mann in ihren Armen. »Außerdem gönne ich ihnen nicht die Genugtuung, eine Reaktion von mir zu bekommen. Genauso wenig wie das Vergnügen, meine Brüste zu sehen. Weswegen ich womöglich manchmal in Erwägung ziehe, ebenfalls blankzuziehen, es aber nie tue.«

»Dieses Vergnügen haben sie auf keinen Fall verdient«, stimmte William zu.

Wäre seine Aussage nicht größtenteils ein Echo dessen gewesen, was sie gerade selbst gesagt hatte, hätte sie sich vielleicht über die Formulierung gewundert. Sich gefragt, ob er die Aussicht auf den Anblick ihrer Brüste tatsächlich mit Vergnügen verband.

»Ich bin dran.« Es war an der Zeit, die Notbremse zu ziehen, bevor ihre Entschlossenheit, ihre Brüste auf keinen Fall an seinem so festen und herrlich breiten Brustkorb zu reiben, ins Wanken geriet. »Noch nie in meinem Leben habe ich es bereut zu promovieren.«

Als er scharf Luft holte, ruderte sie hastig zurück.

»Entschuldige! Du musst nicht …«

»Schon okay.« Er krümmte einen zweiten Finger. »Es ist bloß … Ich hab mir echt Mühe gegeben, nicht zu zeigen, dass ich manchmal meine Zweifel habe. Und ich hätte wirklich nicht gedacht, dass es jemand merkt, aber …«

Vielleicht war sie ja tatsächlich die Einzige, der seine Unzufriedenheit aufgefallen war. Solange man Dr. William Dern nicht diese beinahe zwanghafte Aufmerksamkeit schenkte, mit der sie ihn bedachte, konnte sein charmantes Lächeln durchaus von dem erschöpften Ausdruck in seinen Augen ablenken. Ebenso wie die wohlüberlegten Fragen, die er den Menschen stellte – über ihren Tag, ihren Background, ihre Interessen –, darüber hinwegtäuschten, wie wenig er von sich selbst erzählte. Ebenso wie die ruhige, freundliche Ernsthaftigkeit in seinen dunklen Augen hinter der Hornbrille von der leichten Traurigkeit ablenkte, die gelegentlich in seiner Stimme mitschwang. Doch sie hörte diese Traurigkeit jedes Mal, wenn er erwähnte, dass er Kurse für eine rein digital lehrende Universität oder

Schreibberatungsseminare an der Dogwood übernehmen musste, weil die ein oder zwei Grundkurse zur frühen amerikanischen Geschichte, die ihm jedes Semester zugewiesen wurden, nicht für seinen Lebensunterhalt ausreichten. Lehrte er nur, was er wirklich liebte, kam er nicht über die Runden. Keinem der befristeten Dozenten gelang das.

Eine Woche nach ihrem Kennenlernen hatte sie seine Doktorarbeit gelesen, mit der er an der Dogwood promoviert hatte. Eine brillante Untersuchung der Überschneidungen von sozialer Schicht und Sexualität im kolonialen Virginia am Beispiel der Werftarbeiter, über die er so ausführlich geforscht hatte. Allerdings hatte sie sich gefragt, wie oft er dieses hart erarbeitete Wissen wirklich anwenden konnte. Ihre Vermutung? Sehr selten. Und in den letzten sechs Jahren, die er seit seiner Promotion als Dozent an der Dogwood lehrte, hatte sich die Forschung auf seinem Fachgebiet weiterentwickelt. Wie sollte er die Zeit finden, auf dem Laufenden zu bleiben, wenn er so darum kämpfen musste, seinen Lebensunterhalt zu verdienen?

Den meisten befristeten Dozenten gelang das auf Dauer nicht. Sie und Claudia hatten bisher noch nicht aufgegeben, aber nur, weil sie noch nicht so lange dabei waren. Sie hofften nach wie vor, dass dies nur eine vorübergehende Phase war und sie eher früher als später irgendwo eine unbefristete Vollzeitstelle finden würden. Und das, obwohl der akademische Arbeitsmarkt schon lange vor ihrer Promotion den Bach runtergegangen war.

Nach allem, was Nina gehört hatte, war William ein hervorragender Lehrer. Ruhig, freundlich und sachkundig. Doch nichts davon – weder seine Qualitäten als Lehrender noch seine Intelligenz oder seine harte Arbeit – reichte aus, um ihm eine Beförderung einzubringen. Oder zumindest ein angemessenes Gehalt, um die Miete zu bezahlen und nicht am Hungertuch zu nagen.

»Ich bin gern an der Dogwood, wirklich«, begann William, als müsse er sich verteidigen. »Es gibt einen Grund, warum ich sie als Alma Mater für mein Studium *und* meine Diss ausgesucht habe. Genauso wie es einen Grund gibt, warum ich dort seit sechs Jahren lehre. Aber irgendwann …«

Er bemühte sich, sachlich zu klingen, aber alles, was Nina heraushörte, waren Zweifel und Frust eines klugen, ehrgeizigen Mannes, der an einem Punkt feststeckte, an dem er nicht sein wollte.

Sie umarmte ihn ein wenig fester, was nichts mit ihrer Lust zu tun hatte. Nicht in diesem Augenblick.

Dann versuchte er es erneut. »Irgendwann werde ich mir eingestehen müssen, dass die Wahrscheinlichkeit, dort eine unbefristete Stelle zu bekommen – oder auch nur einen Vollzeitjob –, gen null tendiert. Und da ich aufgrund meiner Lehrtätigkeit in den letzten Jahren viel zu wenig Zeit für die Forschung hatte und kaum etwas publiziert habe, bin ich wahrscheinlich auch für andere Institutionen nicht wirklich interessant. Nicht mehr.«

»Du hast das Gefühl, deine Zeit verschwendet zu haben.« Das war es, was er ihr eigentlich zu sagen versuchte. Was sie bereits in Ansätzen vermutet hatte. »Oder zumindest dein Potenzial.«

»Ja.« Er seufzte. »An den meisten Tagen ist das aber nicht mal das Schlimmste, Nina.«

»Und was ist das Schlimmste?«, hakte sie sanft nach.

»Die schiere Unwürdigkeit, mit der wir Dozenten behandelt werden«, erwiderte er, ohne zu zögern. »Wir werden schlecht bezahlt, und man gewährt uns keinerlei Absicherungen. Wir sitzen in winzigen Büroecken in der Bibliothek. Unsere Namen sind nicht mal auf der Website der Universität aufgeführt. Wir müssen für unseren Parkplatz auf dem Campus bezahlen, obwohl wir dort *arbeiten.*«

Die unverblümte Aufrichtigkeit seines Tons, die Tatsache, dass er ihr seine intimsten Gedanken anvertraute, beschämte sie. Und zugleich fühlte sie sich ob seines Vertrauens geehrt, sosehr sie auch mit ihm litt.

»In den letzten Jahren«, fügte er hinzu, »habe ich mich immer wieder gefragt, ob ich woanders hingehen sollte. Irgendwohin, wo ich eine echte Zukunft sehe. Und dann …« Er brach ab und atmete angestrengt ein, als wolle er seine Worte zurückhalten.

»Und dann?«, bohrte sie nach, nachdem sie einen Moment gewartet hatte.

»Und dann …« Es dauerte noch ein paar Augenblicke, bis er seinen Gedankengang weiterführte. »Dieses Semester erschien mir die Aussicht, noch ein bisschen länger zu bleiben, gar nicht so schlimm.«

Weil Claudia eingetroffen war.

Sie freute sich, dass die Präsenz ihrer besten Freundin ein wenig von seinem Kummer hatten vertreiben können, auch wenn diese Beziehung der beiden für Nina ein Schlag in die Magengrube war.

Bei der Erinnerung daran, dass der Mann in ihren Armen nicht ihr gehörte – ihr nie gehören würde –, verzog sie das

Gesicht. Sie beschloss, das Gespräch auf ein anderes, leichteres Thema zu lenken als ihre trüben Karriereaussichten.

»Das freut mich«, erwiderte sie aufrichtig. »Und danke, dass du etwas so Persönliches mit mir teilst, William. Das betrachte ich als großes Kompliment.«

»Dafür dankst du mir?« Er sackte aus irgendeinem Grund an ihr zusammen. »Okay.«

»Ich weiß, dass ich eigentlich nicht dran bin, aber …« Sie wollte ihn aufheitern, auch wenn es sie selbst verletzte. »Vor heute Abend habe ich noch nie in meinem Leben mit einem Kollegen gekuschelt.«

Das war ein cleverer Schachzug von ihr. Er und Claudia hatten gestern Abend definitiv was miteinander gehabt, als sie eine Stunde lang in seinem Zimmer verschwunden war. In der Vergangenheit hatte Nina Berufliches und Privates stets streng voneinander getrennt, doch das war nun wohl hinfällig. Dass sie und er einander heute Abend in den Armen lagen, mochte pragmatische Gründe haben, aber so unschuldig diese Umarmung auch war, sie gefiel ihr definitiv. Ein bisschen zu sehr sogar.

Geduldig wartete sie darauf, dass er preisgeben würde, schon mit Claudia gekuschelt zu haben.

Doch … nichts passierte. Er krümmte keinen weiteren Finger.

»William?« Sie klopfte gegen sein Schulterblatt. »Du schuldest mir einen Finger.«

Er verschluckte sich fast. »Ich, äh … Nein, nicht, dass ich wüsste.«

Vielleicht hatten er und Claudia sich nicht die Zeit genommen, um anschließend zu kuscheln?

Oder … ging hier irgendetwas anderes vor sich, das Nina nicht checkte?

Es brachte nichts, sich Hoffnungen zu machen, das wusste sie, und dennoch konnte sie nicht anders. Sie musste einfach herausfinden, was zwischen ihm und Claudia passiert war, selbst wenn es sie streng genommen nichts anging. Wieder missachtete sie die Regeln des Spiels und tat einfach so, als wäre sie noch einmal dran. »Na gut. Noch nie in meinem Leben habe ich einen Kollegen geküsst.«

Wieder keine Bewegung, abgesehen von dem leichten Wiegen des Fahrzeugs im Wind.

»William?« Sie pikte ihm in die Schulter. »Dein Finger?«

»Äh …« Er rückte ein Stück von ihr ab und starrte sie so entgeistert an, dass sie seinen Blick förmlich auf ihrem Gesicht spürte. »Mein Finger ist genau da, wo er sein sollte? Weil ich das auch noch nicht getan habe?«

Wollte er sich etwa nicht auf den Mund küssen lassen – à la »Pretty Woman« –, ehe er und seine Sexualpartnerin in einer ernsthaften Beziehung waren?

Oder hatte sie einfach alles falsch verstanden?

Sie fuhr sich mit der Zunge über ihre trockenen, kalten Lippen und beschloss, ihn einfach direkt darauf anzusprechen. »Ich dachte, du und Claudia …«

»Was soll mit mir und Claudia sein? Ich verstehe nicht …« Mit einem Mal erstarrte er. »Moment. Glaubst du etwa, Claudia und ich wären *zusammen*?«

Auf einmal konnte sie nicht mehr atmen. »Seid ihr nicht?«

»Nein.« Er klang schockiert. »Wie kommst du denn darauf?«

Sie löste sich von ihm, fuchtelte mit den Händen herum, über die Maßen genervt und erfreut zugleich. »Ach, ich weiß auch nicht. Vielleicht weil ihr in den letzten zwei Tagen unentwegt aneinandergeklebt habt? Und weil Claudia toll und genial und wunderschön ist und ihr gut zueinanderpassen würdet?«

»Oh.« Er schüttelte leicht den Kopf. »Nein. Ich meine, ja, sie ist fantastisch und schlau und natürlich sehr hübsch, aber wir empfinden nicht auf diese Weise füreinander.«

Fairerweise musste Nina sich eingestehen, dass sie nie gesehen hatte, wie die beiden sich berührt hatten, sie hatten nur miteinander geflüstert und sich für endlos lange Zweiergespräche abgeschottet. Was die alles entscheidende Frage aufwarf: Wenn sie nicht miteinander gekuschelt und geflirtet hatten, worüber um alles in der Welt hatten sie dann geredet?

Eine potenzielle Antwort kam ihr in den Sinn, aber nein, das konnte auf keinen Fall …

»*Wolltest* du jemals eine Kollegin küssen?«, fragte sie langsam.

Seine Stimme war tief und leise. »Ja.«

»Aber wenn nicht Claudia …« Sie nahm all ihren Mut zusammen. »Wen dann?«

Die Ironie, die in seinem Lachen herauszuhören war, rüttelte an ihrem Herzen. »Wie könnte dir das entgangen sein, Nina? Claudia behauptet, mir würden Herzchen aus den Augen sprühen, seit dem Tag, an dem du zum ersten Mal die Bibliothek betreten hast. Ich habe mir den hier«, er zupfte an einem ordentlich getrimmten Haar an seinem Kinn, »wachsen lassen, weil ich mitbekommen habe, wie du mal erzählt hast, dass du Bärte heiß findest. Ich habe meinen Lieblingsschreibtisch an Sukeerth abgetreten, damit ich neben dir sitzen kann.«

Das war der Grund für seinen Umzug gewesen? Er hatte es nicht einfach nur sattgehabt, im Luftzug der Klimaanlage zu sitzen und trotz der Hitze des späten Augusts einen Cardigan tragen zu müssen, der viel zu gut an ihm aussah?

Er hatte den gesamten Inhalt seines Büros für sie an einen anderen Ort verfrachtet?

Er sprach weiter, ohne auf ihre Verblüffung einzugehen. »Obwohl ich bekennend introvertiert bin, habe ich für einen Monat diesen Job angenommen, in dem ich mit endlosen Menschenmassen klarkommen muss und unentwegtem Socializing ausgesetzt bin – und dazu noch in einem riesigen Penis-Gefährt durch die Gegend kutschiere –, nur um in deiner Nähe sein zu können. Claudia hat mich sofort durchschaut, es jedoch geschafft, die Klappe zu halten, bis es ihr vor zwei Tagen reichte. Die letzten achtundvierzig Stunden hat sie damit verbracht, mir Ratschläge zu geben, wie ich es dir endlich sagen soll.«

Nina traute ihren Ohren nicht, denn wie oft passierte es schon, dass man genau das bekam, wonach man sich verzweifelt sehnte? Ohne es auch nur darauf anzulegen. Und die ganze Zeit war sie sich sicher gewesen, dass ihr größter, geheimster Wunsch so völlig außerhalb ihrer Reichweite war, dass er genauso gut hinter dem Mond hätte sein können.

So etwas war Nina noch nie passiert.

Bis jetzt.

Wenn sie nicht irgendetwas von dem falsch verstanden hatte, was er ihr gerade gesagt hatte … Was er ihr immer noch sagte.

»… hat mich immer weiter gedrängt und gemeint, ich solle *endlich aufhören, rumzueiern* und dir meine Gefühle gestehen.« Er machte eine Pause. »Das ist übrigens ein Zitat. Jedenfalls hat sie mir versichert, dass du eine selbstbewusste Frau und durchaus in der Lage wärst, mich abblitzen zu lassen, falls du kein Interesse haben solltest, und dass du auf keinen Fall Angst vor mir oder potenziellen Vergeltungsakten hättest, falls du mich zurückweisen würdest.«

Um wirklich ganz sicherzugehen, kniff Nina sich ganz fest. Was verdammt wehtat.

Was bedeutete …

Es war real. Es passierte tatsächlich. Er *wollte* sie. Genauso wie sie *ihn* wollte.

Pure, ungetrübte Freude brachte ihren Puls zum Rasen, und sie schien fast ein bisschen zu hyperventilieren. So viel zu ihrer Selbstbeherrschung, mit der sie sich so gern brüstete.

William hatte aufgehört zu reden und schien nun auf ihre Reaktion zu warten, aber sie war viel zu verblüfft und glücklich, um etwas zu sagen. Zu kurz davor, Freudentränen zu vergießen.

Nach dem Scheitern ihrer Ehe hätte sie sich niemals vorstellen können, sich noch einmal so gesehen und begehrt zu fühlen. Besonders nicht von einem Mann wie William Dern. Allein der Gedanke daran wäre ihr vollkommen unrealistisch vorgekommen, das reinste Wunschdenken, fernab aller Realität, wie sie sie sonst erlebte.

Sie hatte einfach aufgehört, nach jeglicher Form von Romantik zu suchen.

Doch die Romantik – nein, *William* – hatte sie gefunden.

»Hatte … hatte Claudia recht?« Er rückte ein paar Zentimeter von ihr ab, und sofort drang Kälte in die Lücke zwischen ihnen. »Oder … war das hier ein Fehler? Nina?«

Sie stürzte sich auf ihn, presste sich an ihn, schloss ihn in ihre Arme und zog ihn so nahe an sich heran, dass ihr Atem, ihre Körperwärme und ihre gemeinsame bewusstseinserweiternde Freude über diesen Moment miteinander verschmolzen.

Er zitterte genau wie sie.

Sobald sie es endlich geschafft hatte, wieder Luft zu holen, sprudelte alles nur so aus ihr heraus. Die Antwort auf seine Frage. Alles, was sie monatelang zurückgehalten hatte, alles, was sie für ihn empfand.

»Natürlich habe ich keine Angst vor dir.« Sie gab ihm einen Kuss genau auf sein großes, großes Herz. »Du bist der netteste, heißeste, aufmerksamste Mann auf dem ganzen verdammten Planeten, William, und ich will dich schon seit dem Moment, in dem ich mit Claudia in die Bibliothek gekommen bin und dich hinter deinem Schreibtisch gesehen habe. Du hast einen Artikel gelesen und dir dabei die Brille auf der Nase zurechtgerückt. Dann bist du aufgestanden, um uns zu begrüßen. Hast mir die Hand geschüttelt und mich angelächelt. Und deine Augen …«

Ihre Stimme verlor sich, während sie darüber nachdachte, wie schnell sie geahnt hatte, wer und wie dieser Mann sein könnte. Natürlich nicht genau, aber zumindest in groben

Zügen. Die Umrisse eines Porträts, das immer schöner wurde, je mehr Farben und Details hinzukamen.

»… sind so was von kurzsichtig?«, fragte er trocken.

In stummem Protest stieß sie ihm leicht in die Rippen. »Sie haben ganz leichte Fältchen in den Winkeln, weil du so oft lächelst.«

»Oder weil ich Mitte dreißig bin.«

»Sei still.« Als sie ihm sanft eine Hand über den Mund legte, küsste er ihre Handfläche, und der warme Hauch seines Atems ließ ihr ein Prickeln über den Rücken laufen. »Deine Augen sind so dunkel und ausdrucksstark, so unglaublich warm und gütig, und das passt einfach perfekt zu dir. Denn ganz egal, wie traurig oder frustriert du bist, du bleibst immer respektvoll – nicht nur mir oder anderen Lehrenden gegenüber, sondern auch beim ganzen Verwaltungspersonal und den Studierenden.«

Er runzelte die Stirn, was in dem schwachen Licht kaum sichtbar war. »Und das … findest du sexy?« Die Worte klangen unter ihrer Hand gedämpft, waren aber verständlich.

Sie gab seinen verlockenden Mund frei und legte ihre Fingerspitzen wieder auf sein Schulterblatt, fuhr mit den Nägeln sanft über seinen warmen Pullover und hörte, wie ihm der Atem stockte. Spürte, wie sich sein gesamter Körper anspannte und sogar noch heißer wurde.

Sie erstarrte. »Darf ich dich anfassen?«

»Ich dachte, das tust du längst. Aber … ja. Ja, *bitte.*« Er rückte an sie heran und schob seinen Oberschenkel zwischen ihre Knie, wobei ihr Kleid hochrutschte. »Darf ich *dich* anfassen?«

Ihre Beine teilten sich ein wenig mehr, und sein Oberschenkel glitt höher. »Wo immer du willst.«

»Gut.« Seine große Hand umfasste ihre Hüfte und wanderte dann langsam und vorsichtig nach unten, um ihren üppigen Hintern zu greifen. »Nein, nicht gut. *Perfekt.*«

Als sie sich in seine Berührung lehnte und den Rücken durchdrückte, umfasste er sie fester, atmete so tief ein, dass sich seine Brust sichtlich hob. »Nina …«

Weil ihr immer noch die Antwort auf eine wichtige Frage fehlte, ließ sie ihn nicht zu Wort kommen.

»Du hörst zu, du bist aufmerksam, du hast einen scharfen Verstand, ein weiches Herz und einen Körper, bei dem man einfach schwach werden muss, William.« Langsam strich sie mit der Hand über seinen Oberkörper, seine feste Brust und seine Bauchmuskeln, seine harten Brustwarzen unter seinem Pullover, und nein, das war definitiv keine Tüte M&Ms, was gegen ihren Oberschenkel drückte. »Natürlich finde ich dich sexy. Du bist tatsächlich alles, was ich jemals bei einem Mann gesucht habe, und ich dachte, du wärst mit *meiner besten Freundin* zusammen.«

Während er sie aufmerksam betrachtete, als wolle er auf keinen Fall übersehen, falls sie sich unwohl fühlte, veränderte er seine Position so, dass er halb auf ihr lag und sich auf einem Ellenbogen abstützen konnte. Dann stieß er schwer die Luft aus, strich mit den Fingerknöcheln an ihrem Arm hinab und verweilte an der zarten Innenseite ihres Handgelenks. »Verdammt, Nina. Du bist so weich.«

Wenn ihm das gefiel, hatte er noch viele andere Stellen dieser Art zu entdecken, ganz gleich, wohin sich seine Hände verirren würden.

»Claudia ist toll, aber … ich glaube, am Anfang ist sie mir nicht mal aufgefallen.« Zu Ninas Enttäuschung hielt er in seinen Erkundungen inne und ließ seine Hand direkt unter ihren Brüsten ruhen. »Ich habe von diesem Artikel aufgeblickt, und plötzlich standest du da, umgeben vom grellen Schein des Bibliothekslichts. Deine rotgoldenen Locken haben geschimmert, und deine Haltung wirkte so selbstbewusst. Du hattest dieses enge hellblaue Kleid an, das perfekt zu deinen Augen passt. Und ich hatte noch nie etwas so Schönes gesehen. In meinem ganzen Leben nicht.« Er schüttelte den Kopf. »Ich habe noch nie jemanden getroffen, der so erhaben wirkt und dabei so viel Intelligenz ausstrahlt – aber gleichzeitig so warmherzig und freundlich und offen ist wie du. Schon da wollte ich dich. Und seitdem wollte ich dich jeden einzelnen Augenblick, denn alles, was und wie du bist – als Kollegin, Freundin, Mensch –, übersteigt jede Wunschvorstellung, die ich je hatte. Und ich …« Er beugte sich vor, neigte den Kopf leicht und küsste sie langsam und zärtlich. Dabei knabberte er sanft an ihren Lippen, ließ seinen Mund für ein paar Momente auf ihrem ruhen.

Sie zitterte wieder, diesmal jedoch nicht vor Kälte.

Ihre Beine spreizten sich, und sein Oberschenkel wanderte höher. Und noch höher. Bis ihr Stöhnen von den Metallwänden ihres provisorischen Schlafzimmers widerhallte und sie sich ihm hilflos entgegendrängte. Mit seiner starken Hand griff er ihren Hintern und zog sie näher zu sich heran, erzeugte noch mehr Reibung zwischen ihren Beinen.

»Ich will dich jetzt«, murmelte er an ihren geteilten Lippen. »Und langsam glaube ich, ich werde dich immer wollen, Nina.«

Sie vergrub die Finger in seinem Haar, strich mit der anderen Hand über seine zu eng geworden Jeans, woraufhin er scharf die Luft einsog und sich näher an sie schmiegte.

Sie brauchte ihre Fleecejacke nicht mehr. Wenn ihr noch wärmer wurde, würde sie anfangen zu schwitzen. »Wenn all das wahr ist, dann bin ich …«

»Es ist wahr«, unterbrach er mit fester Stimme.

»Bitte lass mich das sagen.« Sie fing seine Unterlippe zwischen ihren Zähnen ein, biss vorsichtig hinein und löste sich wieder von ihm. »Bin ich der Grund, dass du den Gedanken, in Dogwood zu bleiben, nicht mehr so unerträglich findest?«

»Ja.« Keine Umschweife. Kein Zögern.

Auch wenn das ein überaus schmeichelhaftes Geständnis war, hatte er etwas Besseres verdient als seine aktuelle Position. Ebenso wie sie und Claudia. Wenn sie sich zusammenschlossen, konnten sie vielleicht alle drei ihren Traumjob ergattern.

Andererseits war es für sie schwer vorstellbar, ein größeres Glück finden zu können als das, was sie im Augenblick erlebte.

»Ich fühle mich geehrt.« Und das meinte sie von ganzem Herzen. »Morgen sollten wir noch weiter über unsere berufliche Zukunft sprechen, aber für den Moment möchte ich unser Spiel für eine letzte Runde fortsetzen. Auch wenn ich schon dreimal hintereinander dran war.«

Seine Hand rutschte höher und umfasste ihre Brust, sein Daumen liebkoste langsam ihre aufgerichtete Brustwarze, bis sie sich unter ihm wand und nach Luft schnappte.

Gleichzeitig presste er den Oberschenkel fest zwischen

ihre Beine … Wenn er sich jetzt von ihr wegbewegte, würde ihre innere Anarchistin das Kommando übernehmen und einen Aufstand proben.

»Dagegen habe ich nichts einzuwenden.« Er klang amüsiert und sehr, sehr erregt. »Also los.«

Widerwillig löste sie ihre Hände von ihm und hielt acht Finger in die Höhe. »Noch nie in meinem Leben wollte ich Sex mit einem Kollegen haben.« Für einen Moment verharrte sie so.

Seine Miene fiel in sich zusammen, und er ließ sie los, als hätte er sich an ihr verbrannt.

Erst jetzt krümmte sie ihren Mittelfinger und stellte sicher, dass er die Bewegung auch wirklich sah.

Kurz kniff er vor Erleichterung die Augen zu, doch als er sie wieder öffnete, funkelte er sie wütend an. »So funktioniert das Spiel nicht. Gott, Nina, du hast mich zu Tode erschreckt.«

»Entschuldigung. Ich konnte einfach nicht widerstehen.« Nun warf sie einen bedeutsamen Blick auf seine Hand.

Obwohl er den Kopf schüttelte, zögerte er keine Sekunde, auch seinen eigenen Mittelfinger zu krümmen. »Ich hätte dich genauso zappeln lassen sollen.«

In der bewussten Absicht, ihn zu provozieren, hob sie ihren Hintern von der behelfsmäßigen Matratze an und rieb sich schamlos an seinem Oberschenkel. Ihre Augenlider begannen zu flattern, und ihr entfuhr ein leises Stöhnen, sodass sie für einen Moment vergaß, was sie als Nächstes hatte sagen wollen.

Ach ja, das war's. »Ich sehne mich seit mehr als vier Monaten danach.«

Sein Blick wanderte über ihren gesamten Körper, von ihrem zerzausten Haar bis hin zu ihren Socken, ehe er die Hände wieder nach ihr ausstreckte. »So wie ich, Nina.« Mit seinem festen, aber behutsamen Griff um ihre Hüfte zog er sie in dem Rhythmus, den sie vorgab, immer weiter zu sich heran, und als er erneut ihre Brust umfasste, war die Berührung fast schon besitzergreifend.

Sie legte ihre Hand auf seine. »Meinst du nicht, wir haben lange genug gewartet?«

Sie wandte die Augen nicht von ihm, während sie sich die Fleecejacke abstreifte. Dann rappelte William sich mit einem Mal hoch, als wolle er sich selbst aus seiner Trance reißen, und verschwand im vorderen Teil des Fahrzeugs. Ein paar Sekunden später erwachte der Motor unter ihr zum Leben, und ein erster warmer Windhauch drang aus der nächstgelegenen Lüftung zu ihr.

William tauchte im Türrahmen des Lagerraums auf, seine Silhouette ausgeleuchtet von den schwachen Lichtern hinter ihm.

»Ich würde es nicht überleben, noch eine weitere Nacht ohne dich zu verbringen«, gestand er unumwunden.

Zwei Minuten später lagen sie nackt im Mincemobil.

Ganz Gentleman-like hatte er sich auf dem Banner platziert, sodass sein eigener Rücken dem harten, kalten Untergrund und dem dünnen Stoff ausgesetzt war. Bei ihrem halbherzigen Angebot, die Plätze zu tauschen, winkte er nur ab und bedeutete ihr, sich rittlings auf ihn zu setzen –

jedoch erst als er zwei ihrer zusätzlich eingepackten Pullover zu einer Polsterung für ihre Knie auf den Boden gefaltet und sich eins der Kondome übergestreift hatte, das ihm Claudia gestern Abend offenbar gegeben hatte.

Und *alles andere* als Gentleman-like, nutzte er die Tatsache aus, dass ihre Schenkel gespreizt waren, sobald sie auf ihn geklettert war, und fuhr mit den Fingern durch die Feuchtigkeit zwischen ihren Beinen. Kurz hielt er inne. »Ja?«

»Ja«, erwiderte sie, ohne zu zögern.

Wie oft hatte sie ihn dabei beobachtet, wie er nach einem Stift gegriffen und akkurate, tiefgründige Kommentare an die Arbeiten seiner Studierenden schrieb? Wie oft hatte sie die Bewegungen seines Handgelenks, das Spiel seiner Sehnen und Muskeln studiert, wenn er am Ende eines Arbeitstages seinen Schreibtisch aufräumte?

Sie wollte diese Hände auf sich spüren, seine Finger in sich.

Angespornt von ihrer Zustimmung, gab er ihr genau das, wonach sie sich schon so lange sehnte. Mit dem Daumen beschrieb er sanfte Kreise um ihre Klitoris und legte erst einen, dann zwei Finger an ihre Öffnung. Ganz langsam, vollkommen ohne Eile drang er in sie ein. Dehnte sie. Massierte sie.

Sie ließ den Kopf nach hinten fallen und stöhnte. Er forcierte nichts, ließ sich von dem Kreisen ihrer Hüften leiten, ließ sie sich an seinem Daumen reiben und ihn in ihrem Rhythmus immer tiefer in sich aufnehmen. Aus dunklen Augen beobachtete er sie aufmerksam und passte seine Bewegungen jeder Reaktion an, die er in ihrem Gesicht und an ihrem Körper wahrnahm.

»Genau so«, stieß er mit heiserer Stimme aus. »Nimm dir, was du brauchst.«

Als sie hilflose, lustvolle Laute hervorpresste, empfindsam und feucht und kurz vor dem Höhepunkt, löste er seinen Finger aus ihr, ignorierte ihre Proteste. Er umfasste ihren Hintern und zog sie von seinen Hüften nach oben und an seinen Mund herunter.

Sie sehnte sich immer noch nach seinen Fingern, aber … woher hätte sie wissen sollen, wie gut erst seine Zunge war? Wie sanft sie über ihre geschwollene Klitoris glitt, wie unermüdlich er sie leckte?

Endlich drang er wieder mit seinen Fingern in sie ein, und sie presste sich ihm entgegen, vergaß vollkommen, dass er atmen musste. Seine Hände an ihrem Hintern unterstützten jede Bewegung ihrer Hüften.

Als er schließlich an ihrer Klitoris saugte, schrie sie auf und kam sofort. Er krümmte seine Finger in ihr, rieb ihre inneren Wände und hörte nicht auf, sie zu lecken, während sie sich auf ihm wand.

Als sie zu sensibel wurde, ließ er den Kopf auf den Boden sinken, liebkoste sie jedoch weiter mit seinen Fingern, entlockte ihr weitere Wellen der Empfindung, bis sie wieder ihre Hüften kreisen ließ und neue Lust in ihr aufflammte.

»Warte. Lass mich …« Endlich fand sie die Kraft, an seinem langen Körper hinunterzurutschen, sich auf die Knie zu stemmen und die Finger um seinen harten, von einem Kondom umhüllten Schwanz zu schließen. »William. Darf ich?«

Er zuckte in ihrer Hand und schien unglaublicherweise noch härter zu werden.

»Was?«, hauchte er. Seine Brust hob und senkte sich, sein Mund glänzend von ihrer Erregung.

Bedächtig betrachtete sie ihn in dem gedämpften Licht, seine gerötete Haut, die angespannten Muskeln, die vor Erregung zitterten. Ohne seine Brille war sein heißer, lustvoller Blick unübersehbar auf sie gerichtet.

Sie war es, die er begehrte.

Nun umkreiste sie die Spitze und lauschte seinem Ächzen. »Ist das«, sie glitt an seiner Länge auf und ab, »okay?«

Zu ihrer Überraschung lachte er schnaubend. »Wenn du willst, ist es dein Weihnachtsgeschenk.«

»Nun …« Sie kicherte ebenfalls. »So habe ich das bisher noch nicht betrachtet, aber … ich glaube, das gefiele mir.«

Als sie die nächste Bewegung vollführte, verschwand sein Grinsen, und seine Kiefermuskeln zuckten.

Sie zog die Augenbrauen hoch und wartete auf seine Zustimmung.

»Du darfst alles, Nina.« Seine Stimme klang rau, aber entschlossen. »Ich gehöre ganz dir.«

Und so fuhr sie fort, bis er schwitzte und ihren Namen keuchte, und rutschte ein Stück höher, umfasste erneut seine Länge und ließ sich Zentimeter um Zentimeter auf ihn sinken, während er sich hilflos an ihren Oberschenkeln festklammerte und sich unter ihr aufbäumte.

Dann ließ sie sich ganz auf ihn sinken, und sie beide sogen scharf die Luft ein. Aufs Äußerste gedehnt und ausgefüllt, wiegte sie ihre Hüften und ließ stöhnend den Kopf in den Nacken fallen.

»Nina.« Seine Stimme ließ sie innehalten und zu ihm hinuntersehen, und sie sah, dass er sie anlächelte. Er nahm ihre Hand und verschränkte ihre Finger miteinander. »Wenn …«

Sie begann von Neuem, sich auf ihm zu bewegen. »Ja?«

So rau hatte ihre Stimme noch nie geklungen, doch womöglich war sie auch noch nie so intensiv gekommen oder von dem Mann ihrer Träume an einem umfunktionierten Weenie on Wheels gevögelt worden. Mit jedem anderen Mann wäre sich in dieser – absolut unromantischen – Situation vermutlich entblößt vorgekommen oder hätte mit Unsicherheiten zu kämpfen gehabt. Mit William jedoch fühlte sie sich nicht verletzlich, sondern wie eine verdammte *Königin.*

»Wenn es einen Himmel geben sollte, hoffe ich, dass es sich dort genauso gut anfühlt wie hier mit dir«, beendete er seinen Satz mit brüchiger Stimme.

Als sie freudig auflachte, führte er ihre Hand an seinen Mund und küsste ihre Handfläche, wobei er sie weiter anlächelte.

Und dann umfasste Dr. William Dern – frustrierter Akademiker, ihr Kollege und Langzeit-Crush, der heißeste Elf auf diesem und jedem anderen Planeten – ihre Hüften, stellte seine Füße auf und verdiente sich seinen Heiligenschein.

*

Irgendwann danach hob Nina den Kopf von seiner Brust und begegnete Williams verschlafenem Blick. »Warum machen wir das nicht schon das gesamte Semester?«

»Ich weiß nicht, was *dich* zurückgehalten hat«, antwortete

er mit erschöpfter Stimme, »aber ich wollte nicht die Art von Typ sein, die sich direkt auf eine neue Kollegin stürzt, sobald sie den Campus betritt.«

»Solche Typen gibt es?«

»Professor Grundall zum Beispiel.« Er verzog die Oberlippe. »Er nennt die Angestellten, die zu Beginn des Semesters neu anfangen, Frischfleisch.«

»Igitt.«

»Genau.« Er gähnte. »Aber ich muss zugeben: Als ich von der Möglichkeit erfahren habe, einen Monat mit dir in den beengten Verhältnissen eines Penismobils zu verbringen, war ich sofort startklar, hatte meinen Lebenslauf unterm Arm und war allzeitbereit, meinen neuen Elfnamen anzunehmen.«

»Und dafür bin ich wirklich dankbar.« Sie ließ den Kopf zurück auf seine Schulter sinken. »Aber als wir uns erst einmal in dieses Penismobil gequetscht hatten, hast du nicht den geringsten Annäherungsversuch unternommen.«

»Ich wollte, aber …« Er rieb sich das Gesicht und stieß ein frustriertes Ächzen aus. »Ich wollte es so sehr. Aber sobald wir in diesem Monster von Fahrzeug waren, ist mir klar geworden, dass ich das nicht tun sollte.«

»Warum zur Hölle nicht?«

»Weil du streng betrachtet mit mir hier drin gefangen warst, Nina.« Nun legte er wieder eine Hand an ihren Rücken und strich sanft an ihrer Wirbelsäule auf und ab. »Ich wollte dir erst meine Gefühle gestehen, wenn du in der Lage wärest, Nein zu sagen und zu gehen, und nicht mit einem Typen, der dir Avancen macht, in einer Metallröhre festsäßet.«

»Okay … Wenn ich dich wirklich hätte abblitzen lassen, wäre das wohl ziemlich unangenehm gewesen für …« Sie unterbrach ihren Satz, um zu gähnen. »Für uns beide.«

Er nickte. »Und vielleicht hättest du dich nicht mal getraut, wenn man bedenkt, wie übel manche Kerle auf eine Abfuhr reagieren. Ich hab mir Sorgen gemacht, dass du nur Ja sagen würdest, um dich selbst zu schützen.«

Wie umsichtig er war. Sie tätschelte unbeholfen seine Brust, wobei ihr die Augen zufielen. »Ich hätte auf jeden Fall Ja gesagt, nicht aus Angst oder Selbstschutz, sondern nur weil ich seit Monaten einen Megacrush auf dich habe.«

Und damit schlummerte sie ein.

Um gleich darauf hochzuschrecken, als William fragte: »Warum hast du denn nichts gesagt?«

»Ähm …« Sie vergrub ihre kalte Nase an seinem Hals und schlang ihr Bein um seines. »Ich schätze, ich habe einfach nicht damit gerechnet, dass du interessiert sein könntest?«

In ihrem aktuellen Zustand war es die beste Antwort, die sie zustande brachte.

»Wie ist das bitte möglich?« Seine Verwirrung klang aufrichtig. »Claudia meinte, meine Gefühle für dich seien so offensichtlich, dass ich genauso gut mit einem Schild herumlaufen könnte, auf dem steht: *Nina, bitte lass mich dich für alle Zeit mit meiner endlosen Nerd-Liebe überschütten.*«

Seine Offenheit ging ihr durch und durch. Sie küsste seinen stoppeligen Kiefer und versuchte, ihre verschlafenen Gedanken zu ordnen. »Ich war noch nie besonders gut darin, solche Dinge mitzubekommen. Und durch die Scheidung hat mein Selbstbewusstsein einen ganz schönen Knacks bekommen. Ich habe mich nur noch auf meine

Forschung und meine Freundschaften konzentriert und einfach aufgehört, nach Liebe zu suchen. Selbst als ich über meine alte Beziehung hinweg war.«

Nach zwei oder drei Jahren Ehe war ihr Mann eher ihr Mitbewohner als ihr Geliebter gewesen, und sie selbst hatte zum Schluss das Gefühl gehabt, dass sie für ihn in ihrem gemeinsamen Zuhause eine ebensolche Rolle einnahm wie eine Lampe: nützlich, um einem den Weg zu leuchten, und doch etwas, das man eigentlich nie bewusst wahrnahm. Ein Objekt ohne eigene Bedürfnisse und Sehnsüchte.

Wie zum Beispiel das Bedürfnis, eine Arbeit zu finden, die ihr etwas bedeutete und ihr Freude bereitete, und sich für das Promotionsstudium einzuschreiben oder die Sehnsucht danach, gesehen und wertgeschätzt zu werden.

Da ihr Ex nicht bereit gewesen war, so viel von ihrem gemeinsamen Geld in eine kaum planbare Karriere zu stecken oder zu riskieren, dass sie keine Zeit mehr für Aufgaben haben würde, die ihm zugutekamen, hatte er ihr ein Ultimatum gestellt: Uni oder ihre Ehe. Und so hatte sie sich zwischen den Zweifeln an ihrem eigenen Wert und ihrer Hoffnung auf eine bessere Zukunft entscheiden müssen.

Am Ende war ihre Wahl auf die Hoffnung gefallen – und dafür war sie mehr belohnt worden, als sie es sich je zu träumen gewagt hätte.

»Das tut mir leid«, murmelte er und ließ die Hand zwischen ihren Schulterblättern ruhen.

»Es muss dir nicht leidtun. Ich bin froh, dass ich Single war, als wir uns kennengelernt haben.« Mehr als froh. Geradezu ekstatisch, jetzt wo sie wusste, dass er ihre Gefühle erwiderte. »Normalerweise nehme ich Männer nur als Kollegen und Freunde war, nicht als potenzielle Partner. Du warst die Ausnahme, William. Ich wollte dich von Anfang an.«

»Gleichfalls.« Er küsste sie auf den Kopf. »Und genau das wollte ich dir am Ende unserer letzten Schicht an Neujahr sagen. Aber Claudia war sich so sicher, dass heute Abend der perfekte Zeitpunkt wäre, und hat mir jedes Mal, wenn du in einem anderen Raum warst, Kondompackungen zugeschoben.«

Auf einmal fühlten sich ihre Augenlider nicht mehr so schwer an. Sie stemmte sich auf ihren Ellenbogen. »Du hast eine ganze Packung Kondome?«

»Die habe ich.« Er griff neben sich und präsentierte eine blaue Schachtel. Zufälligerweise klang auch seine Stimme plötzlich nicht mehr so müde.

Ihr Gehirn, das mit einem Mal wieder auf Hochtouren arbeitete, ging alle Optionen durch. »Es ist eine Schande, dass wir die Sitze nicht benutzen können. Die sind echt gemütlich.«

»Die Scheiben sind zwar getönt, aber nicht dunkel genug.« Mit vor Enttäuschung zusammengepressten Lippen schüttelte er den Kopf. »Wenn jemand zufällig im falschen Moment reinschauen würde, würde man mich dabei erwischen, wie ich Mrs. Claus' keuschen Ruf beschmutze.«

»Die keusche Mrs. Claus hat einen riesigen Phallus auf ihrem Schlitten«, gab sie zu bedenken.

Er grinste, und um seine Augen bildeten sich diese kleinen Lachfältchen, die sie ihm gleich noch mal aufs Neue verfallen ließen.

»Hey, die Frau weiß eben, was sie will.« Er hob gelassen eine Schulter. »Das respektiere ich.«

»Wenn das so ist …« Sie umfasste seinen Arm und zog seinen bereitwilligen Körper auf ihren. »Warum respektieren Sie mich dann nicht gleich noch einmal, Professor Dern?«

»Für eine geschätzte Kollegin wie Sie würde ich doch alles tun, Professor Teems.«

Spät am nächsten Abend fuhr das Mincemobil vor dem Haus von Claudias Familie vor. Nina und William gaben mit einem herzlichen Dankeschön alle leeren Tupperdosen zurück und duschten auf Mrs. Kos Vorschlag hin noch schnell, was dringend nötig war, ehe sie sich wieder verabschiedeten.

Dabei beobachtete Claudia die beiden aus aufmerksam verengten Augen.

Nachdem die drei wieder in ihren mobilen Arbeitsplatz zurückgeklettert waren und Claudia ihren Koffer sicher im hinteren Teil des Wagens verstaut hatte, forderten Nina und William sie auf, auf dem Fahrersitz Platz zu nehmen, da sie beide nur aufgrund der Unmengen von Tankstellenkaffee, die sie getrunken hatten, noch wach waren.

Claudia zog eine dunkle Augenbraue in die Höhe. »Ihr lasst mich nie fahren.«

»Es waren …« William hüstelte leise. »Es waren ziemlich turbulente vierundzwanzig Stunden.«

»Da gehe ich jede Wette ein«, erwiderte Claudia trocken.

Nach einer sehr heißen Nacht mit sehr wenig Schlaf waren Nina und William aufgewacht, weil jemand ans Fenster geklopft hatte. William hatte sich hastig angezogen und war nach vorn gestolpert, um die üblichen Fragen zu beantworten und Magneten in Form von Pies hinauszureichen, und als Nina sich schließlich zu ihm gesellte, ging es endlich wieder vorwärts. Zu der Parade waren sie, ganz die artigen kleinen Elfen, gerade rechtzeitig angekommen, dann hatten sie gelüftet und den Wageninnenraum mit Desinfektionsmittel geschrubbt. Im Anschluss hatten sie einander ihre Weihnachtsgeschenke – natürlich Bücher – überreicht und waren in der Nachmittagssonne zurück nach Newport News gefahren.

Der Schnee hatte bereits angefangen zu schmelzen, immerhin waren sie in Virginia.

Ohne weiter zu protestieren, setzte sich Claudia hinters Steuer und ließ den Motor an. Nina, die gerade ein Gähnen unterdrückte, nahm neben ihr Platz, statt sich neben William zu setzen, denn immerhin waren sie offiziell bei der Arbeit, und sie wollte professionell bleiben.

Also, zumindest jetzt.

Natürlich würde sie ihrer besten Freundin früher oder später alles – äh, *fast* alles – erzählen, doch im Augenblick wollte sie diskret bleiben.

William nahm seinen Platz in der zweiten Reihe ein und drehte sich so, dass er sie sehen konnte.

Nachdem sich alle angeschnallt hatten, löste Claudia die Handbremse und gab Gas, wobei ihr breiter Mund zu einem Schmunzeln verzogen war.

»Lass uns *Noch nie in meinem Leben* spielen.« Als sie am ersten Stoppschild anhielt, huschte ihr Blick kurz zu ihnen. »Ich fange an. William, du musst auch mitmachen.«

Bei dieser Ansage stieß er einen merkwürdig erstickten Laut aus, der entfernt an eine unzufriedene Gans erinnerte.

Als Nina resigniert seufzte und zehn Finger in die Höhe hielt, tat er es ihr jedoch gleich.

»Noch nie in meinem Leben habe ich einem umfunktionierten Weenie on Wheels Sex gehabt«, sagte Claudia unumwunden.

William stieß noch einmal das merkwürdige Geräusch aus, und Nina seufzte erneut.

Als Claudia an einer Ampel stehen blieb, drehte sie ihren Kopf, um nachzusehen, wie viele Finger ihre rot angelaufenen Kollegen jeweils in die Höhe hielten – natürlich neun.

Claudia applaudierte kurz anerkennend, sah sie dann jedoch misstrauisch an. »Ich hoffe, ihr habt den Wagen desinfiziert.«

»Ja doch.« William räusperte sich. »Ich bin dran. Noch nie in meinem Leben habe ich bereut, meiner Arbeitskollegin meine Gefühle gestanden zu haben.«

Nina stellte sicher, dass er auch wirklich ihre neun in die Höhe gehaltenen Finger sehen konnte, woraufhin er sie anstrahlte.

Claudia stieß einen Würgelaut aus. »Bring mich nicht dazu, zu bereuen, dass ich dich von meiner unendlichen romantischen Weisheit habe profitieren lassen, Dern.«

In diesem Moment nahm Nina rechts von sich eine Bewegung wahr, und als sie sich zum Fenster umdrehte, entdeckte sie … Natürlich.

Der schnauzbärtige Fahrer des Pick-up-Trucks auf der Nebenspur hatte sich auf den Sitz gekniet, die Hose bis zu seinen Oberschenkeln runtergezogen und versuchte, Ninas Aufmerksamkeit auf sich zu ziehen.

»Das hat uns gerade noch gefehlt«, murmelte Claudia. »Ein weiterer Penis, der in der Gegend herumbaumelt.«

Als William – eindeutig verärgert – Anstalten machte, sich abzuschnallen, hob Nina eine Hand, woraufhin er sich widerwillig wieder in seinem Sitz zurücklehnte und den anderen Fahrer mit einem tödlichen Blick bedachte.

Nina, professionell wie sie war, kurbelte das Fenster runter und schaute ihn freundlich an. »Ja?«

Der Mann wirkte aufrichtig schockiert über diese unerwartete Reaktion, doch ehe er antworten konnte, wurde die Ampel grün.

In dem Moment, in dem Claudia den Fuß vom Bremspedal nahm, streckte Nina einen Arm aus dem Fenster und deutete auf den Phallus auf dem Dach des Mincemobils.

»Meiner ist größer«, rief sie.

William lachte, und Claudia grunzte, als dem Fahrer vor Verblüffung die Gesichtszüge entglitten.

Und dann fuhren alle drei, jeder ein breites Grinsen auf den Lippen, in die helle Wintersonne davon.

Dank

Zuallererst möchte ich mich bei Lauren Plude dafür bedanken, dass sie mich gebeten hat, Teil dieses wundervollen Projekts zu werden. Als ich vor zehn Jahren ich mein erstes Buch an die verschiedensten Verlagshäuser schickte und warst du eine derjenigen, die meine Geschichte kaufen wollten – und obwohl wir damals nicht zusammenkamen, hatte ich dich seitdem ins Herz geschlossen. Ich bin dankbar für eine ganze Dekade voller Freundlichkeit und Unterstützung, und noch dankbarer, dass ich nun (endlich) mit einem so tollen, enthusiastischen, talentierten Menschen wie dir arbeiten durfte.

Außerdem habe ich mich wahnsinnig darüber gefreut, bei diesem Projekt mit Lindsey Faber zusammenarbeiten zu können. Danke für dein durchdachtes Feedback und deine lieben Worte zu meiner Geschichte. Ich hoffe, »All by My Elf – Wenn wahre Liebe harte Arbeit ist« ist die Wienermobil-Romance deiner Träume!

Wie immer hat Emma Barry einen wichtigen Teil zu meinem Schreibprozess beigetragen. Nicht nur weil sie vorgeschlagen hat, dass meine Protagonist:innen Dozent:innen anstatt Lehrer:innen sein sollten und mir alles darüber erklärt hat, wie befristet arbeitende Lehrende an Universitäten behandelt werden, sondern auch weil sie mir beim Schreiben Gesellschaft geleistet hat und die Geschichte gelesen hat, bevor es irgendjemand anders tun durfte. Für ihre Unterstützung, die mir bei der Arbeit sehr geholfen hat, bin ich unendlich dankbar. Ich liebe dich, meine gute Freundin.

Meine Agentin Sarah Younger ist die Beste. Punkt.

Meine Familie ist auch die beste. Ausrufezeichen!

Zu guter Letzt möchte ich allen anderen bei Amazon Publishing danken, die von Anfang an bei dieser Geschichte mit an Bord waren, und ich hoffe, dass ich niemanden vergesse.

Rachel Norfleet, Lektorin
Keri O'Dell, Korrektorin
Jaime Raybin, Testleserin
Miranda Gardner, Herstellungsmanagerin
Kris Beecroft, Art Director
Hang Le, Cover-Designerin
Rachael Clark, Marketing
Allyson Cullinan, Presse-Managerin
Danke, danke, *danke* an euch alle.

ALEXANDRIA BELLEFLEUR

Merriment and Mayhem

Feurige Feste und besinnliche Begehrlichkeiten

Kapitel 1

»Neuneinseins – Notrufzentrale. Wo befinden Sie sich?«

»Zweihundertfünfzehn Juniper Lane, Port Angeles. Sie müssen die Feuerwehr schicken.«

»Um was für einen Notfall handelt es sich?«

»Nebenan steigt Rauch auf. Viel Rauch. Ich … Scheiße, ich glaube, bei meiner Nachbarin brennt es.«

Everleigh Dangerfield hustete sich die Seele aus dem Leib, während die dicke Wolke aus beißendem Rauch langsam von der Decke herabsank und sich in der gesamten Küche ausbreitete.

Weiche, saftige Lebkuchen, versprach die handgeschriebene Rezeptkarte. *Eine einfache, narrensichere Variante des Plätzchenklassikers.*

Narrensicher, von wegen.

Hätte Grandma Dangerfield sie in diesem Moment sehen können, hätte sie den Kopf geschüttelt. Everleigh war noch nicht einmal achtundvierzig Stunden in der Stadt, und schon sah das Haus aus, als wäre eine Bombe eingeschlagen. Sämtliche Oberflächen in der Küche waren mit dem chemischen Schaum bedeckt, den der Feuerlöscher ausgespuckt hatte, die Wand war zur Hälfte verrußt und der Ofen ein ausgebranntes schwarzes Loch. Mittendrin balancierte Everleigh schwitzend und fluchend auf Zehenspitzen auf dem schmalen Streifen Arbeitsplatte zwischen Herd und Kühlschrank und wedelte verzweifelt mit einem Geschirrtuch vor dem Rauchmelder herum.

Im nächsten Moment wurde das nervtötende Piepsen von dumpfen Faustschlägen gegen die Haustür durchbrochen.

»Hier ist die Feuerwehr!«, rief jemand. »Wir haben einen Notruf erhalten, der uns über einen möglichen Brand an dieser Adresse informiert hat.«

Everleigh stöhnte auf. Das wurde ja immer besser. Sie hatte nicht mal eine Hose an.

»Es ist offen!«

Ein weiteres Klopfen ertönte, diesmal anhaltender und so heftig, dass die Tür im Rahmen klapperte. »Feuerwehr! Ist jemand zu Hause?«

Fuck, im Ernst jetzt?

Sie blies sich eine rosa Haarsträhne aus dem Gesicht und brüllte: »Ich hab doch gesagt, es ist … Aaah!«

Das Herz rutschte ihr in die Hose, als sie auf der rutschigen Arbeitsplatte das Gleichgewicht verlor. Mit rudernden Armen versuchte sie die Balance wiederzufinden, während sie über das Rauschen des Bluts in ihren Ohren hinweg stampfende Schritte hörte. Sekundenbruchteile später wurde sie von zwei starken Armen umschlungen, die sie in der Luft auffingen.

Sie legte den Kopf in den Nacken, um sich bei dem – wie sie annahm – Feuerwehrmann zu bedanken, der ihr mindestens ein paar blaue Flecke erspart hatte. Doch dann trafen sich ihre Blicke, und auf einmal war sie unfähig, auch nur einen Ton herauszubringen.

Heilige Scheiße.

Es sah Everleigh gar nicht ähnlich, wegen eines hübschen Gesichts gleich in Ohnmacht zu fallen, aber falls sie diesbezüglich jemals eine Ausnahme machte, dann wegen des Typen, der sie in diesem Moment an seine breite Brust drückte. Sein schwarzer Helm war verrutscht, und das dunkle Haar fiel ihm zerzaust in die Stirn, was einen charmanten, jungenhaften Kontrast zu seinem scharf geschnittenen Kiefer, dem markanten Grübchen in seinem Kinn und dem leicht schiefen Nasenrücken bildete. Tintenfarbene Wimpern umrahmten Augen von einem Blau, wie es Everleigh bisher höchstens in Form postkartenwürdiger Fotos untergekommen war, die in einem fernen, fernen Land aufgenommen worden waren, wo man an den Stränden weißen Sand statt Treibholz fand und das Wasser kristallklar war.

»Netter Fang«, röchelte sie, was absolut nichts mit dem Rauch zu tun hatte, der nach wie vor in der Küche hing.

Aquamarinfarbene Augen musterten Everleigh von Kopf bis zu ihren Füßen, die in weißen Socken steckten …

O nein, auch das noch!

Ihre Wangen begannen zu glühen. Ausgerechnet heute trug sie die Socken mit dem Weihnachtself, der sich an einer Zuckerstange rieb, als handele es sich um eine Poledancestange. Darunter stand *SANTAS'S LITTLE HO, HO, HO.*

Tiefe Grübchen zeigten sich in den Wangen des Feuerwehrmannes, als er grinsend kommentierte: »Würde ich auch sagen.«

Sie holte tief Luft. Trotz des Rauchgestanks konnte sie seinen Duft wahrnehmen. Sauber und leicht seifig mit einem Hauch von warmem Schweiß. Am liebsten hätte sie ihre Nase an seinem Hals vergraben und ihn eingeatmet.

Doch da räusperte sich jemand hinter ihm und riss Everleigh aus ihrer heißen Tagträumerei. Seit wann fand sie *Schweiß* attraktiv? Und noch dazu den Schweiß eines völlig Fremden. Sie beschloss, dieses bizarre Verlangen als vorübergehende stressbedingte Unzurechnungsfähigkeit zu verbuchen, und reckte den Hals, um über seine Schulter zu spähen.

In der Tür stand ein Mann mit kupferfarbenem Bürstenschnitt und einer Menge Sommersprossen neben einer hochgewachsenen Frau mit langem dunklem Haar, das ihr in einem ordentlich geflochtenen Zopf über der Schulter lag. Die breitschultrige Frau zu ihrer Linken hob sich durch ihren roten Helm von den anderen ab, die allesamt die gleiche Einsatzkleidung trugen – schwarze Jacke, Cargohose mit reflektierenden Streifen und robuste Lederstiefel. Auf ihren Helmen stand *PAFD 33*.

Der Feuerwehrmann, der Everleigh aufgefangen hatte, setzte sie ab, und ließ seine Hand noch einen kurzen Augenblick auf ihrem Rücken verweilen, als wollte er sichergehen, dass sie nicht umkippte. Dann sah er zu der Frau mit dem roten Helm – seine Vorgesetzte, wie Everleigh annahm – und lächelte leicht verlegen. »Scheint, als sei das Feuer gelöscht, Captain.«

Ihre Miene war streng, aber freundlich. »So könnte man es ausdrücken, Brantley.«

Brantley. War das ein Vor- oder ein Nachname?

Bevor Everleigh nachfragen konnte, wandte sich die Frau mit einem freundlichen Lächeln an sie. »Hallo, ich bin Captain Keegan. Geht es Ihnen gut? Haben Sie Verbrennungen oder andere Verletzungen, die wir uns ansehen sollten?«

»Nein, ich … Alles bestens«, erwiderte Everleigh und zupfte am Saum ihres übergroßen Schlafshirts, um sicherzustellen, dass ihr Hintern bedeckt war. »Tut mir leid, dass ich Ihre Zeit verschwendet habe.«

Über ihnen ertönte noch immer das nervtötende Piepsen des Rauchmelders.

Leise vor sich hin summend, machte Captain Keegan ein paar Schritte in die Küche, um die Spuren zu inspizieren, die Everleighs Backexperiment hinterlassen hatte. »Können Sie mir sagen, was genau passiert ist?«

Everleigh schaute vielsagend zwischen dem Ofen und dem benutzten Feuerlöscher hin und her, der mitten in der Küche auf dem Boden lag. »Abgesehen vom Offensichtlichen, meinen Sie?«

»Auch wenn wir das Feuer nicht gelöscht haben, muss ich einen Bericht über den Vorfall schreiben«, erläuterte Captain Keegan. »Jedes Detail ist hilfreich.«

Everleigh rieb sich seufzend die Augen. Je schneller sie diese Sache hinter sich brachte, desto eher konnte sie mit dem Putzen anfangen und desto eher konnte sie sich im

Bett verkriechen und sich daran machen, die Erinnerung an diesen schrecklichen, nichtsnutzigen Tag zu verdrängen.

»Ich habe gebacken. Plätzchen. Lebkuchen.«

Der rothaarige Feuerwehrmann, dessen Jackenaufnäher verriet, dass er *MILLER* hieß, griff in den Ofen und zog ein angebranntes, völlig verbogenes Backblech heraus, das nur noch für die Mülltonne gut war.

Brantley stieß einen leisen Pfiff aus. »Ich hab schon viele Küchenkatastrophen gesehen, aber dass es jemand schafft, ein Blech Kekse dermaßen zu versauen, ist mir noch nie untergekommen. Ich meine …«, mit einem behandschuhten Finger stupste er einen der schwarzen Klumpen an, die große Ähnlichkeit mit Briketts aufwiesen, »die könnte man als Eishockey-Pucks verwenden.«

Miller gluckste. »Das musst du grad sagen, Probie.«

Brantley fuhr herum und deutete mit dem Zeigefinger auf ihn. »*Einmal*, Wendy. Ich habe *ein* einziges Mal den Feueralarm auf der Wache ausgelöst, und ihr Arschlöcher reitet …«

»Jungs!«, schaltete sich die Frau mit dem Zopf – *Chen*, wie ihr Aufnäher verriet – ein. Sie warf einen Blick auf das Blech, bevor sie Everleigh ansah. Ihre dunklen Augen blitzten amüsiert. »Haben Sie schon mal von der Serie *Nailed It!* gehört? Dieser Reality-TV-Back-Serie auf Netflix?«

Everleighs Wangen brannten vor Verlegenheit. Hastig wandte sie den Blick ab, um den vier neugierigen Feuerwehrleuten, deren ungeteilte Aufmerksamkeit ihr sicher war, ob sie es nun wollte oder nicht, nicht ins Gesicht sehen zu müssen. »Normalerweise bin ich kein so hoffnungsloser Fall in der Küche …«

Miller zog ein seltsames Werkzeug aus seiner Hosentasche, klappte es auf und stellte sich auf die Zehenspitzen. Während er sich mit einer Hand an der Oberkante ihres Kühlschranks festhielt, drückte er mit der anderen die gebogene Spitze des Werkzeugs gegen den Ausschaltknopf des Rauchmelders. Wenige Sekunden später verstummte der schrille Laut, und Everleigh konnte sich endlich wieder selbst denken hören.

»Leider kann ich *akut hoffnungslos, was Backen angeht* nicht in den Bericht schreiben«, scherzte Captain Keegan. »Haben Sie eine Ahnung, wie genau das Feuer ausgebrochen ist? War es spontan oder …«

Everleigh verzog das Gesicht. »Ich bin mir ziemlich sicher, dass das Backblech zu klein war.« Beziehungsweise die Plätzchen zu groß … Ganz ehrlich, woher hätte sie auch wissen sollen, dass die Lebkuchen dermaßen zerlaufen würden? »Und irgendwas stimmt mit dem Ofen nicht.«

In einem Moment war noch alles in Ordnung gewesen, im nächsten hatte sie plötzlich etwas Verbranntes gerochen. Sie war in die Küche geeilt und hatte dünne schwarze Rauchschwaden entdeckt, die durch die Ritzen rund um die Backofentür und die Gasplatte auf dem Herd quollen. Daraufhin war sie in Panik geraten und hatte das Einzige getan, was man in einer solchen Situation auf gar keinen Fall tun sollte – sie hatte den Ofen geöffnet. Was eine Reihe unglücklicher Ereignisse nach sich gezogen hatte. Der Griff war plötzlich zu heiß gewesen, um ihn anzufassen, und sie hatte keinen einzigen Topflappen finden können. Die Idee, der Ofentür einfach einen Fußtritt zu verpassen, war ihr in ihrer Panik nicht in den Sinn gekommen. Es war schließlich ihr erstes Feuer gewesen, das nichts mit

Camping, Kerzen oder einem Kamin zu tun hatte. Als sie endlich einen Topflappen entdeckt hatte – aus irgendeinem Grund bewahrte Grandma Dangerfield sie in der Gewürzschublade auf –, hatten die Flammen bereits begonnen, an den Einbauschränken zu lecken.

Ganz im Sinne des Mottos dieses Abends war selbstverständlich kein Feuerlöscher in der Küche gewesen, aber Everleigh hatte eine vage Erinnerung daran gehabt, einen im Kleiderschrank ihrer Großmutter gesehen zu haben. In ihrem Kleiderschrank im *ersten Stock*. Der Sicherungsstab an dem Ding hatte – natürlich, wie konnte es auch anders sein – geklemmt, und als sie es endlich schaffte, ihn herauszuziehen, hatte das Feuer den unteren Teil der Einbauschränke bereits vollständig verschlungen, war auf die Wand übergegangen und leckte an den gerüschten Spitzenvorhängen, die das Fenster über dem Herd rahmten.

Um bei der Wahrheit zu bleiben: Sie hatte Glück gehabt, dass es nicht noch viel schlimmer gekommen war.

»Falls mit dem Ofen nicht vorher schon irgendwas war, dann jetzt definitiv.« Feuerwehrmann Brantley bückte sich, um das Innere des Backofens zu inspizieren. »Ah ja, jetzt sehe ich es. Das Teil hier hat sich komplett verbogen. Das Ding ist hin.«

»Mit *Etwas stimmt mit dem Ofen nicht* meinte ich, dass sich die Grillfunktion eingeschaltet hat«, spezifizierte Everleigh.

»Von allein?«, fragte Brantley skeptisch.

Sie verschränkte die Arme. »Mhm.«

»Verstehe.« Er nickte langsam und strich sich nachdenklich übers Kinn. »Klingt ja fast so, als hätte der Ofen einen eigenen Willen.«

Sie starrte ihn aus schmalen Augen an. »Genau.«

»Es hat also nichts damit zu tun, dass der Knopf da«, er zeigte auf den Herd, »auf *Grillen* und nicht auf *Backen* gestellt ist?«

Miller schaffte es nur mit Mühe, sein Lachen mit einem Husten zu überspielen.

Everleigh bedachte ihn mit einem halbherzig wütenden Blick, bevor sie schwer schluckte. »Das war ich nicht.«

Natürlich war sie das gewesen.

»Verstehe.« Brantleys Lippen zuckten verdächtig, als ob er ein Grinsen unterdrücken müsste. »Ich nehme an, Ihr hinterhältiger Backofen hat beschlossen, auf Grillfunktion umzustellen, um Ihre Backversuche zu sabotieren.«

»Sagt der Typ, der einen Feueralarm in einer verdammten Feuerwehrwache ausgelöst hat«, murmelte sie, woraufhin kleine Lachfältchen in seinen Augenwinkeln erschienen. »Wenn Sie es so ausdrücken, klingt es total absurd.«

Brantleys Lächeln verbreiterte sich zu einem Grinsen, das in Everleighs Innerem für Aufruhr sorgte. »Vielleicht, weil es absurd *ist*?«

Sie brummte abwehrend und bemühte sich, die Schmetterlinge, die in ihrem Bauch Purzelbäume schlugen, zur Ordnung zu rufen.

»Wie dem auch sei – danke, dass Sie gekommen sind«, sagte sie dann und steuerte die Tür an. »Es tut mir leid, dass ich Ihre Zeit verschwendet habe, aber wie Sie sehen, habe ich die Situation unter Kontrolle.«

Zumindest so weit das unter den gegebenen Umständen möglich war. Sie musste die Küche streichen, einen neuen Herd auftreiben und Schranktüren schrubben, wenn nicht sogar komplett austauschen; die Zeit drängte, und die Liste mit Dingen, die erledigt werden wollten, bevor sie das Haus zum Verkauf anbieten konnte, wurde von Tag zu Tag länger.

Chen und Miller blickten zu ihrer Vorgesetzten, die sie mit einem Kopfnicken nach draußen schickte, bevor sie ihnen in etwas gemächlicherem Tempo folgte.

»Eine letzte Sache noch.« Captain Keegan blieb stehen und zog ein kleines gelbes Notizbuch aus ihrer Jackentasche. »Ich brauche Ihren Namen. Für den Bericht.«

»Everleigh. Everleigh Dangerfield.«

Captain Keegan notierte ihren Namen mit einem winzigen Bleistift, der aussah wie einer von denen, mit denen man beim Minigolf seine Ergebnisse notieren musste. »Es hat mich gefreut, Sie kennenzulernen, Ms Dangerfield.« Sie steckte Bleistift und Block weg. »Einen schönen Abend noch. Und passen Sie auf sich auf.«

»Danke.« Everleigh umklammerte den Türknauf. »Entschuldigen Sie nochmals die Unannehmlichkeiten.«

»Das gehört zu unserem Job, Ms Dangerfield.« Auf der untersten Stufe der Veranda hielt sie noch einmal inne und sah zu Everleigh auf. Ihr rechter Mundwinkel hob sich zu einem mitfühlenden Lächeln. »Mein Schwager betreibt ein Haushaltswarengeschäft in der Stadt. Olympic Appliances, an der Oak Street. Eigentlich ging der Black-Friday-Sale nur bis Sonntag, aber sagen Sie ihm einfach, dass Lana Sie geschickt hat.«

Everleigh atmete tief durch und ließ sich gegen die offen stehende Haustür sinken. Grandma Dangerfields Lebensversicherung hatte die Beerdigungskosten gedeckt, das war alles. Everleighs Job als freiberufliche User-Experience-Designerin war gut bezahlt, aber die Lebenshaltungskosten in Seattle waren in den letzten drei Jahren exponentiell gestiegen, und der Großteil ihres Gehalts ging für Miete, Lebensmittel und einen Sparbetrag für schlechte Zeiten drauf. Ihr Konto für einen neuen Ofen zu plündern versetzte sie nicht gerade in Begeisterung. Ein Rabatt, und sei er noch so klein, wäre eine große Hilfe. »Danke!«

Captain Keegan hob zum Abschied noch einmal die Hand, dann wandte sie sich ab und stieg in den Einsatzwagen.

»Bin sofort da, Captain!«, rief Brantley, der neben ihr stehen geblieben war, sodass Everleigh quasi nichts anderes übrig blieb, als zu registrieren, wie viel Platz er im Türrahmen einnahm. Sie war noch nie gut im Schätzen gewesen, aber er war so groß, dass sie den Kopf ein wenig in den Nacken legen musste, um ihm in die Augen zu sehen, vor allem, wenn er so dicht vor ihr stand. Um die eins fünfundneunzig vielleicht, dazu die breiten Schultern und muskulösen Oberschenkel, die sich unter seiner Hose abzeichneten.

Langsam richtete Everleigh ihren Blick wieder auf sein Gesicht, und war froh, sich an der Tür abzustützen, denn ihr wurden augenblicklich die Knie weich.

Er beobachtete, wie sie ihn musterte, wobei seine Lippen ein kleines arrogantes Grinsen umspielte, das absolut kein Recht hatte, dermaßen attraktiv daherzukommen. »*Danger*field? Da könnte ich dich auch gleich *Trouble* nennen.«

Urkomisch.

»Und wie soll ich *dich* nennen?« Sie sah ihm herausfordernd in die Augen. »Probie?«

»Ich bin schon seit über einem Jahr kein Anfänger mehr. Miller zieht mich nur gern damit auf, weil er … na ja, weil er eben Miller ist«, sagte er, als würde das alles erklären.

Everleigh hob eine Augenbraue. »Scheint mir nicht der Einzige aus eurer Truppe zu sein, der Experte darin ist, anderen das Leben schwer zu machen.«

Er zuckte erschrocken zusammen. Offensichtlich war ihr gespielt verärgerter Tonfall ein wenig zu überzeugend geraten. »Falls ich mit meinem Kommentar zu den Keksen zu weit gegangen bin …«

»Bist du nicht.« Sie musste sich ein Grinsen verkneifen, als er erleichtert ausatmete und sichtlich die Schultern entspannte. »Es braucht schon mehr als ein paar Witze auf Kosten meiner Backkünste, um meine Gefühle zu verletzen.«

»Du meinst wohl deiner *mangelnden* Backkünste«, stichelte er und lachte, als sie ihn finster anfunkelte.

»Du hältst dich für besonders süß, oder?«, fragte Everleigh.

Innerhalb von Sekundenbruchteilen verwandelte sich sein Lächeln in ein verschmitztes Grinsen. »Die viel wichtigere Frage lautet: Findest *du* mich süß?«

Everleigh prustete los. Sie brauchte keinen Spiegel, um sich der Röte bewusst zu sein, die sich wie ein Lauffeuer auf ihrem Gesicht ausbreitete. »Langsam glaube ich, dass ich *dich* Trouble nennen sollte.«

Er biss sich auf die volle Unterlippe, wobei seine Grübchen erneut zum Vorschein kamen. »Trouble kann auch Spaß bedeuten.«

Als wäre das nicht schon provokativ genug, zuckte sein Blick dabei zu ihrem Mund, bevor er ihr wieder in die

Augen sah. Diesmal auf eine Weise, die beinahe herausfordernd wirkte. Er schien zu sagen: *Jetzt bist du dran.*

Ihr Herz raste. Die Versuchung, mit einem *Scheiß drauf* jegliche Vernunft in den Wind zu schlagen und zur Abwechslung mal leichtsinnig zu sein, war überwältigend.

Trouble kann auch Spaß bedeuten. Das konnte nur jemand behaupten, der sich noch nie die Finger verbrannt hatte. Im Gegensatz zu ihr, die auf die harte Tour gelernt hatte, nicht mit dem Feuer zu spielen.

Everleigh schluckte und wandte den Blick ab. »Du … ähm, du musst wahrscheinlich los, Brände löschen und … äh … ich weiß nicht, Babykatzen von Bäumen retten.«

Sein Lachen glich einem kehligen Grollen, das Everleigh einen Schauer über den Rücken jagte, und ihr dünnes Shirt konnte nicht verbergen, wie sich ihre Brustwarzen aufstellten. Hastig verschränkte sie die Arme und flehte, dass er, falls er es bemerkt haben sollte, nur davon ausging, dass ihr kalt war. Immerhin war es Dezember, und sie stand ohne Hose in einer offenen Tür.

»Also, lass dich von mir nicht aufhalten … ähm … also beim Leben retten und so.«

Er stieß sich mit seiner breiten Schulter vom Türrahmen ab und trat so dicht vor sie, dass ihr erneut sein Geruch in die Nase stieg. Dicht genug, dass sie die Wärme seines Körpers spürte. Und trotz allem, gegen jede Vernunft, wie eine Motte, die von einer Flamme angezogen wurde, wünschte sich Everleigh, ihm noch näher zu sein.

»Am Mittwoch habe ich frei. Du könntest dich von mir zum Essen einladen lassen. Dann kannst du mich so lange aufhalten, wie du willst.«

Überrascht stieß Everleigh den angehaltenen Atem aus und ließ sich wieder gegen die Tür sinken. »Du bist absolut schamlos, weißt du das?«

Er fuhr sich mit dem Daumen über die Unterlippe, während er sie so aufmerksam betrachtete, als würde er jeden Atemzug verzeichnen, den sie *nicht* tat. »Das ist kein Nein.«

Everleighs Blick fiel auf den Klebebandabroller, der auf dem Stapel Kartons an der Wand im Flur lag, und seufzte. Es war auch kein Ja.

Brantley folgte ihrem Blick. »Bist du gerade erst eingezogen?«

»Nein, ich packe. Das Haus hat meiner Großmutter gehört.« Unwillkürlich wanderten ihre Finger zu dem herzförmigen Medaillon, das an einer Goldkette um ihren Hals hing, und sie schluckte gegen den Kloß in ihrer Kehle an. »Sie ist letzten Monat gestorben.«

»Das tut mir leid«, sagte er mitfühlend.

Unbeholfen verlagerte Everleigh ihr Gewicht von einem Fuß auf den anderen; sie war heute kein bisschen besser darin, Beileidsbekundungen entgegenzunehmen, als sie es vor einem Jahrzehnt gewesen war.

»Danke.« Sie räusperte sich. »Eigentlich wohne ich in Seattle. Ich bin nur hier, um ihre Angelegenheiten zu regeln und das Haus so weit herzurichten, dass ich es Anfang des Jahres verkaufen kann.«

Vermutlich hätte sie die anfallenden To-dos in ein oder zwei Wochen erledigen können, wenn sie sich allein darauf konzentrierte, aber darüber hinaus wollte Everleigh ihrer Großmutter einen gebührenden Abschied bereiten – voller

Weihnachtszauber und Heiterkeit, wie es sich für die Frau gehörte, die Weihnachten geliebt hatte wie keine zweite. Ihr Dachboden quoll über vor Weihnachtsschmuck, und in einer ihrer Kommoden, in deren Schubladen handgenähte Säckchen mit Pfefferminz-Potpourri steckten, bewahrte sie ausschließlich hässliche Weihnachtspullis auf. Sie hatte Hallmark-Filme und Eierlikör, Modell-Weihnachtsdörfer von Department 56 und handbemalte Nussknacker geliebt. Jedes Jahr im Dezember hatte eine ganze Sammlung von Adventskalendern mit kleinen Marmeladengläschen, Pralinen, winzigen Schnapsflaschen, Make-up und Hautpflegeproben, die sie an Everleigh weiterverschenkte, auf ihrem Kaminsims gestanden.

Ihrer Großmutter zu Ehren wollte Everleigh all die lustigen und festlichen Traditionen ihrer Großmutter fortsetzen. Sie würde Plätzchen backen oder es zumindest versuchen, sie würde Lichterketten aufhängen und einen echten Baum kaufen, in dem sie eine alberne Kugel in Form einer sauren Gurke verstecken würde, selbst wenn niemand da wäre, der danach suchen könnte. Sie würde sämtliche Weihnachtsklassiker mitsingen und durch die Straßen fahren, um sich die Dekorationen der Nachbarn anzusehen. Und wenn ihr danach war, würde sie vielleicht sogar die Mitternachtsmesse besuchen.

Brantley nickte nachdenklich. »Das heißt, du bleibst noch ein paar Wochen hier?«

Sie versuchte, sich nichts anmerken zu lassen, aber man musste kein Genie sein, um zu raffen, worauf er hinauswollte. »Hör zu, Brantley, du scheinst …« Sie brach ab, als er loskicherte. »Was ist so lustig?«

»Nichts. Nur dass Brantley mein Nachname ist. Ich heiße Griffin. Griffin Brantley.«

»Okay, *Griffin Brantley*. Du scheinst ein … lustiger Typ zu sein.« Und vielleicht hätte ihr das vor ein oder zwei Jahren gereicht, doch das war damals gewesen, und jetzt war jetzt. »Aber ich bin nur für ein paar Wochen in der Stadt und für was Zwangloses nicht zu haben.«

One-Night-Stands und Affären führten dieser Tage nur dazu, dass sie sich hinterher umso leerer fühlte. Everleigh war … nun, sie war nicht auf der Suche, aber sie wollte etwas Echtes. Etwas, an dem sie festhalten konnte. Jemanden, zu dem sie nach Hause kommen konnte. Mit dem sie ein Leben aufbauen und den sie so sehr lieben konnte, wie ihre Großeltern, und auch ihre Eltern, einander geliebt hatten.

»Wow«, erwiderte er mit einem amüsierten Unterton in der Stimme. »Eingebildet bist du wohl gar nicht, oder?«

Ihr fiel die Kinnlade runter. »Wie bitte?«

Er verschränkte die Arme vor der Brust und spiegelte damit ihre Haltung. »Ziemlich dreist von dir, einfach so anzunehmen, dass ich mit dir schlafen will.«

Sie stieß ein Schnauben aus. »Okay, also erstens habe ich mit keinem Wort angedeutet, dass du mit mir schlafen willst, und zweitens bist *du* derjenige, der mich nach einem Date gefragt hat.« Das hatte er doch, oder? Und er hatte geflirtet. Geradezu schamlos sogar. Das hatte sie sich garantiert nicht nur eingebildet.

»Ich habe dich gefragt, ob ich dich zum Essen einladen darf.« Er legte den Kopf schief. »Du bist nicht von hier, oder?« Er wartete ab, bis sie nickte. »Ich dachte, es könnte nicht schaden, einen Kumpel zu haben, der weiß, wo man am besten ausgehen kann.«

»Einen *Kumpel*?« Falls sie skeptisch klang, dann weil sie es definitiv war.

Griffin zuckte wie beiläufig mit den Schultern. »Man kann nicht genug Freunde haben, findest du nicht?«

Wahrscheinlich nicht, aber …

»Yo, Probie!«, rief Miller, einen Fuß in der Fahrerkabine, den anderen auf dem Trittbrett. »Massenkarambolage auf der 101 nahe des Old Blyn Highway. Auf geht's!«

»Man sieht sich, Trouble.« Über die Schulter warf ihr Griffin ein freches Lächeln zu. »Wohlgemerkt hoffentlich nicht, weil du wieder was in Brand gesteckt hast.«

Griffin Brantley würde sie nicht wiedersehen. Weder aus beruflichen noch aus sonst irgendwelchen Gründen. Nicht, solange sie ein Wörtchen mitzureden hatte.

Ihre heutige Begegnung aufgrund der Beinahe-Katastrophe war nicht mehr gewesen als das: eine Beinahe-Katastrophe. Sobald sich der Staub der Feiertage gelegt hatte und das Haus beim Maklerbüro gelistet war, würde Everleigh ihren Hintern auf die erste Fähre zurück nach Seattle schwingen und Port Angeles mit allem, was es zu bieten hatte, hinter sich lassen. Sie hatte einen Plan, in dem es keinen Platz für einen brandgefährlich heißen Feuerwehrmann gab.

Einen brandgefährlich heißen Feuerwehrmann, dem Everleigh mit etwas Glück nie wieder über den Weg laufen würde.

Kapitel 2

»Neuneinseins – Notrufzentrale. Wo befinden Sie sich?«

»Meine Nachbarin braucht Hilfe! Sie ist gestürzt!«

»Können Sie mir die Adresse des Unfallortes nennen?«

»Zweihundertfünfzehn Juniper Lane. Bitte beeilen Sie sich!«

»Ich schicke einen Krankenwagen, Ma'am. Wie heißen Sie?«

»Gloria Martin. Ich wohne auf der anderen Straßenseite, in der Juniper Lane zweihundertzwanzig. Oh … O Gott!«

»Okay, Gloria, hören Sie mir zu. Bleiben Sie ganz ruhig. Können Sie mir beschreiben, um was für einen Notfall es sich handelt? Wo war Ihre Nachbarin, als sie gestürzt ist?«

»Sie war auf dem Dach und … und die Leiter, auf der sie stand, ist kaputtgegangen. Sie ist abgerutscht. Mein Mann hat eine von unseren Leitern geholt, aber sie ist nicht lang genug. Keine unserer Leitern ist lang genug!«

»In Ordnung, Ma'am, verstanden. Können Sie feststellen, ob Ihre Nachbarin verletzt ist, ohne sie zu bewegen?«

»Sie bewegen? Ich komme doch gar nicht an sie ran! Das arme Ding klammert sich an der Regenrinne fest!«

✻

»Nicht loslassen!«

Sie biss die Zähne zusammen. Muskeln, von deren Existenz sie bisher nicht einmal geahnt hatte, verkrampften sich. »Das hatte ich auch nicht vor, Bob!«

Als ob diese ganze Tortur nicht schon demütigend genug gewesen wäre, hatte sich jetzt auch noch die gesamte Nachbarschaft von etwa zwanzig Leuten versammelt, um zuzusehen, wie sich Everleigh einem verzweifelten Koalababy gleich an das Regenfallrohr des Hauses krallte.

Nur kein Stress! Weihnachtsbeleuchtung aufhängen ist ein Kinderspiel, hatte der selbst ernannte Experte auf TikTok behauptet. *Lasst euch nicht einschüchtern, und vor allem: Verschwendet euer hart verdientes Geld nicht an einen dieser überteuerten Beleuchtungsservices. Mit diesen einfachen Hacks wird euer Haus das am schönsten dekorierte im ganzen Viertel.* Woraufhin Everleigh mit einer Segeltuchtasche voller bunter LED-Lichter über der Schulter und größter Zuversicht die Leiter hinaufgeklettert war, die sie im Schuppen gefunden hatte. Sie war mit Spinnweben bedeckt und ein wenig klapprig und wackelig gewesen, aber abgesehen von ein paar mumifizierten Krabbeltieren, die auf das frostbedeckte Gras gefallen waren, absolut brauchbar.

Zumindest hatte sie das angenommen. Bis zu dem Moment, als ihr Fuß durch die oberste Sprosse brach, deren Holz durch Fäulnis ganz weich geworden war. Sie hatte sich ans Abflussrohr geklammert und über ihre Schulter hinweg zugesehen, wie die Leiter auf den Boden schlug und in zwei Hälften zersprang. Seitdem hing sie in etwa zehn Metern Höhe fest, mit nichts außer der unnachgiebigen betonierten Einfahrt und ein paar stacheligen Stechpalmenbüschen unter sich.

»Du schaffst das, Everleigh!«, rief Frank, der freundliche weißhaarige Herr, der mit seiner Frau gegenüber wohnte und bei dieser ganzen scheiß Katastrophe ihren persönlichen Cheerleader spielte. »Gloria sagt, Hilfe ist unterwegs!«

In diesem Moment näherten sich heulende Sirenen – der lieblichste Laut, den Everleigh je vernommen hatte.

»Sie sind da!«, rief Gloria, und eine Tür schlug zu. »Hier drüben! Beeilen Sie sich!«

»Ms. Dangerfield.« Everleigh kannte die Stimme. Captain Keegan. »Wie geht es Ihnen?«

Everleigh stieß einen Laut aus, der halb Lachen, halb Schluchzer war. »Ach, Sie wissen schon, ich halte mich wacker.«

»Sie machen das großartig. Brantley ist schon auf dem Weg zu Ihnen. Wir holen Sie da im Handumdrehen runter.«

Everleigh warf einen weiteren vorsichtigen Blick über die Schulter.

Von einem Metallkorb aus, der am Ende einer kranähnlichen Leiter befestigt war, grinste ihr Griffin Brantley entgegen. »Lange nicht gesehen.«

Seit der letzten Katastrophe waren gerade mal vier Tage vergangen. *Vier.*

»Nicht lange genug.«

Griffin legte sich in einer dramatischen Geste die Hand aufs Herz. »Autsch.«

»Ich wollte nicht …« Sie atmete keuchend aus. »Du weißt, was ich meine. Das ist demütigend.«

»Sieh es doch mal positiv, wenigstens hast du diesmal eine Hose an.«

»Sehr tröstlich«, murmelte Everleigh vor sich hin.

Griffin hielt ein gepolstertes Geschirr hoch, an dem ein Seil befestigt war. »Ich lege dir jetzt diesen Rettungsgurt um, okay?«

Sie musterte das Ding und schluckte. »Ist das nicht ein bisschen übertrieben? Ich meine, kannst du mich nicht einfach, ich weiß auch nicht, packen oder so?« Vorzugsweise schnell.

»Eine reine Vorsichtsmaßnahme. Ist Vorschrift. Ich werde dich nicht fallen lassen.«

Everleigh atmete zittrig aus. »In Ordnung.«

Mit geübten Handgriffen legte Griffin ihr den Gurt an. »Du hättest übrigens gar keinen so großen Aufwand betreiben müssen, um mich wiederzusehen. Ein Anruf hätte genügt.«

»Verdammt, du hast mich durchschaut«, bemerkte sie trocken, und ihre Stimme zitterte nur noch ein kleines bisschen. »Diese Aktion ist nichts anderes als ein verzweifelter Versuch, deine Aufmerksamkeit zu erregen.«

»Sag ich doch.« Seine Hände verweilten an ihrer Taille. »Bist du bereit loszulassen?«

Es dauerte eine Sekunde, bis ihre verkrampften Finger gehorchten, doch kaum dass sie ihren Griff lockerte, erzitterte das Abflussrohr und knackte bedrohlich.

Ein Keuchen kam ihr über die Lippen.

»Hey, hey, alles in Ordnung, du bist okay.« Griffin drückte sanft ihre Taille. »Ich hab dich.«

Everleigh schüttelte den Kopf, kniff die Augen zusammen und klammerte sich an dem Rohr fest, als handle es sich um eine Rettungsleine.

»Everleigh. Sieh mich an.«

Vielleicht lag es an seinem Tonfall oder daran, dass er ihren Namen sagte, aber sie kam seiner Aufforderung ohne zu zögern nach, fast so, als würde sie durch den Klang seiner Stimme dazu genötigt.

Griffin sah ihr fest in die Augen. »Vertrau mir.«

Und das tat sie. Mit einem kurzen scharfen Ausatmen ließ Everleigh los und betete, dass Griffin sie nicht fallen lassen würde. Kaum einen Sekundenbruchteil des freien Falls später fand sie sich an seine Brust geschmiegt wieder, und schneller, als ihr lieb war, stand sie wieder auf eigenen Füßen und betrauerte den Umstand, dass seine Arme nicht mehr um sie geschlungen waren. Ohne die Hände zu lösen, mit denen sie sich in seiner Jacke festgekrallt hatte, legte Everleigh den Kopf in den Nacken und sah zu ihm auf.

Ein großer Fehler. Um nicht zu sagen ein *riesen*großer. Hatte sie ihn, als sie sich vor wenigen Tagen zum ersten Mal in der Küche ihrer Grandma begegnet waren, attraktiv gefunden, raubte er ihr jetzt den Atem. Das Licht der untergehenden Sonne tauchte sein Gesicht in Gold- und Rosatöne, glitzerte auf seiner Haut und verlieh ihm einen fast ätherischen Glanz. Beim Anblick des leicht schiefen, sanften Lächelns, das auf seinen Lippen lag, schlug Everleighs Herz noch schneller als zuvor.

»Ich hab schließlich versprochen, dass ich dich nicht fallen lasse.«

»Hast du«, hauchte sie so atemlos, dass es kaum mehr als Flüstern durchging.

Seine großen Hände ruhten auf ihren Hüften, schwielige Daumen fuhren über den Streifen nackter Haut zwischen ihrer Jeans und dem Pullover, der ihr bei der Rettungsaktion hochgerutscht war. Everleigh bekam eine Gänsehaut, und sie war sich ziemlich sicher, sich nicht nur einzubilden, dass sich Griffins Augen verdunkelten und er zittrig ausatmete.

»Alles okay da oben, Brantley?«

Captain Keegans Stimme holte Everleigh so unsanft in die Realität zurück, als hätte jemand einen Eimer Eiswasser über ihr ausgekippt. Einen Moment lang hatte sie vollkommen vergessen, wo sie sich befand – nämlich in einem Rettungskorb der Feuerwehr zehn Meter über dem Erdboden, während ihre gesamte Nachbarschaft vom Vorgarten aus zuschaute.

Griffin fuhr sich mit einer Hand übers Gesicht und lachte, wobei es eher wie ein Seufzen klang. »Wir sind auf dem Weg nach unten, Captain!« Dann drückte er einen Knopf an der Schalttafel neben ihm, worauf sich der Korb zu senken begann. Im selben Moment stieß Frank einen Jubelschrei aus, der das übrige Publikum in begeisterten Applaus ausbrechen ließ.

Everleigh stöhnte auf. »Du musst mich für einen Totalausfall halten.« Sie fühlte sich auf jeden Fall wie einer.

»Ach, ich dachte eher an eine schwerwiegende Katastrophe.« Mit einem verwegenen Grinsen ließ er den Blick über ihren Körper wandern. »Eine sehr *heiße* Katastrophe.«

Obwohl die Temperaturen um den Gefrierpunkt lagen, wurde Everleigh auf einmal sehr warm. »Das bin ich nicht. Eine Katastrophe, meine ich. Zumindest normalerweise nicht. Leider bist du Zeuge einer außerordentlich schrecklichen Pechsträhne geworden, die mich seit Neuestem heimsucht.«

Eine außerordentlich schreckliche Pechsträhne, von der sie nur hoffen konnte, dass sie bald ein Ende fand.

»Ich würde es eher als Schicksal bezeichnen.«

»Schicksal?« Everleigh lachte auf. »Du denkst, es ist Schicksal, dass die Nachbarn meiner Großmutter zweimal innerhalb einer Woche wegen mir den Notruf wählen müssen?«

»Ich hab das Gefühl, das Universum wollte, dass wir uns begegnen.«

»Wow.« Was für ein Typ. Er gab einfach nicht auf, oder? »Ich wette, mit dem Spruch hast du ’ne grandiose Erfolgsquote bei den Frauen.«

»Und bei ein paar Männern auch.« Seine Mundwinkel hoben sich zur Andeutung eines Grinsens. »Aber das ist kein Spruch. Ich meine es ernst. Willst du mir wirklich weismachen, dass es rein gar nichts Schicksalhaftes an sich hat, dass wir uns gleich zweimal hintereinander auf diese Weise begegnen?«

»Wie ich schon sagte: eine Pechsträhne.«

Seine blauen Augen funkelten amüsiert im Licht der Spätnachmittagssonne. »Merk dir meine Worte, Trouble, ich werde dich noch für mich gewinnen. Du wirst schon sehen.«

Everleigh musste die Lippen zusammenkneifen, um sein Lächeln nicht zu erwidern. »Tu dir keinen Zwang an.«

Kaum dass sie wieder festen Boden unter den Füßen hatten, war Chen zur Stelle und öffnete den Rettungskorb. »Macht es Ihnen was aus, wenn Miller und ich Sie kurz durchchecken? Es wird nicht lange dauern.«

»Das ist wirklich nicht nötig«, wehrte Everleigh ab. »Es geht mir gut.«

Die Menschenmenge im Vorgarten hatte sich noch immer nicht aufgelöst, und alle starrten sie an. Everleigh wünschte sich nichts sehnlicher, als mit dem winzigen Rest an Würde, der ihr geblieben war, zurück ins Haus zu flüchten.

»Ihr solltet euch ihre linke Hand anschauen. Sie belastet nur die rechte.«

Everleigh fuhr zu Griffin herum und starrte ihn ungläubig an. »Weil ich Rechtshänderin bin. Natürlich benutze ich vor allem die rechte.«

Vielleicht war ihre linke Hand ein bisschen empfindlich, und vielleicht hatte sie, als sie ausgerutscht war und sich festgeklammert hatte, ein klitzekleines Knacken gehört, gefolgt von einem stechenden Schmerz in ihrer Handfläche. Aber sie würde ein paar Ibuprofen einwerfen, und in ein bis zwei Stunden wäre wieder alles bestens.

»Tu mir den Gefallen«, bat Griffin.

Mit einem ergebenen Seufzen wandte Everleigh sich ab und folgte Chen zum Einsatzfahrzeug, wo sie sich auf die Ladefläche setzte und versuchte, sich unter Griffins wachsamen Blicken nicht zu winden, während Miller eine Blutdruckmanschette um ihren Bizeps wickelte, um ihre Vitalwerte zu überprüfen.

Als Chen eine besonders empfindliche Stelle abtastete, entwich ihr ein Zischen. Verdammt, das tat weh.

»Tut mir leid«, sagte Chen. »Können Sie eine Faust machen?« Everleigh konnte. »Okay. Und jetzt drücken Sie bitte meine Hand.« Chen runzelte nachdenklich die Stirn. »Hm … verminderte Greifkraft.«

»Eine A2 Pulley-Läsion?«, mutmaßte Miller.

»Das denke ich auch.«

Everleigh sah zwischen den beiden hin und her. »Ist das schlimm?«

»Na ja«, begann Miller, während er die Manschette von ihrem Arm löste, »es ist jedenfalls nicht gut.«

»Großartig«, murmelte Everleigh. »Einfach großartig.«

Genau das hatte ihr noch gefehlt. Eine A2 … was auch immer, die ihre Hand für Gott weiß wie lange außer Gefecht setzen könnte. Erst die Sache mit dem Backofen und jetzt das. Sie musste noch das gesamte Obergeschoss ausräumen und sich überlegen, wie sie ohne Leiter und einhändig die unvollendete Beleuchtung wieder abgehängt bekam.

Chen, die vor Everleigh hockt, tätschelte ihr das Knie und erhob sich. »Das ist eine Verletzung, die häufig bei Bergsteigerinnen vorkommt. Die Rotatorenintervallschlingen dienen als Bindegewebe, um die Sehne dicht am Knochen zu halten.«

»Waren Sie schon mal angeln?«, fragte Miller. Einer der absurdesten Themenwechsel, die Everleigh je gehört hatte.

»Seit Jahren nicht mehr, aber früher häufig mit meinem Großvater. Warum?«

»Rotatorenintervallschlingen funktionieren wie die Ösen einer Angelrute. Sie wissen ja sicher, wie sie die Angelschnur an der Rute halten? Wenn man plötzlich zu viel Kraft auf sie ausübt, kann die Belastung zu einem Riss führen, wodurch die Sehne vom Knochen gezogen wird. Ein bisschen wie bei einer Bogensehne.« Er hob seinen Zeigefinger, um ihr auf eine Art und Weise zu veranschaulichen, was er meinte, bei der sich Everleigh der Magen umdrehte. Über die Teile ihres Körpers, die unter ihrer Haut lagen, dachte sie lieber nicht allzu genau nach. Und schon gar nicht darüber, dass sie reißen könnten. »Man verliert an Greifkraft, kann seine Finger nicht mehr beugen …«

»Ich kann sie aber beugen.« Everleigh verzog das Gesicht, als sie es ihm demonstrierte. »Es tut nur höllisch weh.«

Griffin nahm vorsichtig ihre Hand in seine. »Könnte auch eine Zerrung sein.«

Stirnrunzelnd betrachtete Everleigh die langen vernarbten Finger, die ihre Hand umschlossen. Sie fragte sich, ob es Griffin eventuell in seinem Vorhaben ermutigen könnte, dass sie ihm diese Geste erlaubte … Andererseits hatte sie keine Ahnung, was genau er eigentlich vorhatte. Sie für sich gewinnen – was auch immer das heißen sollte. Er konnte von Schicksal reden, solange er wollte, und egal wie oft er behauptete, dass seine Sprüche gar keine waren, Everleigh war sich ziemlich sicher, dass der Kerl einfach gern flirtete. Höchstwahrscheinlich baggerte er jeden Notfall an, der ihm unterkam – von Jungfrauen in Not bis zu älteren Damen mit pastellgefärbter Dauerwelle. Everleigh würde dieses eine Mal eine Ausnahme machen und ihm die kleine Freiheit durchgehen lassen, aber nur, weil es schwer zu leugnen war, dass sich seine Berührung gut anfühlte. Und weil sie sich nicht erinnern konnte, wann jemand das letzte Mal einfach nur ihre Hand gehalten hatte. Eine vermutlich ziemlich tragische Feststellung, aber so weit nichts Neues.

»Alles in Ordnung?«, erkundigte sich Captain Keegan, die sich mit Frank und seiner Frau Gloria unterhalten hatte und jetzt zu ihnen rüberkam.

»Wir haben sie untersucht, Captain«, sagte Chen. »Sie müssen zum Arzt, Everleigh. Sehnen kann man nicht röntgen, aber mit Weichteilverletzungen können auch Frakturen einhergehen. Das sollte auf jeden Fall ausgeschlossen werden. Und vielleicht lassen Sie ein MRT machen, um festzustellen, ob es sich um einen Riss handelt. Dafür müssen Sie aber nicht in die Notaufnahme. Es sei denn, Sie möchten, dass wir Sie hinbrin…«

»Nein, das ist nicht nötig. Ich fahre selbst zum Arzt.«

»Ich hoffe sehr, dass ich mich gerade verhört habe«, meldete sich Gloria zu Wort, die zusammen mit ihrem Mann neben sie getreten war. »Du willst doch nicht etwa allein zum Arzt fahren, oder Everleigh?«

Ihre Wangen brannten. »Das ist kein Problem. Wirklich, ich kann …«

»Blödsinn.« Gloria stemmte die Hände in die Hüften. »Frank und ich werden dich fahren. Stimmt's, Frank?«

Er hielt seine Autoschlüssel hoch. »Natürlich machen wir das.«

Mit einem gewissen Widerwillen löste Everleigh ihre Hand aus Griffins und rutschte von der Ladefläche. »Danke, dass du … du weißt schon, mich gerettet hast. Schon wieder.«

Als Griffin seine Grübchen aufblitzen ließ, hätte sie schwören können, dass für einen winzigen Moment ihre Knie weich wurden. »Jederzeit.«

Dann bedankte sich Everleigh bei Chen und Miller, bevor sie Frank und Gloria über die Straße zu dem Buick Lucerne folgte, der in ihrer Einfahrt parkte.

»Schade um die Leiter«, sagte Frank und drückte den Knopf für die Zentralverriegelung. »Es wird ganz schön seltsam sein, wenn das Haus dieses Jahr nicht beleuchtet ist.«

Everleigh schirmte ihre Augen vor der untergehenden Sonne ab, um mit Wehmut das halb dekorierte Haus ihrer Großmutter zu betrachten.

»Ja«, murmelte sie. Das würde es wirklich.

*

»Ich komme schon klar«, sagte Everleigh zum gefühlt x-ten Mal, seit sie die Praxis verlassen hatten. »Du musst wirklich nicht vorbeikommen, um für mich zu kochen, Gloria.«

Die junge Ärztin hatte eine leichte Zerrung diagnostiziert. Mit ein wenig Ruhe und Eis würde Everleighs Hand in einer Woche, spätestens zwei, wieder so gut wie neu sein, zumindest, solange sie die Schiene anbehielt und jegliche Belastung vermied.

»Wir machen uns doch nur Sorgen um dich«, sagte Frank, während er links in die Juniper Lane abbog. »Ganz allein in diesem Haus, besonders in der Weihnachtszeit.«

»Auch nicht viel schlimmer, als zur Weihnachtszeit in meiner Wohnung allein zu sein, oder?«

»Nein, weil beides schlimm ist«, brummte er. »Fühlst du dich nicht einsam?«

Everleigh stieß ein ungläubiges Lachen aus. Die zwei waren noch schlimmere Glucken als Grandma Dangerfield. Es war süß, dass sie sich so um sie sorgten, aber unnötig. »Ich habe Freundinnen, Frank.«

»*Gute* Freundinnen?«, hakte er ein. »Freundinnen, die man häufiger als einmal im Monat auf einen Kaffee trifft?«

Sie musste eine Sekunde zu lange gezögert haben, denn Gloria schnalzte missbilligend mit der Zunge. »Everleigh …«

»Sie haben viel zu tun. *Wir* haben viel zu tun«, betonte Everleigh. »Wir alle.«

Ihre Freundinnen waren entweder verheiratet oder in einer festen Beziehung. Einige hatten sogar Kinder. Verabredungen fanden nicht mehr so spontan statt wie früher, sondern wurden Wochen, wenn nicht sogar Monate im Voraus sorgfältig geplant. Everleigh verstand das. So war das Leben.

Und ihr eigenes? Sie hatte wenig Grund, sich zu beklagen. Sie hatte ein Dach über dem Kopf und einen Job, der ihr gefiel, und … sie war zufrieden. Nur gelegentlich, wenn sich die Melancholie meldete, die die schreckliche Angewohnheit besaß, sich zu Feiertagen und Geburtstagen und anderen besonderen Anlässen anzuschleichen, wünschte sich Everleigh mehr. Und während sich die Seiten des Kalenders jedes Jahr schneller umzublättern schienen, wuchs ihre Sehnsucht nach dieser einen unbestimmten Sache. Falls es eine Lösung dafür gab, dann ganz sicher nur, wenn sie es selbst in die Hand nahm und ihr Leben veränderte. Aber an den meisten Tagen war sie ganz zufrieden. Und Zufriedenheit war einfach. Zufriedenheit bedeutete Sicherheit. Veränderung hingegen …

»Du arbeitest von zu Hause aus. Du könntest in deiner Wohnung sterben, und niemand würde es merken.«

»Gloria!« Frank warf seiner Frau einen entsetzten Blick zu, und Everleigh war sich sicher, dass ihre Miene seiner nicht unähnlich war.

Gloria verschränkte trotzig die Arme. »So morbide der Gedanke auch sein mag, er ist wahr. Everleigh könnte Gott weiß wie lange in ihrer Wohnung vor sich hin rotten, bevor jemand auf die Idee käme, nach ihr zu suchen.«

»Jemand würde nach mir sehen.« Da war sie sich sicher. Möglich, dass es ein paar Tage dauerte, aber irgendwann würde jemand nachsehen. Sie runzelte nachdenklich die Stirn. Da war sie sich zu neunzig Prozent sicher.

»Und wer bringt dir eine Suppe vorbei, wenn du mal krank bist?«, fragte Gloria beinahe ein wenig verärgert.

Suppe? »Um ehrlich zu sein, würde ich mir wahrscheinlich einfach was liefern lassen.«

Eine Antwort, die Frank veranlasste, ein verächtliches Schnauben auszustoßen. »Ich wette, du würdest dir auch ein Uber bestellen, wenn du jemanden brauchst, der dich zur Notaufnahme fährt.« Als Everleigh schwieg, stöhnte Frank auf. »Das sollte ein Scherz sein, Everleigh! Ein Uber? Echt jetzt?«

»Ich verspreche euch, ich bin durchaus in der Lage, mich um mich selb…«

Zum Glück war Everleigh angeschnallt, denn in diesem Moment trat Frank so plötzlich auf die Bremse, dass sie alle drei auf ihren Sitzen nach vorn geschleudert wurden.

»Großer Gott!« Frank umklammerte das Lenkrad so fest, dass seine Fingerknöchel weiß hervortraten. »Du kannst nicht … *Oh*. Oh!«

Everleigh stockte der Atem.

Grandma Dangerfields Haus am Ende der Sackgasse war mit so vielen Lichtern geschmückt, dass es jeder Landebahn Konkurrenz hätte machen können. Irgendjemand hatte zu Ende geführt, was Everleigh begonnen hatte. Die großen bunten Glühlampen, die Everleigh auf dem Dachboden gefunden hatte, zierten das steil abfallende Giebeldach, und von der geschnitzten Holzüberdachung der Veranda hingen leuchtende Eiszapfen, von deren Existenz sie bisher gar nichts gewusst hatte.

»Ein Weihnachtswunder«, murmelte Gloria, und Everleigh musste lachen, denn wenn sie es nicht getan hätte, wäre sie in Tränen ausgebrochen. Aber vielleicht würde das so oder so noch passieren.

Dies war kein Weihnachtswunder. Everleigh glaubte ebenso wenig an Wunder wie an das Schicksal oder glückliche Fügung oder wie auch immer Griffin Brantley es nennen wollte. Aber sie glaubte daran, dass Menschen gut waren und herzlich sein konnten, und das war ihrer Meinung nach besser als jedes Wunder.

»Vielen Dank, dass ihr mich gefahren habt.« Noch bevor Frank den Wagen parken konnte, riss Everleigh die Autotür auf. »Habt einen schönen Abend!«

Dann sprintete sie die Straße hinauf. Auf der Verandatreppe nahm sie zwei Stufen auf einmal, bis sie endlich die Haustür erreichte. Die Haustür, an der – unübersehbar – ein Zettel klebte.

Everleigh, stand in geschwungener Handschrift darauf, *halt dich von weiteren Katastrophen fern.* ☺ *xx*

Kapitel 3

Miller war der Erste, der sie bemerkte. Von der Tür der Feuerwache aus begrüßte er sie, ein schiefes Grinsen auf dem Gesicht.

»Dangerfield!« Er warf sich das Handtuch über die Schulter, mit dem er bis eben die Stoßstange eines glänzenden roten Feuerwehrautos getrocknet hatte. »Was führt dich heute Nachmittag hierher?«

In der Hoffnung, einen ganz bestimmten Feuerwehrmann zu sehen, ließ Everleigh ihren Blick über die Wache wandern und hielt den Korb in die Höhe, den sie sich über den Arm gehängt hatte. »Ich bringe Plätzchen vorbei. Dieses Blech ist auch nicht angebrannt, versprochen.«

Miller nahm ihr den Korb ab, spähte hinein und holte einen Hafermehl-Rosinen-Keks hervor, den er sich sofort in den Mund schob. »Ein bisschen verkohlter Teig hat noch niemandem geschadet.« Krümel rieselten auf sein Shirt und zu Boden. »Man nennt uns nicht umsonst Rauchfresser.« Aus seinem vollen Mund klang es eher wie *Rauchpfeffer*, weswegen sie ein Lachen unterdrücken musste.

»Plätzchen?« Ein kräftiger Mann mit gelocktem blondem Haar schob seinen Kopf um das Heck des Feuerwehrautos. »Hier hat doch jemand was von Plätzchen gesagt, oder?«

Miller deutete mit dem Daumen auf sie. »Dangerfield hat uns Nahrung vorbeigebracht.«

Sie winkte. »Hi. Ich bin Everleigh.«

Ein breites Lächeln erschien auf dem Gesicht des Mannes. »Das ist also die berühmte Trouble, von der wir so viel gehört haben.«

Berühmt? *Alles klar.* »Eher berüchtigt, vermute ich.«

»Nee.« Er lachte, wobei sein Blick über ihre Schulter huschte. »Brantley quatscht andauernd von dir. Die ganze Woche schon gibt es kein anderes Thema als *Trouble dies* und *Trouble das* …«

»Hey! Bist du nicht heute Abend mit Geschirrspülen dran, Boyd?«

Everleighs Puls beschleunigte sich, und der Atem blieb ihr mit einem röchelnden Laut in der Kehle stecken. Sie betete, dass Miller laut genug kaute, um es zu überhören, unterdrückte ein Grinsen und sah zu, wie Griffin die Treppe herunterjoggte und mit großen Schritten durch die Feuerwache marschierte. Als er lächelte, bildeten sich kleine Fältchen um seine Augen. »Erzähl mir nicht, du bringst uns die Notfälle neuerdings direkt ins Haus, Trouble.«

»Haha.« Sie strich sich das Haar hinter die Ohren. »Nicht direkt.« Sie deutete auf den Korb mit Keksen, über die Miller sich schamlos hermachte. »Ich habe Plätzchen für euch. Falls Miller denn beschließt, sie zu teilen.«

»Komm schon, Alter.« Boyd streckte den Arm aus, doch Miller schlug seine Hand weg und machte sich aus dem

Staub. Boyd nahm die Verfolgung auf, und das Gelächter der beiden Männer schallte durch die Feuerwache.

»Sind das Haferplätzchen?« Als sie nickte, brummte Griffin. »Na, sieh mal einer an. Das sind ist zufällig mein Lieblingssorte. Ich glaube, das ist …«

»Wenn du gerade *Schicksal* sagen wolltest, dann gnade dir Gott …« Everleigh lachte. »So was nennt man einen Zufall.«

Er zuckte mit den Schultern. »Zufall, Schicksal … Nenn es, wie du willst.« Einer seiner Mundwinkel hob sich zu einem schiefen Schmunzeln. »Was allerdings wirklich interessant ist, ist, dass ich gerade an dich gedacht habe und du ausgerechnet in dem Moment aufgetaucht bist.«

An sie gedacht, hm? »Ich will deine Theorie ja nicht zunichtemachen, aber ich wäre schon früher gekommen, wenn der neue Ofen nicht erst heute Morgen geliefert worden wäre. Die Plätzchen habe ich als Dankeschön gebacken.«

»Dir ist schon klar, dass es unser Job ist, Brände zu löschen, ja? Du musst uns nicht danken. Andererseits …«, er grinste, »würden wir bei Süßkram natürlich niemals Nein sagen.«

»Du weißt ganz genau, wovon ich spreche«, entgegnete sie und legte sich eine Hand auf die Brust, in der jedes Mal ein Schmerz aufkeimte, wenn sie daran dachte, was er getan hatte. »Die Lichter, Griffin. Das hättest du nicht tun müssen.«

»Ach das.« Er zuckte mit den Schultern, als wäre es nichts, obwohl es ihr *alles* bedeutete. Das erkannte er wahrscheinlich nicht einmal. »Du brauchtest eine Leiter, und wir hatten zufällig eine. Dafür musst du dich nicht bedanken.«

Als wäre das nicht seine Idee gewesen. Als wäre es nicht er, wegen dem sie hier war. Als wäre Everleigh nicht versucht, ihn gegen den Wagen zu drücken und ihm zu zeigen, *wie* dankbar sie tatsächlich war. »Das möchte ich aber. Deshalb bin ich schließlich hier.«

»Willst du wissen, was ich denke?« Er fuhr sich mit den Schneidezähnen über die Unterlippe, was seinen Mund rot und verlockend aussehen ließ. »Ich glaube, du bist gekommen, weil du eine Ausrede brauchtest, um mich zu sehen.«

Everleighs Herz geriet erst ins Stocken und begann dann zu rasen. »Vielleicht.«

Vielleicht war es unbesonnen und albern, aber nach diesem scheinbar endlosen Winter, den sie erstarrt vor Kälte … nein, vor *Angst* verbracht hatte, war Griffins Wärme das Erste gewesen, wodurch sie sich wieder halbwegs lebendig gefühlt hatte.

Er senkte den Kopf und grinste selbstzufrieden seine Füße an. »Also …«

»Hmm?«

»Du bist für den Rest des Monats im Ort.«

»Ja.«

»Ich weiß nicht, ob es dir bewusst ist, aber in zwei Wochen ist Weihnachten.«

»Nein.« Everleigh schnappte dramatisch nach Luft. »Ich hatte ja keine Ahnung.«

Der Klang von Griffins Lachen ließ ein Prickeln an ihrer Wirbelsäule hinablaufen und Wärme in ihrer Brust aufkeimen. »Bekommst du Besuch von deiner Familie?«

Das war die Frage, vor der sich Everleigh am meisten fürchtete, weil sie jedes Mal einen Schmerz ganz hinten in ihrer Kehle auslöste. »Äh, nein. Es gibt nur mich und meinen älteren Bruder. Er und seine Frau wohnen in Upstate New York. Sie hat dort eine Menge Verwandtschaft.«

Nichten und Neffen und so viele Cousins und Cousinen, dass sie nicht begriff, wie man sich die ganzen Namen merken sollte – die Art von Familie, die man in Filmen oder im Fernsehen sah, die Art, die sich Everleigh immer gewünscht hatte. Und obwohl sie das Angebot ihres Bruders, hinzufliegen und mit ihnen zu feiern, bereits zweimal angenommen hatte, hatte sie sich zwischen den vielen Menschen, mit denen sie nur lose verwandt war, einsamer gefühlt, als hätte sie die Feiertage mit chinesischem Take-away und »Kevin allein zu Haus« verbracht.

Ihr Bruder hatte eine bezaubernde Familie, aber es war nicht ihre.

Griffin runzelte die Stirn. »Du verbringst Weihnachten allein?«

Sie zuckte mit den Schultern. Frank und Gloria hatten sie für Heiligabend zum Dinner eingeladen, aber so gern sie auch hingehen würde, sie wollte sich nicht aufdrängen.

»Das kommt nicht infrage.« Griffin schüttelte knapp, aber energisch den Kopf. »Auf keinen Fall. Das lasse ich nicht zu.«

Everleigh stutzte. »Wie bitte?«

»Du hast mich gehört.« Er verschränkte die Arme vor der Brust und biss die Zähne zusammen. »An Weihnachten sollte niemand allein sein.«

»Alles klar, Cindy Lou Who.« Everleigh lachte. »Es ist nicht das erste Mal, dass ich Weihnachten allein verbringe.«

In ihrem ersten Jahr am College hatte sie als Einzige die Feiertage im Wohnheim verbracht, denn der Verlust ihrer Eltern war noch zu frisch gewesen, um überhaupt *irgendetwas* zu feiern. Nach dem College hatte es zwei Jahre gegeben, in denen sie in einem Unternehmen statt als Freelancerin gearbeitet hatte und am Tag nach Weihnachten nicht freigehabt hatte, sodass es sich nicht gelohnt hätte, nach Port Angeles zu reisen. Es war also nichts Neues für sie, Weihnachten ohne Gesellschaft zu verbringen, und aller Wahrscheinlichkeit nach würde es auch nicht das letzte Mal sein.

Die Falten auf seiner Stirn wurden tiefer, was in Everleigh den merkwürdigen Drang wachrief, sie mit ihren Fingerspitzen glatt zu streichen. »Soll ich mich jetzt besser fühlen?«

Nein, eigentlich hatte ihre Aussage keinerlei Gefühle bei ihm auslösen sollen. »Ich komme schon zurecht, ganz im Ernst.«

Warum machte sich eigentlich jeder in diesem Ort Sorgen um sie? Es war zwar nett, aber es war auch ungewohnt.

»Pass auf, wir machen Folgendes.« In seinen Tonfall schlich sich eine schroffe, autoritäre Note, die sie verwirrte. »Hast du schon mal was von *Deck Out the Docks* gehört?«

Nachdem sie sich kurz den Kopf über den Namen zermartert hatte, erinnerte sie sich dunkel an einen Flyer, den sie bei diesem vietnamesischen Restaurant in der Nähe der Front Street gesehen hatte. »Ich … ich glaube schon. Der Wettbewerb, bei dem Boote geschmückt werden, richtig?«

»M-hmm. Und Captain Keegan wohnt zufällig auf einem Hausboot. Sie und ihre Töchter geben sich jedes Jahr besondere Mühe mit der Dekoration, und alle von der Wache, die gerade keinen Dienst haben, unterstützen sie dabei. Viele örtliche Unternehmen bauen Stände auf, und die Bäckerei in der Nähe der First Street schenkt kostenlosen Kakao aus.«

Everleigh lächelte. »Das klingt spaßig.«

»Gut. Denn du wirst auch da sein.«

»Ach wirklich?«

»Mhmm.« Es bedurfte nur eines kleinen Schrittes, und schon stießen die Spitzen seiner schweren Stiefel gegen ihre Sneaker. Dann hob er den rechten Fuß, um ihn auf der Trittstufe des Feuerwehrautos ruhen zu lassen, sodass er mit dem Knie seitlich gegen ihren Oberschenkel stieß. Mit der linken Hand stützte er sich über ihrem Kopf ab, wodurch sein großer, breiter Körper über ihr schwebte. Sie war an der Rückseite des Trucks eingekeilt.

Everleigh ballte die Hände zu Fäusten, um dem Drang zu widerstehen, die Finger in sein Shirt zu krallen, ihn zu sich zu ziehen und ihre Lippen auf seine zu drücken.

»Diesen Freitag. Um sechs Uhr. Ich hol dich ab.«

Sie schloss die Augen. »Griffin …«

»Wir müssen es nicht Date nennen, wenn du nicht möchtest.«

Als wäre die Bezeichnung *Date* das Problem und nicht die Tatsache, dass es mit jedem Mal, das sie in seiner Nähe war, schwerer wurde, sich daran zu erinnern, warum das hier eine schlechte Idee war.

»Es ist ja nicht so, als würde ich nicht wollen«, murmelte sie, denn auch wenn es noch so banal klang, er sollte auf keinen Fall denken, dass es an ihm lag. Es lag ausschließlich an ihr. An dem Päckchen, das sie zu tragen hatte, und an ihrer Postleitzahl und an dem, was sie wollte. »Ich finde nur … ich finde einfach, dass es besser wäre, wenn wir es nicht«, sie schluckte gegen den Kloß in ihrer Kehle an, »Date nennen würden.«

Er stieß ein Brummen aus. »Also, um das noch mal klarzustellen …« Er strich mit dem Daumen über ihren Wangenknochen, was sie gegen ihren Willen dazu brachte, die Augen zu öffnen. Griffin sah mit einer solchen Intensität zu ihr herab, dass ihr heiß und kalt zugleich wurde. »Du willst, dass es ein Date ist, aber du willst es nicht so nennen.«

Hitze kroch ihr den Hals hinauf. Wenn er so ausdrückte, klang es albern. »Richtig.«

»Weil du für etwas Zwangloses nicht zu haben bist.«

»Mhmm.«

Die Falte, die sich zwischen seinen Augenbrauen bildete, wirkte nicht als wäre er verärgert, sondern eher nachdenklich. »Was, wenn ich dir sage, dass ich auch nichts Zwangloses will?«

Sie drehte den Kopf zur Seite. »Griffin …«

Er umfasste ihr Kinn mit sanftem Griff, jedoch fest genug, dass sie nicht wegschauen und ihm ausweichen konnte. Ihre Atmung beschleunigte sich, und ihr Puls raste, als sie sah, dass sich seine Augen in blaue Flammen verwandelt hatten. »Ich meine es ernst, Everleigh.«

Wenn überhaupt, machte das die gesamte Sache nur noch schlimmer. »Aber ich wohne nicht mal hier.«

Mit dem Daumen fuhr er die Umrisse ihres Mundes nach und drückte ihn dann auf ihre Unterlippe, bis sie leicht den Mund öffnete. Ein heftiger Schauer durchlief sie, und sein

Blick verdunkelte sich. »Und *wenn* du hier wohnen würdest?«

Wäre das der Fall, hätte sie bereits an jenem ersten Mittwoch einem Date mit Griffin zugestimmt. Wäre das der Fall, hätte sie ihn vermutlich längst in eine Besenkammer gezerrt, und sie würden etwas anderes tun als reden.

Aber wie Grandma Dangerfield immer so schön gesagt hatte: *Wenn jedes Aber ein Keks wär', wär' Weihnachten gerettet.*

»Das tue ich aber nicht.«

Er zog seine Hand weg, und sofort vermisste Everleigh die Berührung.

»Also. Sechs Uhr?« Er schenkte ihr ein sanftes, bittersüßes Lächeln, und Everleigh verzehrte sich nach ihm.

❄

»Habe ich das richtig verstanden? Du übernimmst zwei Vierundzwanzig-Stunden-Schichten in Folge, arbeitest also achtundvierzig Stunden am Stück, und hast dann sechsundneunzig Stunden frei?«

Griffin dirigierte sie durch die überraschend große Menschenmenge, indem er ihr eine Hand auf den unteren Rücken legte. »Genau.«

»*Und* du übernimmst zusätzliche Schichten, damit deine Arbeitskollegen mehr Zeit mit ihren Familien verbringen können.«

Seine Ohrläppchen nahmen einen niedlichen Pinkton an. »Ich bin Single, Ende zwanzig, habe keine Kinder, und meine Eltern wohnen nur zwanzig Autominuten entfernt. Ich kann sie sehen, wann ich will. Und meine Nichten und Neffen? Die liebe ich zwar abgöttisch, aber sie sind in einem Alter, in dem ihnen ihr Onkel Griffin herzlich egal ist, solange unter dem Baum Geschenke von Santa auf sie warten.« Er zuckte gelassen mit den Schultern. »Es ist nur fair, dass ich ein paar Schichten tausche, damit Harris und Nelson und Perez Zeit mit ihren Familien verbringen können.«

Fair und *richtig* und *gut* und *freundlich* waren keine Selbstverständlichkeiten, auch wenn Griffin es so darstellte. Er tat, als wäre es keine große Sache, sein Weihnachtsfest zu opfern, damit seine Kollegen bei ihren Kindern sein konnten. Genauso wie es für ihn anscheinend keine große Sache war, einer Katastrophe von einer Frau dabei zu helfen, Lichter an ihrem Haus anzubringen, um der Erinnerung an ihre Großmutter alle Ehre zu machen.

»Sag mal, arbeitest du eigentlich aktiv auf eine Heiligsprechung hin, oder hoffst du darauf, dass es einfach zufällig geschehen wird?«

Griffin schlang einen Arm um ihre Taille und beugte sich so weit zu ihr hinunter, dass seine Lippen ihr Ohr streiften. »Wenn du auch nur die Hälfte der Gedanken kennen würdest, die ich schon über dich hatte, wüsstest du, dass ich alles andere als ein Heiliger bin«, flüsterte er.

Ein Prickeln durchfuhr sie, und sie presste die Oberschenkel zusammen, als sie sich Griffin im Bett vorstellte, vielleicht einem Hochbett auf der Wache, der mitten in der Nacht zwischen zwei Einsätzen an sie dachte, eine Hand an die harte Wölbung in seiner Hose gepresst.

Sie erschauderte, was Griffin ein Lachen entlockte.

»Durstig?«

Und wie. »Klar.«

»Mal sehen.« Er ließ den Blick über den Hafenparkplatz wandern, der heute für Autos gesperrt war, weil an unterschiedlichen Ständen Getränke, Essen und Weihnachtsschmuck verkauft wurden. »Cider, Kakao oder Eierlikör?«

»Cider bitte.« Everleigh deutete über die Schulter in Richtung der Anlegestelle. »Ich geh schon mal rüber zu den Booten.«

Griffin nickte. »Ich komme gleich nach.«

Das Motto des diesjährigen *Deck-Out-the-Docks*-Events war Candy Land Christmas, und jeder, der in Port Angeles ein Boot besaß, war erschienen, um den Hafen in eine zauberhaft kitschige Weihnachtslandschaft zu verwandeln. Es gab pinkes und silbernes Lametta, massenweise Glitzer, und große wie kleine Segelboote waren mit riesigen Kreationen aus süßen Leckereien verziert, die einem das Wasser im Mund zusammenlaufen ließen. Fröhliche Popversionen alter Weihnachtsklassiker schallten aus den Lautsprechern eines Pontonboots, das in der Nähe angelegt hatte, und ein paar Meter weiter, an Deck einer kleinen Jacht, jubelte eine Gruppe, die sich um einen elektrischen Heizstrahler versammelt hatte, während jemand eine Champagnerflasche mit glitzerndem Etikett entkorkte und rote Plastikbecher befüllte.

»Miss Dangerfield!«

Sie drehte sich um und winkte, als sie sah, dass Captain Keegan über das Dock auf sie zukam, an den Händen zwei bezaubernde kleine Mädchen, die nicht älter als vier oder fünf sein konnten.

»Captain Keegan.« Everleigh lächelte. »Und wer seid ihr?«

»Das ist Ava, und das ist Charlotte.« Die Mädchen winkten schüchtern, ehe sie ihre Köpfe beschämt an den Beinen ihrer Mutter vergruben. »Meine Töchter. Und bitte nenn mich Lana.«

»Wenn du mich Everleigh nennst.«

Lana nickte und öffnete den Mund, als wollte sie etwas sagen. »Ist Brantley hier irgendwo?«

Mit dem Kinn deutete sie in Richtung Parkplatz. »Er holt uns was zu trinken.«

»Ah.« Ein Funkeln trat in ihre Augen. »Er spricht in letzter Zeit von nichts anderem als von dir, weißt du?«

Everleigh errötete. »Er, äh, scheint ein echt netter Kerl zu sein.«

»Gestern hab ich ihn dabei erwischt, wie er Fährenfahrpläne studiert hat.«

Sie runzelte die Stirn. »Fährenfahrpläne?«

»Mhmm. Die Edmonds-Kingston-Fähre.« Lana zog eine Braue hoch. »Sie fährt zwischen hier und Seattle hin und her.«

Everleigh wich alle Luft aus der Lunge, und sie stieß ein ersticktes Lachen aus. »Du machst Witze.«

Von Seattle bis Port Angeles waren es ungefähr zweieinhalb Stunden – zu weit also, um täglich zu pendeln, aber wenn man sechsundneunzig Stunden freihatte, konnte man problemlos rüberfahren und gut erholt wieder hier auf der Arbeit erscheinen. Nicht dass *irgendjemand* diese Reise antreten musste, denn solange Everleigh ihren Laptop und eine verlässliche Internetverbindung hatte, konnte sie im Grunde von überall aus arbeiten – zum Beispiel in einem idyllischen kleinen Hafenstädtchen wie Port Angeles. Mit seinen niedlichen Festen und den freundlichen Einwohnern, die ihre Nachbarn in der Weihnachtszeit zu sich nach Hause einluden, sowie den hilfsbereiten Menschen, die einer tollpatschigen Fremden dabei halfen, Lichterketten aufzuhängen, hatte es der Ort innerhalb weniger Wochen geschafft, sich einen Weg in Everleighs Herz zu bahnen.

Nicht dass sie darüber nachdachte, was das für sie und ihr Leben nach Dezember bedeuten könnte. Nein, Everleigh dachte *überhaupt* nicht darüber nach.

Lana schüttelte den Kopf. »Über so etwas würde ich niemals Witze …«

Ein Schrei durchschnitt die Luft, ließ Everleigh nach Luft schnappen und herumwirbeln.

Auf der Jacht, die sie noch vor wenigen Momenten bewundert hatte, war Chaos ausgebrochen. Funken flogen aus dem Heizstrahler, und unten am Mast züngelten bereits erste Flammen.

»Captain!« Griffin kam übers Dock geeilt, in den Händen je einen Becher und zwischen den Augenbrauen eine tiefe Sorgenfalte. »Was ist passiert?«

»Sieht aus, als wäre ein Heizstrahler in Flammen aufgegangen. Der Brand breitet sich schnell aus!«

Innerhalb kürzester Zeit war das Feuer auf das gesamte Deck übergegangen, und die Leute an Bord versuchten vergeblich, es zu löschen, indem sie mit ihren Plastikbechern Wasser aus dem See schöpften. Niemand von ihnen trug eine Schwimmweste.

»Geht zurück zum Haus, und holt euren Vater«, wies Lana ihre Kinder an und schob sie Richtung Land. »Er soll den Notruf verständigen. Auf einem Boot, das im Hafen von Port Angeles anliegt, ist ein Feuer ausgebrochen. Captain Keegan ist nicht im Dienst, aber vor Ort.« Als die Mädchen davonrannten, öffnete Lana den Reißverschluss ihrer Daunenjacke.

Griffin stellte derweil die Getränke ab und zog sich seinen Hoodie über den Kopf.

Everleigh sah ihm mit weit aufgerissenen Augen zu. »Was hast du vor?«

»In zehn Grad kaltem Wasser setzt der Kälteschock in weniger als einer Minute ein.« Er kickte seine Stiefel weg. »Der schnellste Einsatzwagen braucht bestenfalls fünf Minuten bis hierher, und das ist zu lange.«

Als Griffin sich bis auf T-Shirt und Boxershorts ausgezogen hatte, vollführte er einen perfekten Kopfsprung und verschwand unter der dunklen kabbeligen Wasseroberfläche.

Everleigh schlug das Herz bis zum Hals.

»Ihm wird nichts passieren.« Lana trat aus ihren flachen Schuhen und öffnete den Knopf ihrer Jeans. »Brantley ist ein guter Schwimmer, das sind wir beide.«

In den nächsten fünf Minuten kaute Everleigh ihre Fingernägel bis auf die Haut ab, während sie Griffin und Captain Keegan dabei zusah, wie sie zwischen der brennenden Jacht und dem Ufer hin- und herschwammen und den Menschen an Bord halfen, sicher an Land zu gelangen. Als sie ein weiteres Mal fast das Dock erreicht hatten, eine Person in den Armen, schoss neben dem Boot eine Hand aus dem Wasser, die kurz darauf wieder unter der Oberfläche verschwand.

Everleigh dachte nicht nach.

Das Wasser fühlte sich auf ihrer Haut an wie Nadelstiche. In der Highschool war sie die Hundert-Meter-Brust- und die Dreihundertfünfzig-Meter-Freistil-Staffel geschwommen und hatte sich jeden Sommer als Rettungsschwimmerin im örtlichen Freibad ein paar Dollar dazuverdient. Doch das war zehn Jahre her; und auch, wenn sie keinesfalls eine schlechte Schwimmerin war, hatte sie es noch nie in so kaltem Wasser tun müssen. Im Gegensatz zu Griffin und Captain Keegan hatte sie sich außerdem nicht ausgezogen, sondern war in ihrem Sweat-Kleid hineingesprungen.

In zehn Metern Entfernung tauchte das Gesicht der jungen Frau wieder auf. Sie hatte Mühe, ihren Kopf über Wasser zu halten.

Adrenalin rauschte durch Everleighs Adern, als sie ihre Beine schneller bewegte. Hätte sie doch nur einen Rettungsring gehabt. Bei Griffin und Lana hatte es so einfach ausgesehen, die Leute ans Ufer zu befördern. Sie hatten ihnen einfach unter die Arme gegriffen und sie mitgezogen.

»Hilfe! Hilfe!«

Everleigh nahm vorsichtshalber einen tiefen Atemzug, ehe sie ihre Arme um die Taille der Frau schlang.

»Halten Sie sich fest«, stieß sie hervor. »Gleich sind Sie in Sicherheit!«

Sie bewegte fest entschlossen und kraftvoll ihre Beine, während sie die Lippen zusammenpresste, um sich vor dem Wasser zu schützen, das gegen ihr Kinn schwappte. Als das Dock nur noch wenige Meter entfernt war, geriet die Frau in Panik und begann, um sich zu schlagen. Ihr Handballen traf hart gegen Everleighs Schläfe, ihre Finger verfingen sich in ihrem Haar und krallten sich darin fest, sodass sie Everleigh unter die Oberfläche des eiskalten Wassers drückte.

Ihre Brust brannte. Dreißig Sekunden. So lange dauerte es durchschnittlich, bis es Ertrinkenden nicht mehr gelang, den Atem anzuhalten, bis der Kohlendioxid-Spiegel im Blut zu hoch wurde und sie dazu brachte, unwillkürlich nach Luft zu schnappen, sodass Wasser in die Atemwege eindrang. Bei niedrigen Temperaturen ging es sogar noch schneller.

Gerade als sie glaubte, ihre Lunge würde explodieren, legte sich ein Arm um ihre Taille und zog sie an die Oberfläche. Everleigh schnappte nach Luft, sog sie gierig ein und blinzelte sich das brackige Wasser aus den Augen.

Griffin starrte zu ihr hinunter, das Haar klebte ihm an der Stirn, und Wassertropfen perlten von seinen langen dunklen Wimpern. »Ich hab dich.«

Kapitel 4

Shirt, Jogginghose und extradicke Socken. Die Dusche ist am Ende des Flures.« Griffin drückte Everleigh ein Bündel Kleidung in die Hände und grinste schief. »Mir nach.«

»Du hättest dir nicht so eine Mühe machen müssen.« Sie zog sich die Rettungsdecke enger um die Schultern und tapste ihm barfuß und mit immer noch klammer Haut hinterher. »Ich wäre schon klargekommen, wirklich.«

»Du wärst fast ertrunken, Everleigh.« Er blickte sich über die Schulter zu ihr um. »Es war ziemlich ernst.«

Sein Haus war wunderschön – eine umgebaute Spitzdach-Hütte im Wald nahe des Olympic National Park, abgeschieden, jedoch immer noch zwanzig Minuten näher am Ortszentrum als das Haus ihrer Großmutter. Es wirkte wie das Baumhaus ihrer Träume, gestrichen in unterschiedlichen Grüntönen – laubgrün, tannengrün, basilikumgrün und farngrün –, und die vom Boden bis zur Decke reichenden Fenster an der hinteren Seite erweckten das Gefühl, man befände sich draußen in der Natur.

So sehr sie die Stadt und alles, was sie zu bieten hatte, auch liebte, das hier war die Art von Haus, von dem sie immer geträumt hatte. Ein Zuhause an einem Ort, der nicht so klein war, dass ständig alle wussten, was man so trieb, aber überschaubar genug, um ein richtiges Gemeinschaftsgefühl hervorzurufen. Es war ein Ort, an dem sie sich gut vorstellen konnte, sesshaft zu werden und eine Familie zu gründen. Sollte sie jemals so großes Glück haben.

Griffin blieb vor der letzten Tür auf der linken Seite stehen. »In der Dusche solltest du alles finden, was du brauchst, und die Handtücher sind alle sauber.«

»Danke.« Sie hob das Bündel weicher Kleidung in die Höhe, das er ihr gegeben hatte und das genau wie er nach frischer Wäsche und Pfefferminz roch. »Ich beeile mich.«

»Lass dir ruhig Zeit.« Sein Blick huschte kurz zu ihren Lippen und wieder zu ihren Augen. »Ich mache das Gästezimmer für dich fertig.«

Nachdem er die Badezimmertür zugezogen hatte, sackte Everleigh in sich zusammen, stützte sich mit den Ellenbogen am Waschbeckenrand ab und ließ ihren Kopf in den Händen ruhen. Die Rettungsdecke, mit einem Mal vergessen, rutschte ihr von den Schultern und landete auf dem Boden.

Verdammt.

Unfälle passierten ständig. Aber für einen von ihnen beiden hätte der Abend im Krankenhaus enden können oder schlimmer, und was hätte sie dann getan? Sich im Bett verkrochen und damit getröstet, dass sie sich zumindest davor geschützt hatte, verletzt zu werden?

Scheiß auf Gefühle und Ängste, scheiß auf alles … Everleigh öffnete die Badezimmertür und …

Griffin stand direkt davor auf der Schwelle, die Hände am Türrahmen abgestützt, ließ den Kopf hängen und sah genauso erschöpft aus, wie sie sich fühlte. Sein Blick zuckte nach oben und begegnete ihrem. »Sorry. Ich wollte gerade …«

»Es war ein Date«, platzte es aus ihr heraus.

Er runzelte die Stirn. »Wie bitte?«

»Ich hab es *derart* satt«, sie streckte den Arm aus und griff ihn am Shirt, »so zu tun, als wäre es nicht das, was ich will.«

»Everleigh.« Sein Kiefer spannte sich an. »Was willst du damit sagen?«

Sie lachte. »Ist das nicht offensichtlich?«

Er schüttelte den Kopf. »Du musst verdammt nochmal Klartext mit mir sprechen.«

Das Wort *verdammt* rollte ihm über die Zunge und ließ einen heißen Blitz durch ihren Körper schießen. »Was ich damit sagen will, ist, dass du mich auf der Stelle küssen musst, sonst werde ich …«

Griffins Mund traf auf ihren, bevor sie ihren Satz beenden konnte.

In seinem Kuss lag nichts Unschuldiges oder Langsames. Seine Zunge drang in ihren Mund ein, fuhr über ihre Zähne, kostete sie, nahm sich, was er wollte, und raubte ihr den Atem. Als er sich zurückzog und dabei in ihre Unterlippe biss, begann sie zu zittern, und ihr entfuhr ein leises Seufzen.

»Verdammt, Everleigh«, fluchte er und hob die Hände, um sie an den Armen zu packen. »Du bringst mich um den Verstand, weißt du das?«

»Ich?« sie lachte an seinem Mund. »Ich soll dich wahnsinnig machen? Du bist doch derjenige, der ständig in dieser viel zu engen Uniform rumläuft.« Eine Uniform, die sich auf eine Art an seinen Bizeps schmiegte, die man fast als pornographisch bezeichnen konnte.

Er lachte und trat so nahe an sie heran, dass sich seine Erektion an ihre Hüfte drückte. »Gerade trage ich meine Uniform nicht.«

»Nein.« Sie knabberte an seiner Lippe, so wie er es bei ihr getan hatte, was ihr ein Keuchen einbrachte. »Aber du hast trotzdem viel zu viel an.«

»Das Gleiche könnte ich von dir behaupten.« Mit einem Knurren ließ er eine Hand über ihre Schulter und an ihrem Arm hinabgleiten, wurde langsamer, als er an ihrer Armbeuge angelangt war, und hielt inne, um mit dem Daumen über den rasenden Puls an ihrem Handgelenk zu streichen. Dann beugte er sich leicht vor, fuhr über ihre Taille und erreichte den Saum ihres nassen Kleides. Er ließ seine Finger unter den Stoff wandern und fuhr an der Innenseite ihres Knies hinauf. Seine Fingerkuppen waren rau und warm an ihrem Oberschenkel. Schließlich legte er eine Hand auf den Stoff ihres Slips und übte leichten Druck auf ihren Venushügel aus. »Du bist längst feucht für mich, was?«

Ihr Gesicht brannte, als sie nickte. »Mhmm.«

»Fuck.« Er lachte leise und spähte über ihre Schulter ins Bad, wobei sein lodernder Blick leicht zögerlich wurde. »Wenn ich ehrlich bin … Ich hatte noch nie Sex in der Dusche. Und wenn man bedenkt, dass du das Unglück förmlich anziehst und ich keine Lust habe, noch einmal den Notruf zu verständigen, wäre es vielleicht besser …«

Sie legte die Hände an seine Wangen und drückte ihre Lippen auf seine, damit sich kein allzu albernes Grinsen auf ihrem Gesicht breitmachen konnte. »Bett«, murmelte sie an seinem Mund.

»Bett klingt gut.« Seine Hände glitten hinunter zu ihrem Hintern und umfassten ihn, sodass sich seine Finger in ihre Haut gruben, als er sie hochhob.

Sie schlang die Beine um seine Hüften und sog leise die Luft ein, als er sich an sie drückte und sie ihn durch den dünnen Stoff ihres Slips spüren konnte.

Griffin taumelte den Flur entlang, versuchte, sich einen Weg ins Schlafzimmer zu bahnen, während er an ihrem Hals knabberte. Als seine Zähne eine besonders sensible Stelle direkt unter ihrem Ohr trafen und sie die Beine anspannte, zog sie ihn unwillkürlich enger an sich, und ihm entfuhr ein Stöhnen.

Nachdem er die Hälfte der Treppe mit ihr in den Armen zurückgelegt hatte, schnaufte er und setzte sie auf einer Stufe ab. »Scheiß drauf.« Er ging ein paar Stufen unter ihr auf die Knie, griff unter ihr Kleid, verhakte die Finger im Bund ihres Slips und zog ihn ihr die Oberschenkel herunter.

Er landete irgendwo hinter ihr und war längst vergessen, als Griffin den Kopf unter ihr Kleid schob und mit der flachen Zunge zwischen ihren Beinen entlangglitt, wobei er leise an ihrer Haut stöhnte.

»O mein Gott.« Ihre Hände zuckten und umklammerten die Kante der Stufe so fest, dass sich ihre Fingernägel in das dunkle Holz gruben. Mit der Zungenspitze leckte er fest und schnell über ihre Klitoris, ehe er seine Lippen darum legte und saugte.

Ein Schauer durchlief sie, ihr Bauch spannte sich an, und ihre Muskeln zuckten. *»Fuck.«*

Und dann wurde ein Feuer in ihren Adern entfacht, als er mit der Hand an ihrem Oberschenkel hinauffuhr und mit zwei Fingern in sie eindrang. Er krümmte sie genau an der Stelle, die sie selbst nie bequem erreichen konnte, und noch dazu waren seine Finger länger und dicker als ihre, und er wusste genau, was er – *Fuck* – damit tun musste.

Ganz unten an ihrer Wirbelsäule setzte ein Prickeln ein, das sich von dort ausbreitete.

»Oh.« Als sie kam, bebten ihre Muskeln, und der Lustrausch raubte ihr den Atem, bis schwarze Punkte vor ihren Augen tanzten.

Griffin zog seine Finger aus ihr zurück, hob den Blick und leckte sich die geschwollenen roten Lippen. »Hat dir das gefallen?«

Sie schüttelte den Kopf, um wieder einen halbwegs klaren Gedanken fassen zu können, und blinzelte. »Mhmm«, machte sie nur, da es ihr die Sprache verschlagen hatte.

Auf seine Lippen legte sich ein selbstgefälliges Schmunzeln, bei dessen Anblick es erneut zwischen ihren Beinen zuckte. »Gut. Auch wenn ich nichts dagegen hätte, noch ein bisschen weiter zu üben, denn … Verdammt, Trouble, du schmeckst unglaublich.«

Als wollte er seine Worte untermauern, hob Griffin die Hand und schob sich die Finger in den Mund, um sie abzulecken.

Everleigh verzog das Gesicht, weil ihr plötzlich auffiel, dass sich die scharfe Kante der Stufe hinter ihr in ihren Rücken grub. Dass es ihr erst jetzt bewusst wurde, zeigte, wie grandios es Griffin gelungen war, sie mit seinem Mund abzulenken. »Vielleicht sollten wir im Bett weitermachen?«

Griffin ließ den Kopf nach vorn fallen und lachte. »Sorry. Ich war wohl ein bisschen zu gierig.«

Auf der Liste der Dinge, für die er sich entschuldigen musste, stand das definitiv an letzter Stelle.

Bevor sie auch nur daran denken konnte aufzustehen, hob Griffin sie hoch, als würde es ihn nicht die geringste Mühe kosten – einen Unterarm in ihren Kniekehlen und den anderen hinter ihrem Rücken –, genau wie an jenem ersten schicksalhaften Abend in ihrer Küche.

Sobald sie sein Schlafzimmer erreicht hatten, stellte er sie auf die Füße, trat einen Schritt zurück und stieß die Luft aus. »So.«

Sie biss sich von innen in die Wange, zog sich das Kleid über den Kopf und warf es neben sich auf den Boden.

Griffin starrte sie mit offenem Mund an. »Heilige Scheiße«, fluchte er, griff in den Ausschnitt seines Hoodies und zog ihn sich aus, wobei seine Armmuskeln zuckten. Er war … *Gott*, es sollte verboten sein, so gut auszusehen.

Breite Schultern prangten über in einer ebenso breiten und durchtrainierten Brust, die nach unten hin schmaler wurde und in definierte Hüften überging. Von seinem Bauchnabel zog sich eine dunkle Linie aus Haaren nach unten und verschwand in seiner Jeans, die sie ihm am liebsten schon gestern vom Leib gerissen hätte.

»Runter damit«, forderte sie. »Zieh die Hose aus.«

Griffin hielt ihrem Blick stand, als er den Knopf seiner Jeans und schließlich den Reißverschluss öffnete. Seine Daumen waren bereits im Hosenbund verschwunden, als er innehielt und lächelte. »Ungeduldig?«

»Nein, nur kurz davor, ohne dich anzufangen.«

Er schüttelte den Kopf, schob sich die Jeans runter und ließ seine Boxershorts folgen. Als er aus dem Klamottenhaufen herausgetreten war, machte er einen Schritt auf sie zu, wobei sein Schwanz, an dessen Spitze bereits ein wenig Flüssigkeit zu sehen war, vor seinem Körper auf und ab hüpfte.

Everleigh merkte erst, dass sie sich die Lippen geleckt hatte, als Griffin ein Keuchen ausstieß, die Hände an ihre Hüften legte und sie zu sich zog, sodass sich sein Schwanz schwer und heiß an ihren Bauch drückte und eine nasse Stelle auf ihrer Haut hinterließ. »Bist du dir sicher?«

Sie umfasste seine Schultern und drückte die Lippen auf seine. Noch immer konnte sie ihren eigenen würzig-süßen Geschmack an ihm wahrnehmen. Sie ließ die Zunge über seine Unterlippe gleiten, zog sich jedoch zurück, bevor er den Kuss vertiefen konnte. »Ja.«

Griffin streckte einen Arm aus, griff in die oberste Schublade seines Nachtschranks und holte ein Kondom hervor. Ehe er die Folie aufreißen konnte und Everleigh überhaupt bewusst war, was sie tat, legte sie ihre Finger auf seine Hand, um ihn aufzuhalten.

Mit fragendem Blick und gerunzelter Stirn sah er sie an.

Obwohl sie spürte, dass ihre Wangen heiß wurden, widerstand sie dem Drang, den Blick abzuwenden, und zuckte stattdessen mit den Schultern. »Ich hab die Spirale, und ich war, du weißt schon, mit niemandem zusammen, seit ich mich das letzte Mal habe testen lassen. Ich hab die Ergebnisse auf meinem Handy, wenn du sie sehen willst. Falls du also …«

»Ich wurde letzten Monat durchgecheckt«, erwiderte er und schluckte so schwer, dass sein Adamsapfel hüpfte. »Alle

Ergebnisse waren negativ. Ich kann sie dir zeigen, wenn du …«

Sie schüttelte den Kopf. »Ich vertraue dir.«

Griffin stieß zittrig die Luft aus, wobei seine Augenlider flatterten, als würde er langsam die Selbstbeherrschung verlieren. Er warf das Kondom zur Seite und umfasste wieder ihre Hüften, wobei sich seine Finger in ihren Hintern gruben. »Willst du, dass ich dich wund vögele? Willst du, dass ich in dir komme?«

Everleigh erschauderte, und ein winziges Wimmern bahnte sich seinen Weg in ihrer Kehle hinauf. *»Griffin.«*

Als er lachte, vibrierte der Klang in ihrem Körper und sorgte dafür, dass sich Hitze zwischen ihren Beinen sammelte. »Komm schon, Everleigh.« Er beugte sich vor, fuhr mit seiner stoppeligen Wange über ihre und streifte ihr Ohr mit seinen Lippen. »Willst du es? Dann sprich es aus. Ich muss von dir hören, dass du es willst.«

Sie presste ihre Oberschenkel zusammen und krallte sich an seinen Schultern fest, denn mit einem Mal wurde ihr schwindelig vor Lust, und ihr Gesicht brannte heißer als jemals zuvor.

Sie hatte noch nie Sex ohne Kondom gehabt, aber sie war sich sicher. »Ich will es«, hauchte sie. »Ich will dich spüren.«

Er ächzte leise und drehte seinen Kopf so, dass seine Lippen ihre Wange streiften. »Geh für mich auf alle viere, Baby. Bitte.«

Griffins Bett war weich, und der dunkelgrüne Überwurf fühlte sich plüschig an unter ihren Handflächen, als sie sich bereitwillig auf alle viere begab.

Er hatte ihr nicht verboten zuzuschauen, also spähte sie über die Schulter und beobachtete, wie er auf sie zu kroch. Als er bei ihr angekommen war, schmiegte er sich an ihren Rücken, schlang die Arme um sie und überwand den Abstand zwischen ihren Lippen, um sie wieder küssen zu können.

Sein Mund war noch immer auf ihrem, seine Zähne noch immer an ihrer Unterlippe, als er mit einem schnellen Stoß in sie eindrang. Sie unterbrach den Kuss, als ihr Kopf nach vorn fiel und sie leise stöhnte.

Er fühlte sich riesig an, und obwohl es wahrscheinlich an der Position lag, hatte sie den Eindruck, er würde alles in ihr berühren.

Irgendwie gelang es ihm, noch tiefer einzudringen, als er sein Gewicht verlagerte und sich links und rechts von ihrem Körper mit den Armen abstützte, die Lippen auf ihren Nacken gepresst. »Du fühlst dich so verdammt gut an.«

Dann zog er seine Hüften so weit zurück, dass nur noch seine Spitze in ihr war, um heftig wieder in sie zu stoßen. »Verdammt, Everleigh. Wie kannst du nur so perfekt sein?«

Sie schloss die Augen und seufzte. Sein Atem traf warm auf ihren Nacken, und seine Lippen waren heiß, als er an ihrer Haut saugte. Er würde mit Sicherheit einen Bluterguss hinterlassen, auf den sie ihre Finger pressen könnte, während sie an diesen Moment zurückdachte.

»Bitte«, stieß sie hervor, bebend vor Verlangen. Es war … Verdammt, es war so gut, aber der Rhythmus, mit dem er sich in ihr bewegte, war viel zu langsam.

»Was, bitte?« Mit der Zunge beschrieb er einen Pfad an ihrem Hals hinauf und zog ihr Ohrläppchen zwischen die

Zähne. »Sag es mir. Sag mir, was du willst, und ich werde alles tun, versprochen.«

»Härter.« Sie wimmerte, als er ihrer Bitte unverzüglich nachkam.

»So?« Sein abgehackter Atem traf feucht und heiß auf ihr Ohr, während sein Schwanz Stellen in ihr berührte, die sie noch nie zuvor gespürt hatte.

»Ja«, stieß sie aus. »Hör nicht auf. Bitte hör nicht auf.«

»Niemals.« Es klang wie ein Versprechen.

Ihre Augen fielen zu, ihr Mund war leicht geöffnet, und angestrengte, lustvolle Laute entfuhren ihr. Zum Glück waren die nächsten Nachbarn kilometerweit entfernt, dachte sie. Sie konnte gerade auf gar keinen Fall leise sein, egal, wie sehr sie es versucht hätte.

»Ich habe so oft hieran gedacht«, gestand er an ihrem Hals. »Ich habe mir ausgemalt, mein Gesicht zwischen deinen Schenkeln zu vergraben und dich zu lecken, bis du meinen Namen schreist. Ich habe mir ausgemalt, wie ich in dich eindringe und dich so hart ficke, dass deine Knie weich werden und du … und du mein Bett nicht mehr verlassen kannst. Nicht mehr verlassen *willst*.« Er schnaufte leise. »Verflucht, Everleigh. Ich habe mir vorgestellt, wie ich in dir komme und es dir anschließend die Oberschenkel hinunterläuft. Du treibst mich in den Wahnsinn. Gott, ich bin einfach …«

Mit einem Arm umfasste er ihre Taille und zog sie auf seinen Schoß, ohne aus ihr herauszugleiten. Von hinten legte er sanft eine Hand um ihren Hals und zog ihren Mund an seinen heran. Als sie sich vollkommen in dem Gefühl verloren hatte, seine Lippen auf ihren zu spüren, begann er erneut, sich in ihr zu bewegen, diesmal langsamer, aber genauso hart, was das Gefühl noch intensiver machte.

Ihre Beine begannen zu zittern, und es hatte rein gar nichts mit der Tatsache zu tun, dass sie kniete, sondern nur damit, dass er sie auseinandernahm – mit seinem Schwanz und seinen Worten, seinen unglaublich schmutzigen Worten, die er hoffentlich wahrmachen würde.

»Kommst du für mich, Baby?« Mit dem Daumen strich er über ihre zitternde Unterlippe. »Komm schon, du kannst es.«

Verdammt. Ihr Bauch spannte sich an, das Band in ihr war zum Zerreißen gespannt, und sie fühlte sich, als würde sie jeden Moment zerbersten. *»Griffin.«*

Ein Grollen vibrierte in seiner Brust, als er die Lippen fest auf ihre presste und ihren Schrei dämpfte, als sie explodierte. Ihre Zehen krallten sich so fest in die Laken, dass es wehtat, und ihre Muskeln verspannten und entspannten sich rhythmisch.

Mit einem Laut, der einem Knurren glich, packte Griffin ihre Hüften und hob sie von seinem Schwanz, ehe er sie mehrmals hintereinander schnell und hart runterdrückte und schließlich leise an ihrer Schulter stöhnte.

Nichts war zu hören, außer ihrer schnellen Atmung. Everleigh verzog angesichts des Ziehens in ihren Oberschenkeln das Gesicht. Als sie sich von seinem Schoß erhob und sein Schwanz aus ihr herausrutschte, ergoss sich etwas über ihre Schenkel, was sie erschaudern ließ. Mit einem zittrigen Seufzen sank sie auf die Matratze. »O mein Gott.«

Griffin lachte und rieb sich den Kiefer. »Das war … Wow.«

Sie bedeckte das Gesicht mit den Händen. »Das war es tatsächlich.«

Die Matratze bewegte sich, als er sich neben sie legte. Einen Moment später ließ er eine Hand zwischen ihre Beine gleiten und fuhr der Länge nach ihre Vulva nach. Mit einem zufriedenen Laut schob er seine Finger und damit sein Sperma wieder in sie hinein, was Everleigh trotz ihrer Erschöpfung dazu brachte, die Beine ein wenig weiter zu spreizen.

»Also.« Griffins Wangen waren gerötet, seine blauen Augen funkelten, aber die Art, wie er den Mund verzog, während er mit nassen Fingern Muster auf der Innenseite ihrer Oberschenkel beschrieb, zeugte von Nervosität. »Musst du wirklich Ende des Monats weg?«

Everleigh lächelte sanft, als Schmetterlinge in ihrem Bauch tanzten und ihr Herz erneut zu hämmern begann. »Weißt du, ich hab mir überlegt, dass ich vielleicht doch hierbleibe.«

Dank

Ein besonders großes Dankeschön an Lauren Plude, die mich gebeten hat, bei diesem Traumprojekt mit an Bord zu sein, und mir die Möglichkeit gegeben hat, endlich die Feuerwehr-Romance zu schreiben, die mir schon seit Langem im Kopf herumspukte.

Ein riesiges Dankeschön an Lindsey Faber, Karen Brown, Heather Rodino, Hang Le und alle anderen bei Amazon, die mir geholfen haben, diese Sammlung zum Leben zu erwecken. Sarah Younger, du bist die beste Agentin, die ich mir wünschen könnte, und ich bin so unfassbar dankbar dafür, dich an meiner Seite zu haben.

Mein allergrößter Dank geht an meine wundervolle Mutter, die immer, immer an mich geglaubt hat, und an Millie und Boon, die mir mehr Freude schenken, als ich je für möglich gehalten habe.

ALEXIS DARIA

Only Santas in the Building

Je heißer der Nachbar,
desto schöner das Geschenk

Für alle, die während der Feiertage einen geliebten Menschen vermissen

Kapitel 1

Eine makellose weiße Schneeflocke hängt an einer Schlaufe aus leuchtend roter Kordel an meinem Türknauf.

Nachdem ich gerade in meinem Daunenmantel und mit einer Stofftasche vollgestopft mit Snacks, die mich bis zu meiner Deadline durchalten lassen sollen, bis in den dritten Stock meiner Wohnung auf der Upper East Side hinaufgestapft bin, bin ich in Schweiß gebadet. Ein kurzer Blick auf die anderen drei Wohnungstüren auf meiner Etage verrät mir, dass bei meinen Nachbarn nichts am Türknauf baumelt.

Bei näherer Betrachtung stellt sich heraus, dass es sich bei der Schneeflocke um eine der von Hand ausgeschnittenen Versionen handelt, die Kinder in der Schule basteln, indem sie ein Blatt Papier in Dreiecke falten, in dessen Seiten sie anschließend verschiedene Formen hineinschneiden. Die Schneeflocke ist aus festem Karton, und die Schnitte sind sauber und präzise gesetzt.

Die einzigen Kinder in unserem Haus leben in 4D. Es

ist Mitte Dezember, und ich kann mir sehr gut vorstellen, dass ihre Mutter, Mrs. Kim, mittlerweile in Papierschneeflocken erstickt und beschlossen hat, ihren Reichtum mit mir zu teilen.

Mit einem Lächeln auf den Lippen schließe ich die Tür auf und nehme die Schneeflocke mit in meine Wohnung.

Ich habe einen Weihnachtsbaum, der nicht mehr ist als das: ein Baum. Er ist klein und sieht aus, als wäre er von Charlie Brown gepflanzt worden. Außerdem fehlt es ihm an jeglicher Deko, genau wie dem Rest meiner Wohnung. Ich hänge meine Schneeflocke an einen Zweig, bevor ich den Mantel ausziehe und meine Snack-Beute auspacke: Salz- und Essigchips, rote und grüne Hershey's Kisses aus Schokolade, geröstete Cashews und ein riesiges Honigglas, bei dessen Anblick Pu der Bär vor Neid erblassen würde. Wenn eine Deadline naht, habe ich ganz bestimmte Gelüste, und solange ich Snacks zur Hand habe, sinkt die Wahrscheinlichkeit, dass ich mir einen ganzen Kuchen nach Hause bestelle, sobald mein Stresspegel in die Höhe schießt, erheblich. Außerdem trinke ich Tee, als würde ich Sauerstoff inhalieren – daher das Honigglas im Jumbo-Format.

Ich reiße die Tüte mit den Kisses auf, nehme eine Handvoll heraus und kehre damit an meinen Schreibtisch zurück, wo die restlichen Seiten von *Starsong #24* auf mich warten.

❄

Am nächsten Tag hängt ein Origami-Kranich an meinem Türknauf. Ich entdecke ihn, als ich meine Wohnung verlasse, um in den Briefkasten zu schauen. Der Kranich ist aus schwerem rot-gold gestreiftem Geschenkpapier gefertigt und passt in meine Handfläche. Die Kanten sind messerscharf gefaltet, und der Kopf des Kranichs ist in einem kecken Winkel geneigt. Wieder hängt er an einer Schlaufe aus roter Kordel.

Ich hole meine Post und nehme den Kranich auf dem Rückweg mit in meine Wohnung, wo er der Schneeflocke am Tannenbaum Gesellschaft leistet. Und schon wirkt mein Apartment ein wenig festlicher.

Nicht, dass es per se trist wäre. Die Wände sind in typischem Mietwohnungsweiß gehalten, und meine kompakten Möbel sind cremefarben mit beigefarbenen Akzenten. Es ist nur so, dass ich erst vor drei Monaten eingezogen bin und die meisten meiner Sachen – einschließlich der Weihnachtsdekoration – noch eingelagert sind. Ich habe es geschafft, das Cover von *Starsong #10* einzurahmen, das einen Flashback zeigt, in dem die Superheldin mit den rosa Haaren und dem lavendelfarbenen Teint über ihre Heimatwelt fliegt, bevor sie durch ein Portal geschleudert wird und eine Bruchlandung auf der Erde hinlegt. Außerdem besitze ich genau eine Pflanze, ein Einweihungsgeschenk von meiner Schwester April. Ein Gummibaum, der ihrer Aussage nach nur sehr schwer umzubringen ist. Die sonstige Dekoration in meinem Wohnzimmer besteht aus einem Stapel an meinen Vormieter adressierter Werbesendungen, leeren Snackverpackungen und leeren Teetassen.

Sagt nichts. Ich habe eine Deadline, und schließlich ist es nicht so, als wäre außer mir jemand hier, der sich an dem Chaos stören könnte. Und Starsong, die mit der buchstäblichen und metaphorischen Kraft ihrer Stimme jegliches

Hindernis überwinden kann, ist leider nicht hier, um mir einen ihrer kämpferischen Peptalks zu halten.

Den Kopf voller Ideen für Detailansichten, die ich gleich zeichnen werde, fülle ich eine Schüssel mit Cashewnüssen und meinen riesigen Becher mit Leitungswasser und mache mich wieder an die Arbeit.

Am dritten Tag hängt eine weitere rote Kordel an meinem Türknauf, diesmal mit einer runden Holzscheibe, die mit den Silhouetten grüner Tannen vor einem dunklen verschneiten Himmel bemalt ist.

Ich werfe einen Blick auf die Rückseite des kleinen Kunstwerks, um zu sehen, ob dort etwas geschrieben steht, aber sie ist leer. Ich hatte angenommen, dass alle Bewohner im Haus Baumschmuck an ihrer Tür vorfinden, aber das bemalte Holzstück erfordert sicherlich einiges an Zeit und Geschick, und ich kann mir nicht vorstellen, dass die Kinder aus 4D – beide unter zehn – *so* bastelbegeistert sind. Andererseits haben mir die Leute auch schon als Kind Komplimente für meine Zeichenkünste gemacht. Es ist also nicht ausgeschlossen, dass eines der beiden Geschwister besonders begabt ist. Oder ein Elternteil hat nachgeholfen. Oder die kleinen Geschenke kommen gar nicht von ihnen. Ich habe Mr. und Mrs. Kim in den letzten Tagen nicht gesehen, konnte sie also nicht fragen.

Egal. Ich habe keine Zeit, mir darüber Gedanken zu machen. Meine Deadline ist in zwei Tagen, und die schaffe ich nur, wenn ich jede wache Stunde arbeite. Ich sitze gerade an einer Kampfszene, dem Höhepunkt von Starsongs Bemühungen, Teil einer Gemeinschaft zu werden.

Ich nehme das Holzbildchen mit in die Wohnung, da es unhöflich wäre, es nicht zu tun. Außerdem ist es hübsch. Drinnen hänge ich den Schmuck zu den anderen Anhängern an den Baum, dann kehre ich an meinen Schreibtisch zurück, von dem mir die leeren runden Augen eines Dutzends Funko Pops entgegenstarren. Die kleinen Sammelfiguren gehören zu den wenigen Dingen, die ich bereits ausgepackt habe, und sind meine einzige Gesellschaft. Sie erinnern mich an die Porzellan-Figuren, die das Wohnzimmer meiner Großmutter bevölkert haben – ein Gedanke, der sowohl tröstlich als auch ein wenig beunruhigend ist. Ich schüttele ihn ab, ziehe meine Handgelenkstütze fest und konzentriere mich darauf, eine komplizierte Action-Pose nach der anderen zu skizzieren.

Am vierten Tag erwartet mich ein gehäkelter weißer Stern an einer weiteren roten Kordel. Eigentlich sollte ich keine Zeit damit verschwenden, auch nur einen Fuß vor die Tür zu setzen, aber ich habe keine Hafermilch mehr, und die brauche ich für meinen Tee. Dringend.

Meine Schultern entspannen sich, als ich das kleine Kunstwerk in die Hand nehme. Jetzt weiß ich, von wem der Baumschmuck kommt.

Mrs. Greene in 2C war früher Kostümbildnerin. Natürlich kann sie nähen, aber darüber hinaus strickt und stickt sie und vieles mehr. Es gibt kein Handwerk, das mit Stoff oder Garn oder Wolle zu tun hat, das sie nicht beherrschen würde. Ihre Wohnung gleicht einem Museum: voll mit Kostümen und Requisiten aus Filmen und Broadway-Shows, für die sie gearbeitet hat. Ich liebe es, den Geschichten zu lauschen, die sie zu jedem einzelnen Stück erzählt. Wenn sie verreist, um ihre Enkelkinder zu besuchen, kümmere ich mich um ihre beiden Katzen. Und obwohl Mrs. Greene keine alte Frau aus Puerto Rico ist, erinnern mich ihr wissendes Lächeln und ihre Vorliebe, mir etwas selbst Gekochtes vorbeizubringen, an meine eigene Großmutter, die im vergangenen Sommer gestorben ist und eine Lücke hinterlassen hat, die nie gefüllt werden wird.

Meine Deadline ist eigentlich heute, aber ich muss noch eine Seite fertigstellen: das Ende, das Starsong umgeben von ihrer Wahlfamilie in ihrem neuen Zuhause auf der Erde zeigt. Ich möchte, dass diese Seite emotionale Wucht entfaltet, weswegen ich geplant habe, die ganze Nacht daran zu arbeiten, bevor morgen die ersten Leute ins Büro kommen. Wenn ich anschließend wieder etwas Platz im Kopf für andere Dinge habe, werde ich mir etwas Nettes einfallen lassen, um mich bei Mrs. Greene zu bedanken.

Am nächsten Morgen reiche ich um Punkt acht Uhr die letzten Seiten ein, und ich muss sagen, dass ich stolz auf mich bin. Ich bin für meinen niedlichen Stil in Verbindung mit detaillierten Anatomiedarstellungen bekannt, und bei diesem Projekt habe ich mich wirklich ins Zeug gelegt.

Nachdem ich noch das Frodo-»It's done«-GIF in unseren *Chismosas in Comics*-Gruppenchat geschickt habe, dusche ich, wasche meine fettigen Haare und falle ins Bett, um die nächsten fünf Stunden tief und fest zu schlafen.

Als ich aufwache, habe ich Dutzende neue Nachrichten erhalten, die in verschiedenen Varianten »Herzlichen Glückwunsch, Evie!« zum Ausdruck bringen.

Ich schleppe mich aus dem Bett und mache mir eine Tasse Tee. Mein Kühlschrank ist fast leer, und da Goldfish-Cracker nicht als Mahlzeit zählen, bestelle ich beim Thailänder um die Ecke, der ein tolles Mittagsangebot hat.

Nachdem ich mich in Mantel, Mütze und Schal eingemummelt habe, gehe ich los, um mein Essen abzuholen. Das geht schneller, als wenn ich es mir liefern lasse, und ich kann definitiv etwas frische Luft gebrauchen.

Als ich im Treppenhaus um die Ecke biege, verkündet mein Handy mit einem Vibrieren den Eingang einer vermutlich weiteren Glückwunsch-Nachricht. Ich werfe einen Blick auf das Display – und stoße mit einer harten Kapuzenpulli-bekleideten Brust zusammen. Eine große Hand greift nach meinem Ellenbogen, eine andere umschließt meine Taille, und im nächsten Moment blicke ich in Augen, die die Farbe von heißer Schokolade haben.

Theo Winters.

Mein Nachbar von oben.

Und das Objekt meiner nächtlichen Fantasien.

Kapitel 2

Die Hand an meiner Taille lässt einen erwartungsvollen Schauer durch meinen Körper laufen. Meine Haut kribbelt unter dem schweren Daunenmantel, und ich beginne augenblicklich zu schwitzen. Durch den Schreck des Zusammenstoßes und mein rasendes Herz brauche ich einen Moment, um meine Stimme zu finden, und als es endlich so weit ist, klingt das, was mir über die Lippen kommt, seltsam dünn: »O mein Gott! Das tut mir leid. Ich habe nicht aufgepasst.«

Im Gegensatz zu meinem Stimmchen erinnert Theos tiefer Bariton an die Beständigkeit einer alten Eiche. »Alles klar, Evie?«

»Ähm, ja. Dank dir.« Hätte er mich nicht aufgefangen, wäre ich auf dem Hintern gelandet, was diese Begegnung noch peinlicher gemacht hätte, als sie ohnehin schon ist.

Wir sind uns so nah. Und obwohl ich unglaublich froh bin, wenigstens geduscht und mir die Zähne geputzt zu haben, wünschte ich mir insgeheim, ich hätte mir außerdem die Zeit genommen, meine Haare zu bürsten, anstatt sie unter einer rosa Mütze zu verstecken, und vielleicht ein bisschen Lipgloss aufgetragen.

Theo hingegen sieht perfekt aus. Aber das tut er mit seinem dunklen gewellten Haar, den scharf geschnittenen Gesichtszügen und dem übertrieben sinnlichen Mund schließlich immer. Wenn ich ihn zeichnen würde, sähe er aus wie eine Mischung aus Maluma und Jon Snow, romantisch und rau zu gleichen Teilen. Er ist locker über eins achtzig groß und ziemlich breit gebaut. Wenn er grinst, kommen seine markanten Eckzähne zum Vorschein, die ein wenig an Reißzähne erinnern. Ein Detail, das mir aufgrund meiner Vampir-Obsession in der Highschool-Zeit nicht entgeht und das ich definitiv zu würdigen weiß.

Ich hätte absolut nichts dagegen einzuwenden, mich von ihm beißen zu lassen. Nicht auf die vampirische, sondern auf die sexy Art.

Damit wäre es offiziell. Ich bin Mr. 4A verfallen. Und zwar hoffnungslos.

Doch dann fällt mir unsere letzte Begegnung vor einer Woche ein, und mir wird schlecht. Ich war bereits im Deadline-Stress, und als es an meiner Wohnungstür klopfte, erwartete ich, dass es Bernard, der Hausmeister, war, weswegen ich öffnete, ohne durch den Spion zu schauen.

Anfängerfehler. Anstelle von Bernard stand Theo in all seiner rauen Pracht vor mir. Er trug Jeans, Arbeitsstiefel und ein olivgrünes Henley, das seine braunen Augen an geschmolzene Milchschokolade erinnern ließ. Ich hingegen steckte in einem alten Oskar-aus-der-Mülltonne-T-Shirt und einer ausgebeulten Jogginghose. Meine ungewaschenen Haare waren zu einem unordentlichen Dutt gebunden, der zugegebenermaßen mehr Chaos als Frisur darstellte, und mein Pony brauchte dringend einen frischen Schnitt. Ich hatte mein Gesicht nicht gewaschen, geschweige denn Haare gekämmt oder Zähne geputzt, und natürlich hatte ich gerade eine ganze Tüte Salz- und Essigchips vertilgt.

Vermutlich schnappte ich bei Theos Anblick geräuschvoll nach Luft oder stieß ein jämmerliches Quieken aus oder tat etwas ähnlich Furchtbares, um dann damit herauszuplatzen: »Ich dachte, du bist der Hausmeister.«

Seine dunklen Augenbrauen hoben sich. »Hattest du ihn erwartet?«

Ich versuchte erfolglos, die längeren Teile meines Ponys hinter die Ohren zu streichen, als ob das irgendetwas an meinem Gesamterscheinungsbild ändern würde.

»Ähm, ja, die Lampe im Flur ist kaputt. Ich habe eine Trittleiter, aber ich komme trotzdem nicht ran. Bernard meinte, er würde heute vorbeikommen, um sie auszutauschen.«

»Das kann ich machen, wenn du willst. Aber eigentlich bin ich hier, um mir deine Küche anzuschauen. Ich glaube, eines meiner Rohre ist undicht, und ich wollte sichergehen, dass es keinen Wasserschaden gibt. Was dagegen, wenn ich kurz nachsehe?«

Ich hatte was dagegen, denn sehr viel lieber wäre es mir gewesen, wenn er wiedergekommen wäre, nachdem ich Zähne geputzt und – ich weiß auch nicht – ein komplettes Make-over bei Sephora in Anspruch genommen hatte. Aber aus Höflichkeit, Schlafmangel und wegen diesem verdammt hartnäckigen Crush für ihn öffnete ich dennoch die Tür und sagte: »Klar. Komm rein.«

Als er an mir vorbeiging, hätte ich fast gewimmert. Er roch frisch und holzig nach Minze und Zeder. Eine Aromatherapie-Mischung, die offensichtlich speziell dafür entwickelt wurde, meine Libido anzuregen.

Seine Wohnung liegt direkt über meiner und hat einen identischen Grundriss. Bad und Schlafzimmer gehen rechts von einem schmalen Flur ab, der geradeaus in einen Küche-Essen-Wohnbereich führt.

Theo blieb vor dem Waschbecken stehen und krempelte die Ärmel hoch, worauf eine ganze Reihe Tattoos zum Vorschein kam. Dann öffnete er die Türen des Unterschranks, ging in die Hocke und spähte mit einer an seinem Schlüsselbund befestigten Taschenlampe hinein. Es lag mir gerade auf der Zunge, ihn nach seinen Tattoos zu fragen, als ich bemerkte, dass mein Spülbecken bis zum Rand mit schmutzigem Geschirr und Take-away-Verpackungen gefüllt war.

Habe ich schon erwähnt, dass ich eine Deadline hatte? Und dass es seit dem Tod meiner Großmutter niemanden mehr gibt, für den ich aufräumen muss?

Ich wollte mich gerade für den schlampigen Zustand meiner Wohnung – und meiner eigenen Erscheinung – entschuldigen, als Theo sich zu seiner vollen Größe aufrichtete und ich mich fast an meiner Zunge verschluckte.

Theo ist ein großer Kerl, und obwohl ich bei seinem Anblick jedes Mal, wenn ich ihm im Hausflur oder in der Nachbarschaft begegne, einen trockenen Mund bekomme, wirkte er in meiner winzigen Küche noch hünenhafter. Ich konnte mich gerade so beherrschen, ihn nicht einfach zu bespringen.

»Sieht aus, als wäre alles okay«, sagte er. »Welche Glühbirne muss ausgewechselt werden?«

»Oh … äh … die da.« Ich deutete auf die Deckenleuchte im Flur.

»Okay. Und wo ist diese angebliche Trittleiter?« Sein bezauberndes Grinsen brachte mich nur noch mehr aus der Fassung.

Ich zeigte ihm die Trittleiter, die ich zwischen Kühlschrank und Wand aufbewahre.

Er klappte sie im Flur aus und kletterte hinauf. Als er nach oben griff, um die altmodische Glashalterung abzuschrauben, wurde mein Blick von dem entblößten Streifen Haut über dem Bund seiner Jeans und … ich sag's einfach: seinem *Arsch* angezogen. Ich starrte ihm auf den Hintern. Und es war mir schlicht unmöglich, damit aufzuhören. Theo füllte die Rückseite seiner Jeans mit einer faszinierend perfekten Kurve aus, und die Muskeln in seinem unteren Rücken schienen gleich einem Neonpfeil nach unten zu deuten. Mal im Ernst, wie hätte ich da *nicht* hingucken sollen?

Um ein paar Hintergrundinformationen zu liefern: Ich lernte Theo bei meinem Einzug kennen. Es waren 35 Grad, und die Umzugsfirma hatte zwei Stunden Verspätung. Meine Mutter hatte mich den ganzen Morgen über genervt, als ob das Ganze irgendwie meine Schuld wäre, und die Hitze half nicht gerade dabei, einen kühlen Kopf zu bewahren.

Ich sah gerade zu, wie zwei Typen meine cremefarbene

Couch die schmale Treppe hinaufmanövrierten, sehr darum bemüht, nicht wie Ross in der legendären *Friends*-Folge *»Drehen!«* zu brüllen, als sich auf einmal wie aus dem Nichts Theo wie der Heilige St. Treppenhaus vor mir materialisierte. Er bot sofort seine Hilfe an und kam dabei nicht einmal ins Schwitzen. Er scherzte mit den Umzugshelfern und erzählte von seinen eigenen Umzugsproblemen in dem engen Hausflur, wodurch ich erfuhr, dass er direkt über mir wohnte.

Seitdem stelle ich mir vor, wie ich bei ihm klopfe, weil mir der Zucker ausgegangen ist – *zwinker, zwinker* – und dabei eine superknappe Shorts und ein leicht durchsichtiges Top mit einem Spitzen-BH darunter trage. Es spielt keine Rolle, dass ich keinen Spitzen-BH besitze, für diesen Tagtraum finde ich auf magische Weise einen ganz hinten in meiner Unterwäscheschublade. Stattdessen trug ich mein Oskar-Shirt, das symbolisch dafür steht, dass ich jedes Mal, wenn ich ihm begegne, so verlottert aussehe, dass ich es kaum ertrage.

Meine Großmutter pflegte sich jeden Tag die Haare zu stylen und Lippenstift aufzutragen, denn *»Schließlich weiß man nie, wem man über den Weg läuft.«* Und ich weiß ganz genau, was sie in dieser Situation zu mir gesagt hätte: *»Ich hab's dir ja gesagt! – ¡Te lo dije!«*

Ich würde alles dafür geben, noch einmal ein *»Ich hab's dir ja gesagt«* von ihr zu hören zu bekommen.

Aber zurück zum eigentlichen Thema.

»Hast du eine neue Glühbirne?«, fragte Theo, und ich reichte ihm die, die ich bereits für den Hausmeister rausgelegt hatte.

Mit geschickten Handgriffen tauschte er die alte Glühbirne gegen eine LED aus, und meine Aufmerksamkeit wurde erneut auf seinen Hintern gelenkt, als er die Trittleiter hinunterstieg, sie zusammenklappte und zurück an ihren Platz stellte.

Ich räusperte mich. »Vielen Dank. Äh, dafür, dass du die Glühbirne ausgetauscht hast.«

»Mit Vergnügen. Ich helfe immer gern, Evie.« Dann warf er einen Blick auf meinen Weihnachtsbaum und lächelte.

Der Baum weckte eine weitere Erinnerung, die mich erröten ließ. Ein paar Tage zuvor hatte ich auf dem Weg vom Supermarkt nach Hause plötzlich den Drang verspürt, spontan einen Weihnachtsbaum von dem Verkäufer auf der Lexington Avenue zu erstehen. Doch obwohl es nur eine kleine Tanne war, gestaltete sich der Transport sehr viel schwieriger, als ich erwartet hatte, vor allem, weil ich gleichzeitig eine Tüte mit Lebensmitteln für eine ganze Woche schleppte. Theo kam gerade die Treppe runter, als ich mich abmühte, den Baum die Stufen hochzuzerren, und eilte mir wie beim Umzug zu Hilfe. Ehe ich mich's versah, hatte er sich den Baum über die breite Schulter geworfen und mir die schwere Einkaufstüte aus der Hand genommen.

Tage später war mein Baum noch ebenso schmucklos, wie Theo ihn für mich in den dritten Stock getragen hatte. Und obwohl er es offenbar weder bewertete noch kommentierte, ergoss sich eine gestammelte und viel zu lange Erklärung aus meinem Mund.

»Ich habe eine wichtige Deadline für diesen Comic, an dem ich gerade arbeite. Es ist die letzte Ausgabe der Reihe, also eine ziemlich große Sache, als Nächstes folgt möglicherweise ein Crossover-Event, aber das ist noch geheim, also tu so, als ob ich nichts gesagt hätte, und ich bin spontan eingesprungen, weil die eigentliche Illustratorin einen familiären Notfall oder so hatte, und der Verlag weiß, dass ich ziemlich schnell zeichnen kann.«

Warum ich ihm das alles erzählte? Scheiße, keine Ahnung. Aber nachdem ich einmal angefangen hatte, konnte ich nicht mehr aufhören, bis ich schließlich eine Art Schlusspunkt erreichte. »Jedenfalls ist mein ganzer Weihnachtsschmuck noch eingelagert, weil…« Mit Mühe gelang es mir, meinen Redefluss zu stoppen. Es war schon schlimm genug, dass er mir ständig half, irgendwelche Sachen die Treppe raufzuschleppen, da musste ich ihn nicht auch noch mit meinem emotionalen Ballast belämmern. »Äh, also ich hatte noch keine Zeit, sie zu holen. Oder irgendetwas anderes zu tun, wie Geschirr spülen oder Wäsche waschen, wie du siehst. Und es wäre doch bescheuert, neuen Baumschmuck zu kaufen, wenn ich schon welchen habe. Irgendwo. Also ja, deswegen habe ich den Baum noch nicht geschmückt.«

Und dann hielt ich *endlich* meine Klappe.

Theo schwieg einen Moment lang, bevor er nickte. »Gut, dann lasse ich dich mal besser weiterarbeiten. Tut mir leid, dass ich gestört habe.«

»Du musst dich nicht entschuldigen!« Wenn ich es mir nur ganz fest wünschte, würde sich vielleicht ein Portal auftun und mich in die Weiten des Weltraums hinausschleudern, wie es bei Starsong geschehen war. »Danke, dass du wegen des Wasserschadens nachgesehen hast.«

Er schenkte mir ein schiefes Grinsen. »Das macht man als guter Nachbar so.« Und dann war er weg und ließ mich mit seinem Duft nach Zedernholz und Minze zurück.

Sobald die Tür hinter ihm ins Schloss gefallen war, stürmte ich ins Bad, knipste das Licht an und unterdrückte beim Anblick meines Spiegelbilds einen Schrei. Wie hatte ich zulassen können, dass er mich *so* sah? Warum hatte ich ihn nicht einfach gebeten, später wiederzukommen?

Weil mein verknalltes, sexhungriges Gehirn einen Kurzschluss erlitt, sobald ich diesen umwerfenden Redwood Tree von einem Mann vor mir hatte.

Und jetzt stehen wir uns auf dem Treppenabsatz gegenüber, und leider ergeht es mir nicht viel besser als bei all unseren bisherigen Begegnungen. Wenigstens bin ich geduscht, aber das ist auch schon alles, was ich vorzuweisen habe.

Ich trete einen Schritt zurück in der Hoffnung, dass er meine geschwollenen Augen mit den dunklen Ringen darunter nicht bemerkt, die von den wochenlangen Nachtschichten kommen, und er löst seinen Griff um meinen Ellenbogen und meine Taille.

Was ziemlich bedauerlich ist.

»Auf dem Weg nach draußen?«

Er schiebt seine großen Hände in die Bauchtasche seines Kapuzenpullis. Ich konnte ihre Wärme sogar durch meinen Mantel hindurch spüren und versuche, nicht daran zu denken, wie sie sich wohl auf meiner nackten Haut anfühlen würden.

Warme Hände in einer kalten Nacht … Der Himmel auf Erden.

Ich räuspere mich. »Mm-hmm. Ich wollte mir gerade etwas zu essen holen.«

Seine Brauen zucken interessiert in die Höhe. »Wo?«

»*Yummy Thai*, gleich um die Ecke.«

»Oh, die haben ein super …«

»Mittagsangebot«, sagen wir gleichzeitig und müssen grinsen. Und auf einmal spüre ich eine Art nachbarschaftliche Verbundenheit mit ihm.

»Gehst du heute Abend auf die Party?«, fragt er dann. »Im fünften Stock?«

Im fünften Stock gibt es nur zwei Wohnungen, die beide doppelt so groß sind wie meine. In 5B wohnt Mr. Barnes, laut Mrs. Greene früher ein berühmter Songwriter. Nach allem, was ich gehört habe, richtet er jedes Jahr eine große Weihnachtsfeier aus, zu der auch alle Hausbewohner eingeladen sind. Ich vermute, dass er das nur deswegen tut, damit sich niemand aus der Nachbarschaft über den Lärm beschwert, aber Mrs. Greene meinte, dass seine Partys großartig seien. Das diesjährige Motto lautet *Only Santas in the Building*.

»Ich hatte es vor, ja«, antworte ich und wage zu fragen: »Und du?«

»Ich werde sie mir auf keinen Fall entgehen lassen.« Wahrscheinlich bilde ich mir den warmen Ausdruck in seinen Augen nur ein, zumal er eine Sekunde später zur Seite tritt. »Also, dann sehen wir uns später, Evie.«

Ich murmle einen Abschiedsgruß und mache mich auf den Weg die Treppe hinunter, wobei ich ein Stöhnen unterdrücke. Warum zum Teufel muss ich jedes Mal, wenn ich ihn treffe, wie ein Wrack aussehen?

Hmm, vielleicht weil ich deprimiert bin und trauere und meine einzige Bewältigungsstrategie darin besteht, mich in Arbeit zu vergraben? Nur so ein Gedanke …

Im zweiten Stock klopfe ich bei 2C, aber Mrs. Greene scheint nicht zu Hause zu sein. Ich stelle mir vor, wie sie gerade beim Friseur sitzt oder bei der Maniküre, um sich für die Party schick zu machen. Sie ist achtundsiebzig und sieht aus wie Nichelle Nichols aus *Star Trek*. Sie hat eine Vorliebe für Edelstein-Farbtöne und Statement-Stücke, ihr Make-up und ihre Haare sitzen stets perfekt – sie sieht einfach *immer* umwerfend aus.

Was mich betrifft? Ich bin einunddreißig, und »süß« trifft es wohl am ehesten, wenn man mich beschreiben wollte. Ein Ex-Freund hat mich mal als »sexy Streifenhörnchen« bezeichnet und meinte das tatsächlich als Kompliment. Jedes Mal, wenn ich Alkohol kaufe, muss ich meinen Ausweis zeigen, und beim anschließenden Blick auf mein Geburtsjahr ernte ich stets ungläubige Gesichtsausdrücke. Wenn ich mich ein wenig zurechtmache, gehe ich durchaus als »hübsch« durch. Aber heute Abend möchte ich mich mehr als hübsch fühlen – nämlich umwerfend. Eine Zehn von Zehn. So selbstbewusst und knallhart wie Starsong. Die Superkraft des Fliegens fehlt mir zwar, aber ich besitze Mascara von einer Luxusmarke und einen roten Vierzig-Dollar-Lippenstift, und das ist fast genauso gut.

Bei den letzten beiden Begegnungen mit Theo habe ich mich von meiner schlechtesten Seite gezeigt. Diese Party ist meine Chance, ihm – und mir selbst – zu zeigen, dass ich nicht nur eine verschwitzte Höhlenbewohnerin mit zerzausten Haaren, viel Arbeit und einer tragischen Hintergrundgeschichte bin.

Es ist an der Zeit, mein Schicksal in die Hand zu nehmen. Heute Abend werde ich Theo den Kopf verdrehen.

Kapitel 3

Als ich zurückkomme, wartet kein Baumschmuck auf mich, was vermutlich bedeutet, dass Mrs. Greene noch unterwegs ist. Macht nichts. Ich werde mich einfach nachher auf der Party bei ihr bedanken.

Ich sitze an meinem runden Esstisch mit zwei Stühlen und starte einen Video-Call mit meiner Schwester April, während ich mein Hühner-Pad-Thai verschlinge.

»Ich brauche einen Rat«, falle ich mit der Tür ins Haus, kaum dass April drangegangen ist.

»Mein Lieblingssatz«, sagt sie und brüllt dann über die Schulter: »Mach das nicht kaputt!«

Klingt so, als würden meine Neffen mal wieder Chaos veranstalten.

April ist vierzig und so etwas wie meine zweite Mutter. Und seit etwa zehn Jahren auch meine beste Freundin. Sie lebt in Philadelphia, mit ihrem Mann und ihren beiden Söhnen, die es *so cool* finden, dass ihre Tía Comics illustriert, und allen ihren Grundschulfreunden davon erzählen.

»Konntest du deine Deadline halten?«, fragt April in normaler Lautstärke, nachdem sie fertig damit ist, ihre Kinder anzubrüllen.

»Jep. Ich habe die Seiten ganz früh heute Morgen abgeschickt. Die Redaktion hat bestätigt, dass sie sie erhalten haben.«

»Herzlichen Glückwunsch! Heißt das, du kannst endlich mal eine Pause machen?«

»Ein paar Wochen, ja. Dann bekomme ich die Texte für ein neues Projekt, mit dem ich Anfang des Jahres starte.«

»Hmm.« April, die als Ergotherapeutin arbeitet, hat sehr konkrete Ansichten, was meine Work-Life-Balance beziehungsweise das Fehlen selbiger betrifft.

»Egal, ich habe wegen etwas ganz anderem angerufen«, sage ich, bevor April mir einen weiteren Vortrag halten kann. »Es geht um Theo.«

Aprils dunkelbraune Augen, die meinen unglaublich ähnlich sind, werden schmal. Mit dem gleichen honigfarbenen Hautton und den hohen Wangenknochen ist nicht zu leugnen, dass wir Schwestern sind, obwohl April Locken und ich glatte Haare habe und dazu Sommersprossen auf der Nase, die mir das Aussehen einer ewig Zwölfjährigen verleihen.

»Was sage ich immer?«, fragt sie in einem Ton, der verdammt nach unserer Mutter klingt.

Ich verdrehe die Augen. »Man scheißt nicht da, wo man isst.«

Sie weiß, dass ich in Theo verknallt bin, und hat mir klargemacht, dass ich keine heiße Affäre mit meinem Nachbarn anfangen sollte.

Dabei würde ich das wirklich sehr, sehr gerne.

»Ich will damit nur sagen, dass du Glück hattest, diese Wohnung zu finden«, fährt sie fort. »Die willst du nicht aufs Spiel setzen, wenn die Sache mit ihm in die Hose geht und dein Mietvertrag noch ein Dreivierteljahr läuft.« Als ich weiterkaue, anstatt zu antworten, fährt sie fort: »Ich gehe mal davon aus, dass er heute Abend auf dieser Party sein wird?«

»So ist es.« Ich erzähle ihr von unserer Kollision im Treppenhaus.

Als ich mit meinem Bericht fertig bin, schüttelt April nur den Kopf. »Süße, ich denke einfach, dass er dir eindeutige Zeichen gesandt hätte, wenn er auf dich stehen würde. Und nein, deine Sachen durch die Gegend zu schleppen reicht nicht aus.« Sie klingt zwar nicht genervt, aber wir haben das Thema schon viel zu häufig durchgekaut. »Warum hat er dich nicht wenigstens schon mal auf einen Kaffee eingeladen?«

»Ich trinke keinen Kaffee.«

Sie schnaubt. »Das ist doch nicht der Punkt. Weißt du schon, was du heute Abend anziehst?«

»Ich wollte eigentlich eine Weihnachtsmannmütze aufsetzen und vielleicht ein paar Kekse backen«, gehe ich mit Freude auf ihren Themenwechsel ein, »aber da ich bei jeder Begegnung mit ihm bisher wie eine Vogelscheuche ausgesehen habe, will ich für die Party sämtliche Register ziehen.«

Aprils Gesichtsausdruck wird weicher. »Wenn er dich nicht in jeder Lebenslage mag, wie du bist, dann verdient er dich sowieso nicht.«

»Ich weiß.«

Ich habe ihr nicht gesagt, dass ich nicht darauf aus bin, dass Theo mich mag. Das Ziel scheint mir ohnehin unerreichbar, und ehrlich gesagt wäre ich schon glücklich, wenn ich auf der Party in einer dunklen Ecke mit ihm rummachen könnte.

Möchte ich mehr? Und wie! Theo sieht nicht nur umwerfend aus, er ist außerdem intelligent, hilfsbereit und höflich. Aus unseren kurzen Gesprächen im Vorbeigehen weiß ich, dass er als Softwareentwickler arbeitet, seit sieben Jahren in diesem Haus wohnt und ihm seine Wohnung gehört. Mrs. Greene verehrt ihn, weil er immer einspringt, wenn Bernard, der Hausmeister, mal wieder zu lange braucht, um irgendetwas zu reparieren. Ich möchte meinen Nachbarn kennenlernen, der anscheinend genauso gut mit Computern wie mit Werkzeugen umgehen kann. Aber jedes Mal, wenn ich ihn treffe, fühle ich mich wie eine absolute Loserin, weil ich entweder ohne Punkt und Komma rede oder keinen Ton rauskriege. Ich möchte einmal das Gefühl haben, mich bei einem Gespräch mit Theo von meiner besten Seite zu zeigen. Ist das zu viel verlangt?

»Wie kommst du mit der Wohnung voran?«, unterbricht April meine Gedanken mit einem weiteren Thema, das bei unseren Gesprächen häufig vorkommt. »Hast du schon was von den Sachen aus dem Lagerraum geholt?«

»Noch nicht. Aber das ist schon okay.«

Ich werfe einen Blick auf meinen kleinen Weihnachtsbaum, der dieser Tage mit seiner Schneeflocke, dem Kranich, der Winterlandschaft und dem Stern sehr viel weniger traurig aussieht.

Ein warmes Gefühl breitet sich in meiner Brust aus. Dieser Baum mit seiner kleinen Sammlung handgefertigter Ornamente gibt mir mehr das Gefühl, hier zu Hause zu sein, als es irgendetwas anderes könnte.

April schweigt einen Moment lang, während ich mir einen weiteren Bissen Pad Thai in den Mund schiebe.

»Mir ist bewusst, dass du und Grandma euch am Ende sehr nahegestanden habt«, sagt sie schließlich sanft. »Wir alle wissen es zu schätzen, wie aufopferungsvoll du dich um sie gekümmert hast. Es ist verständlich, wenn dir die Umstellung nicht leichtfällt.«

Ich habe keine Ahnung, was ich darauf erwidern soll. Ehrlich gesagt versuche ich, nicht allzu viel darüber nachzudenken, was passiert ist.

Vor drei Jahren bin ich bei meiner Großmutter eingezogen. Sie war damals fünfundachtzig und konnte sich selbst noch gut versorgen, aber sie brauchte jemanden, der ihr beim Müllraustragen und ähnlichen Dingen half. Die Miete für meine Wohnung in Brooklyn hat mich aufgefressen, und da ich von zu Hause aus arbeite, war ich aus unserer Familie die ideale Kandidatin für den Job.

Grandma und ich waren tolle Mitbewohnerinnen. Sie kochte, ich putzte, und abends schauten wir gemeinsam Telenovelas.

Meine Spanischkenntnisse kann man bestenfalls als grundlegend bezeichnen, weswegen sie mir die Sätze, die ich nicht verstand, übersetzte, wodurch ich quasi einen gratis Spanischkurs bekam.

Dann hatte sie einen Schlaganfall. Einen Monat später war sie tot.

»Der Verkauf des Hauses war eine beschissene Aktion von Tío«, fährt April fort. »Das wissen wir alle.«

Die Nudeln in meinem Mund erscheinen mir plötzlich vollkommen geschmacklos, und ich spüle sie schnell mit einem Schluck Wasser runter.

Der Tod meiner Großmutter war für uns alle schwer. Ich half meiner Mutter und meinen Tanten und Onkeln, das Haus zu entrümpeln, hoffte aber, zumindest noch eine Weile länger dort wohnen zu können. Die Hypothek war schon vor langer Zeit abbezahlt worden. Aber meine Großmutter hatte das Haus auf den Namen meines Onkels überschrieben, und er verkaufte es, ohne es jemandem zu sagen. Ohne *es mir* zu sagen.

»Ich wünschte nur, er hätte mir wenigstens die Chance gegeben, es selbst zu kaufen.« Die alte Leier, aber April hat ein offenes Ohr für mich und Verständnis, zumindest bei diesem Thema, denn es ist der Teil der ganzen Geschichte, der mich am meisten aufregt. »Nicht, dass ich es mir leisten könnte, aber trotzdem. Und dann hat er mir gerade mal drei Wochen Zeit gegeben, um was Neues zu finden.«

Und das ist der Grund, warum der Großteil meiner Sachen in einem Lagerraum steht.

April gibt ein verständnisvolles Brummen von sich. »Ich weiß, dass du nicht bei Mom und Dad wohnen willst. Aber du könntest bei uns einziehen. Wir haben viel Platz, und ich wette, du könntest deine Wohnung untervermieten.«

Nachdem ich aus dem Haus meiner Großmutter ausgezogen war, wohnte ich einige Wochen bei meinen Eltern. Sie leben in Astoria, und es ist nicht so, als hätten sie mir Miete oder so etwas berechnet, aber ich ertrage meine

Mutter nur in homöopathischen Dosen, also war das nie eine langfristige Lösung.

Nachdem ich mich an einem Sonntagmorgen wieder einmal mit meiner Mutter über den Kirchgang gestritten hatte – sie wollte, dass ich gehe, ich wollte nicht –, forderte mein Vater einen Gefallen bei einem alten Freund ein und vermittelte mir diese Wohnung. Die Dielenböden knarren wie in einem Spukhaus und die Küche ist uralt, aber sie ist mietpreisgebunden und gehört allein mir. Auch wenn sie sich noch nicht wirklich wie ein Zuhause anfühlt.

»Das ist wirklich nett von dir«, sage ich zu April. »Aber ich bin noch nicht bereit, New York zu verlassen.« Und so sehr ich meine Schwester auch liebe, ihre gut gemeinten, aber aufdringlichen Fragen würden mir den letzten Nerv rauben.

»Ich möchte nur, dass du weißt, dass es eine Option ist, okay?«

»Danke. Oh, warte mal, jemand versucht, mich anzurufen«, flunkere ich.

»Viel Spaß auf der Party. Du musst mir hinterher alles erzählen. Und mach keinen Unsinn!«

Ich unterdrücke ein gutmütiges Augenrollen. Den Spruch höre ich schon so lange von ihr, wie ich denken kann. »Mach ich. Bis bald, *Mom*.«

»Autsch. Schon kapiert. Tschüss!«

Ich lege auf und stelle den Rest meines Mittagessens in den Kühlschrank. Dann kümmere ich mich endlich um das Geschirr in der Spüle.

Das sind die Momente, in denen ich meine Großmutter am meisten vermisse. Wenn es ganz still ist, wenn ich allein bin, wenn mir keine Deadline im Nacken sitzt. Es fällt mir leichter, mich zu beschäftigen, als mich dem Kummer angesichts meines ersten Weihnachten ohne sie zu stellen.

Die eingelagerte Weihnachtsdeko gehörte ihr. Ich hatte schon beschlossen, sie zu behalten, bevor mein Onkel mir das Haus unter dem Arsch wegverkauft hat, also habe ich niemandem verraten, dass ich sie habe. Aber die Vorstellung, dass sie an irgendeinem anderen Baum als der Plastiktanne in ihrem Wohnzimmer hängt, ist unerträglich. Weswegen mir die Tatsache, dass Mrs. Greene an mich gedacht und sich extra die Zeit genommen hat, Baumschmuck *von Hand* für mich anzufertigen, mehr bedeutet, als ich ihr jemals vermitteln könnte.

Also muss ich ihr irgendwie danken.

Ich denke darüber nach, während ich den Abwasch erledige und meine täglichen fünfzehn Minuten Yoga mache. Ich möchte ihr etwas zurückgeben. Ebenfalls einen Anhänger für ihren Weihnachtsbaum? Nein, das fühlt sich nach schlechter Kopie an. Eine Zeichnung? Vielleicht.

Dann habe ich eine Idee. Bis Weihnachten ist es noch eine Woche hin, und ich habe bisher noch keine Plätzchen gebacken. Ich bin zwar keine begeisterte Köchin, aber ich mag die Präzision, die Backen erfordert. Man befolgt Schritt für Schritt das Rezept, um am Ende ein leckeres und herzerwärmendes Ergebnis zu haben. Ich werde herausfinden, was Mrs. Greenes Lieblingsplätzchen sind, und sie für sie backen.

Mit der guten Idee im Kopf und einem deutlich entspannteren Körper wende ich mich meiner nächsten Aufgabe zu: den Vorbereitungen für die Party in 5B.

Beflügelt von Endorphinen, weil ich meine Deadline eingehalten habe, und vielleicht auch aufgrund eines anhaltenden Gefühls der Ermächtigung, das durch Starsongs Geschichte inspiriert wurde, durchstöbere ich meine Kommode und den kleinen Kleiderschrank. Es reicht nicht aus, nur hübsch auszusehen; ich will meine Kreativität ausleben und etwas *Unvergessliches* kreieren.

Beim Wühlen in einem Umzugskarton mit Winterkleidung kommt mir schließlich eine brillante Idee. Wenn ich den weißen Schal und den roten Pullover opfere …

Nach einer schnellen Bildersuche auf meinem Computer schnappe ich mir eine Schere und meine Heißklebepistole. Kurze Zeit später ist mein Outfit fertig, und ich trage Mascara und weinroten Lippenstift auf. Dann schneide ich meinen Pony und verwende einen Lockenstab für die Haarspitzen. Die Seiten stecke ich mit einigen Klammern fest und lasse die restlichen Haare offen über meine Schultern fallen.

Nachdem Haare und Make-up sitzen, zwänge ich meine Brüste in einen trägerlosen Push-up-BH und schlüpfe in eine schwarze Jeans, die so eng ist, dass mir jetzt schon klar ist, dass ich bei jedem Hinsetzen das Gefühl haben werde, pinkeln zu müssen. Aber die kleine Unannehmlichkeit nehme ich gerne in Kauf, den mein Hintern sieht fantastisch darin aus.

Und nun ist es an der Zeit für die Krönung. Den roten Pullover, dessen V-Ausschnitt und Ärmelbündchen ich mit Stücken des flauschigen weißen Schals verziert habe. Vorsichtig, um meine Frisur und mein Make-up nicht zu ruinieren, ziehe ich mir den Pullover über den Kopf und schiebe den Saum in den Bund meiner Jeans. Nachdem ich einen schwarzen Gürtel um meine Taille geschlungen habe, bewundere ich das Endergebnis im Spiegel, der an der Rückseite meiner Zimmertür hängt.

»Da bist du ja«, sage ich zu meinem Spiegelbild. Zum ersten Mal seit einer sehr langen Zeit fühle ich mich nach mehr als Evie C., der süßen, etwas schrägen Comicillustratorin. Ich bin Ivelisse Cruz, eine erwachsene Frau, die weiß, was sie will, und es sich nimmt. Ich trage das kultige rote Weihnachtsoutfit von Mariah Carey aus dem Musikvideo zu *All I Want for Christmas Is You* von 1994. Zumindest kommt es ihm so nahe, wie es mit den Stücken aus meinem Kleiderschrank möglich war. Ich sehe heiß aus, aber auch ein bisschen albern, was mir für eine Weihnachtsfeier mit der Nachbarschaft durchaus angemessen scheint. Ich wünschte, ich hätte eine rote Hose, um den Look zu vervollständigen, aber das würde vermutlich zu weit gehen. Und in den Taschen meiner Jeans kann ich Handy, Wohnungsschüssel und Lippenstift verstauen, wenn auch nur knapp.

Ich mache ein Foto und schicke es April, die sofort antwortet.

Genial!!!

Lächelnd schlüpfe ich in meine schwarzen Stiefeletten mit niedrigem Absatz und schnappe mir die schmale Geschenktüte mit einer Flasche Wein, die ich vorhin besorgt habe. Dann verlasse ich meine Wohnung, schließe die Tür hinter mir und steige die zwei Treppenabsätze in den fünften Stock hinauf.

Die Tür zu 5B steht offen, Klaviermusik ist zu hören. Jemand spielt *It's Beginning to Look a Lot Like Christmas.*

Nachdem ich noch einmal tief Luft geholt habe, betrete ich die Wohnung.

Wo mein Blick als Erstes auf Theo fällt.

Kapitel 4

Während ich Theo beobachte, spüre ich ein Kribbeln im ganzen Körper. Er steht am anderen Ende des Raums und unterhält sich mit Mr. Kim aus 4D. Zumindest glaube ich, dass es Mr. Kim ist, der unter dem falschen weißen Weihnachtsmannbart steckt.

Theo trägt ein rot-schwarz kariertes Flanellhemd, dessen hochgekrempelte Ärmel seine Tätowierungen und muskulösen Unterarme zur Geltung bringen. Auf seinem Kopf sitzt eine typische Weihnachtsmannmütze, deren weißer Fellbesatz sich deutlich von seinem schwarzen Haar abhebt. Und er hat sich einen Werkzeuggürtel um die Hüften geschlungen, in dem tatsächlich echte Werkzeuge stecken.

Er ist so verdammt heiß, dass ich schreien möchte.

Dann dreht er sich um, und ich erkenne genau, den Moment, in dem er mich bemerkt. Ich würde seinen Gesichtsausdruck nicht als *vom Donner gerührt* beschreiben. Das wäre vielleicht übertrieben. Aber er erstarrt. Selbst seine Miene bleibt bis auf den intensiven Ausdruck in seinen Augen vollkommen reglos. Dann öffnet er ganz langsam die Lippen, und sein Kiefer erschlafft. Nach einigen Sekunden blinzelt er, als käme er wieder zu sich.

Ich stelle mir vor, ihn so zu zeichnen, und überlege, in welchem Szenario ein solcher Gesichtsausdruck wohl angebracht wäre. Es ist der Moment, in dem das Mädchen in der romantischen Teenie-Komödie ihre Brille abnimmt und den Pferdeschwanz löst, um in ihrem Ballkleid die Treppe hinabzuschreiten. Es ist der Moment, in dem der Highschool-Schwarm sie endlich als die schöne 26-jährige Schauspielerin sieht, die sie ist. So wie ich Starsongs Gesicht gezeichnet habe, als sie zum ersten Mal die Frau traf, in die sie sich verliebte.

Ich bin weder eine Teenie-Filmheldin noch Schauspielerin oder Superheldin, aber ich habe es geschafft, meinen Schwarm sprachlos zu machen, und das erfüllt mich mit einem gewissen Gefühl von Macht und Triumph. Es ist eine solche Verbesserung gegenüber dem, wie ich mich in letzter Zeit gefühlt habe, dass es mich kaum Mühe kostet, meinen Mut zusammenzunehmen und auf ihn zuzugehen.

Ich schaffe exakt zwei Schritte, bevor mich ein Sam-Elliott-Lookalike abfängt.

»Hi, ich bin Nate Barnes.«

Mr. Barnes ist ein älterer weißer Mann mit vollem grauem Haar, einem dichten weißen Schnurrbart und sanften Augen. Er trägt einen knallroten Anzug, der ihm auf die schlanke Statur geschneidert scheint.

Ich schüttele seine Hand und reiche ihm den mitgebrachten Wein. »Hi, Mr. Barnes. Ich bin Evie. Vielen Dank für die Einladung.«

»Nichts zu danken. Sie sind die Neue in 3A, richtig?«

»Genau.«

»Freut mich, Sie kennenzulernen. Loretta hat nur die nettesten Dinge über Sie zu sagen.«

Ich lächle. Loretta ist Mrs. Greene. »Ich mag sie auch sehr.«

»Ich bin mir jetzt schon sicher, dass Sie eine hundertprozentige Verbesserung gegenüber dem Mann sind, der vor Ihnen die Wohnung gemietet hat«, fährt Mr. Barnes fort. »Absolut grauenhaft. Er ist zu keiner meiner Partys gekommen. Trotzdem eine Schande, was mit ihm passiert ist.«

»Oh, nein. Ist er gestorben?« Ich bemühe mich um ein angemessenes Maß an Entsetzen und Mitgefühl in meinem Tonfall, dabei will ich vor allem wissen, ob er in meiner Wohnung gestorben ist.

»Nein, nein. Er ist nach Florida gezogen.« Mr. Barnes erschaudert. »Ein schlimmeres Schicksal kann ich mir kaum vorstellen. Und das sage ich als jemand, der in Jacksonville geboren wurde. Kennen Sie Theo?« Er winkt jemandem zu, und kaum dass ich mich gesammelt habe, taucht Theo auf. So dicht vor mir und dermaßen gut aussehend, dass es mir den Atem raubt.

»Sieh an, sieh an, wenn das mal nicht die Queen of Christmas persönlich ist.« Theos tiefe Stimme jagt mir einen Schauer über den Rücken, aber ich gebe mir Mühe, mir nichts anmerken zu lassen.

»Du hast erkannt, als wen ich mich verkleidet habe?« Das war meine größte Sorge bei diesem Kostüm, andererseits sieht es so weihnachtlich aus, dass es vermutlich vollkommen egal ist, wenn die Leute es nicht erkennen.

»Der Song ist ein Klassiker«, sagt Theo und beugt sich

zu mir herunter, um mir ins Ohr zu raunen: »Du siehst toll aus, Evie.«

Seine Worte lösen ein Flattern in meinem Magen aus. »Danke. Du auch, äh … Holzfäller-Weihnachtsmann?«

Er gibt ein leises Lachen von sich. »So ähnlich. Ich habe an den Weihnachtsmann in seiner Werkstatt gedacht.« Er greift an seinen Gürtel und rüttelt daran, worauf leises Schlittenglockengeläut zu hören ist.

»Süß«, sage ich und beiße mir in letzter Sekunde auf die Zunge, um mich zu keinem Witz über seine Jingle *Balls* hinreißen zu lassen. Ich bin mächtig stolz auf meine Zurückhaltung. Siehe da, kein unangemessenes Geplapper! Ich mache bereits Fortschritte.

»Funktioniert das Licht im Flur?«

»Jep. Es lässt sich brav ein- und ausschalten, genau wie es sollte.«

Er lacht, worauf ich gehofft habe. »Abgesehen davon, dass du nicht an die Zimmerdecke kommst – wie gefällt es dir bisher hier?«

»Ziemlich gut«, antworte ich ehrlich. »Alle sind so nett. Und in den letzten Tagen hat jemand etwas wirklich Süßes für mich getan, deswegen überlege ich, wie ich mich am besten bedanken kann.«

Er hebt grinsend eine Augenbraue, wobei seine schmalen Eckzähne aufblitzen, die ich so mag. »Ach, wirklich? Und, hast du schon eine Idee?«

»Ja. Ich dachte, ich revanchiere mich mit selbst gebackenen Plätzchen.«

Das scheint ihn zu überraschen. »Backst du gerne?«

»Ja, aber ehrlich gesagt nicht besonders häufig.«

»Verstehe. Deadlines?«

»Das, und ich habe dieses Leiden, das sich Kleinküchen-Syndrom nennt.«

»Kommt mir bekannt vor. Ich habe bei mir einen zusätzlichen Küchenblock eingebaut, falls du bei mir backen möchtest. Mit etwas mehr Arbeitsfläche ist es vielleicht einfacher.«

Sein Vorschlag erinnert mich so sehr an meine Mir-ist-der-Zucker-ausgegangen-Fantasie, dass ich mich kneifen möchte. »Es würde dir wirklich nichts ausmachen, wenn ich deine Küche in Beschlag nehme? Ich meine, ich würde natürlich hinterher aufräumen.«

»Na ja, ich spekuliere darauf, dass ich das Ergebnis probieren darf«, erwiderte er mit einem Grinsen. »Und wegen dem Saubermachen: Ich putze selbst sehr viel. Es hilft meinem Gehirn, alles zu verarbeiten, mit denen ich es im Laufe des Tages gefüttert habe. Kennst du das, diese Einfälle, die man manchmal hat, während man Geschirr spült oder Wäsche zusammenlegt?«

»Ich liebe diese Momente.« Und die Tatsache, dass er seine *Wäsche zusammenlegt.*

»Ich auch. Aber dafür muss ich meinem Hirn Pausen gönnen, sonst kann es die Daten nicht verarbeiten.«

Ich stoße ihn mit dem Ellenbogen an. »Du bist so ein krasser Computer-Nerd.«

»Schon, aber nicht nur. Ich arbeite auch gerne mit den Händen.«

»O ja, jede Wette, dass du das tust.« Die anzügliche Bemerkung rutscht mir heraus, bevor ich es mir anders überlegen kann.

Seine Augenbrauen wandern in die Höhe, und ein träges Lächeln breitet sich auf seinem Gesicht aus.

Ich räuspere mich und wechsele schnell das Thema. »Ich hab übrigens mein letztes Projekt für dieses Jahr abgegeben.«

»Glückwunsch. Du bist Künstlerin, oder?«

»Ja, ich illustriere Comics.«

Er wirkt beeindruckt. »Im Ernst? Du zeichnest die ganzen Szenen?«

Ich nicke zur Bestätigung. »Und ab und zu auch ein Cover.«

»Wow, wie kreativ. Dafür braucht man eine Menge Talent.«

Ich grinse. »Das und die Bereitschaft, die meiste Zeit des Tages wie ein Wasserspeier über mein Zeichentablett gebeugt zu sitzen.«

Meine Bemerkung entlockt ihm ein Lachen. »Wem sagst du das. Ich mag meinen Job, aber wenn ich zu lange an meinem Schreibtisch hocke, werde ich hibbelig. Ganz zu schweigen vom ständigen Kampf gegen Nacken- und Rückenschmerzen.«

»Deshalb habe ich mit Yoga angefangen. Um den Job nicht irgendwann aufgeben zu müssen.«

»Geht mir genauso. Also, ich meine, ich mache kein Yoga, obwohl ich nichts dagegen hätte. Wenn das Wetter gut ist, laufe ich um den See im Central Park, und etwa fünfmal pro Woche gehe ich in das Fitnessstudio an der Ecke East Seventy-Fourth und Third.«

»Ist nicht zu übersehen«, murmle ich, während ich verstohlen seine breiten Schultern mustere, um dann schnell mit einem Husten abzulenken. »Du bist Softwareentwickler, oder?«

»Ja. Ich arbeite freiberuflich für verschiedene Finanzunternehmen. Termindruck und das Bedürfnis, alles andere auszublenden, um in der Arbeit zu versinken, sind mir also nicht fremd.«

»Genau!« Die Tatsache, dass er mich so gut versteht, macht mich auf eine Weise froh, die ich nicht richtig erklären kann. »Meine Familie macht sich ständig Sorgen, dass meine Arbeitsgewohnheiten ungesund sind, aber es hat auch etwas Befriedigendes, oder?«

Er hält meinen Blick fest und nickt. »Es geht nichts über die intensive Konzentration, die sich einstellt, wenn man voll und ganz in ein Projekt vertieft ist.«

Ich kann nicht aufhören, ihn anzustarren. Es gibt diesen seltenen, schönen Moment, wenn der Smalltalk eine überraschende Wendung nimmt und man sich plötzlich auf einer tieferen Ebene mit der anderen Person verbunden fühlt. Genau das passiert gerade zwischen Theo und mir, und ich glaube, ich bin nicht die Einzige, die es spürt.

»Manchmal ist es, als befände man sich in einer anderen Welt«, sage ich. »Als würde man dann aus einem wahnsinnig intensiven Traum aufwachen. Wenn ich aufhöre zu arbeiten, denke ich oft: Ach ja, richtig, *das hier* ist die reale Welt, nicht die von Starsong, die die Suche nach ihrem Planeten aufgegeben und auf der Erde eine neue Heimat gefunden hat. Und dann sehe ich mich um und stelle fest, dass ich allein in meiner Wohnung sitze und niemanden habe, mit dem ich reden kann.«

O Gott. Schon wieder habe ich viel mehr von mir preisgegeben, als ich eigentlich wollte. Aber in seinem Gesicht lese ich nichts außer Verständnis.

»Du kannst jederzeit zu mir hochkommen und mit mir reden«, erwidert er leise. »Ich habe diese Momente immer dann, wenn mich meine Uhr anschreit, dass ich eine Pause machen soll, und niemand da ist, mit dem ich mich unterhalten könnte, außer meiner Katze.«

Seine Antwort ist so erschreckend perfekt, dass es mir lediglich gelingt, auf den letzten Teil einzugehen. »Du hast eine Katze? Wie heißt sie?«

»Tink.«

»Wie …?«

»Wie Tinker Bell, ja.« Er reibt sich mit der Hand den Hinterkopf und sieht dabei ein wenig verlegen aus. »Sie hat grüne Augen, und obwohl sie sehr anhänglich ist, hat sie auch eine gewisse Attitüde. Sie mag es nicht, wenn man sie ignoriert.«

Seine Beschreibung bringt mich zum Kichern. »Klingt, als wäre sie eine ziemlich starke Persönlichkeit.«

Er verdreht die Augen. »Du hast ja keine Ahnung. Falls du mal laute Geräusche von oben hörst, dann ist sie das, weil sie wieder was umgeschmissen hat.«

Ich spitze nachdenklich die Lippen. »Jetzt, wo du es erwähnst, fällt mir auf, dass du fast schon beunruhigend leise bist.«

»Wirklich?« Er wirkt erleichtert. »Freut mich zu hören. Ich trage keine Schuhe in der Wohnung, und die Dielen habe ich so gut wie möglich ausgeglichen, damit sie nicht knarren.«

»Offensichtlich hast du das ziemlich gut hinbekommen. Meine knarzen so laut, als würden sie versuchen, mit mir zu kommunizieren.«

Er grinst. »Und was meinst du, wollen sie dir sagen?«

»Wahrscheinlich: *Hör auf, auf meinem Gesicht rumzulatschen.*«

Theo lacht, und der Blick, mit dem er mich ansieht, ist beinahe … zärtlich? »Du hast einen großartigen Sinn für Humor, Evie.«

Das Kribbeln ist zurück. Meine Großmutter hat mir immer Komplimente für meinen Humor gemacht, auch wenn sie die Hälfte meiner popkulturellen Anspielungen nicht verstanden hat.

»Bist du dir sicher, dass das nicht nur eine nette Art ist zu sagen: *Du bist seltsam*? Wäre nicht das erste Mal, dass ich das höre.«

»An seltsam ist nichts falsch.«

In diesem Moment sehe ich Mrs. Greenes elegante Frisur in der Küche verschwinden. Und obwohl ein Teil von mir unbedingt wissen will, wohin dieses Gespräch führt, hat der andere Teil Angst vor dem emotionalen Minenfeld, das wir gerade umkreisen. Denn das hier ist schon mehr als der Flirt, den ich geplant hatte.

Der zweite Teil gewinnt, und ich trete einen Schritt zurück. »Entschuldige mich kurz. Ich muss Mrs. Greene etwas fragen.«

Die Wohnung hat sich gefüllt, sodass ich mir einen Weg durch eine ganze Schar an Gästen bahnen muss. Als ich die Küche erreiche, ist Mrs. Greene nicht mehr da, aber dafür Mr. Barnes, der die kalte Platte mit Wurst und Käse auffüllt.

Aus Höflichkeit und weil ich das Bedürfnis habe, einen Moment mit meinen Gedanken allein zu sein, trete ich neben ihn. »Kann ich Ihnen dabei helfen, Mr. Barnes?«

»Bitte, nennen Sie mich doch Nate. Und natürlich, gern, wenn es Ihnen nichts ausmacht. Die Sachen stehen hier auf der Anrichte. Die Platte kann dann wieder aufs Buffet auf dem Esstisch. Vielen Dank, meine Liebe.«

Das Holzbrett ist riesig, und ich lasse mir Zeit damit, Käsewürfel und Schinken hübsch darauf anzurichten. Ich habe nicht erwartet, so leicht mit Theo ins Gespräch zu kommen, und noch beängstigender als die Andeutungen, die mir rausgerutscht sind, ist der Drang, ihm mehr zu erzählen – über mich, meine Arbeit, meine Familie, mein *Leben*. Ich bin nicht auf diese Party gegangen, um ihm mein Herz auszuschütten. Ich bin hier, um ihn *abzuschleppen*. Warum also verstecke ich mich nach einem kleinen Kompliment in der Küche?

Natürlich weiß ich, warum. Weil es die Art von Kompliment ist, die zeigt, dass er *mich* sieht, nicht nur das Bild, das ich heute Abend von mir gezeichnet habe. Und das ist mehr, als ich erwartet habe.

Nach ein paar Minuten höre ich, wie jemand die Küche betritt. Ich drehe mich um in der Erwartung, Mr. Barnes – Nate – gegenüberzustehen, doch es ist Theo.

»Bin gleich wieder da«, sage ich schnell, denn ich will nicht, dass er denkt, ich würde ihm aus dem Weg gehen. »Ich mache nur eben die Platte fertig.«

»Kein Problem.« Er holt einen Schraubenzieher aus seinem Werkzeuggürtel. »Da ich sowieso mein Werkzeug dabeihabe, hat Nate mich gebeten, die Scharniere an dem oberen Küchenschrank festzuziehen. Dauert nur eine Sekunde.«

Er tritt näher und öffnet die Schranktür neben mir. Wahrscheinlich sollte ich aus dem Weg gehen, aber wie immer führt Theos Nähe zu einer Fehlfunktion meines Gehirns, und ich erstarre. Sein Geruch erinnert mich an eine kühle Brise im Wald, obwohl sein Körper eine solche Wärme ausstrahlt, dass ich mich am liebsten wie in eine kuschelige Decke darin einwickeln würde, um eine Woche lang zu schlafen.

Er zieht die Schraube im Scharnier fest und überprüft auch noch die übrigen. Als er die Schranktür direkt über meinem Kopf schließt, schaltet sich der rationale Teil meines Gehirns endlich wieder ein und befiehlt meinen Füßen, verdammt noch mal einen Schritt zur Seite zu machen. Ich wende mich ab, doch Theo bewegt sich im selben Moment, sodass wir es irgendwie schaffen, zusammenzustoßen. Mein unterer Rücken kollidiert mit der Arbeitsfläche, während sich Theo mit beiden Händen darauf abstützt, wodurch er mich zwischen sich und der Anrichte einklemmt und unsere Becken gegeneinander gepresst werden.

Seine Augen werden groß. »Shit. Tut mir leid.«

In einem Moment vollkommener Klarheit weiß ich plötzlich, dass dies der richtige Zeitpunkt ist, um den ersten Schritt zu wagen.

Bevor er zurückweichen kann, lege ich eine Hand auf seinen Unterarm und halte ihn fest. »Schon okay«, sage ich, ein wenig atemlos von dem Aufprall und unserem Blickkontakt.

Sein Brustkorb hebt und senkt sich heftiger als normal, als ob er ebenfalls Schwierigkeiten hätte, Luft zu bekommen. Für einen kurzen Moment senkt er den Blick auf meine Lippen, bevor er mir wieder in die Augen sieht. »Ja?«

Ich schlucke schwer und nicke. »Ja.«

Und aus irgendeinem Grund wissen wir beide, dass das Ja etwas anderes meint.

Beinahe unmerklich beugt er sich weiter vor, und meine Handfläche gleitet einige Zentimeter nach oben bis in seine Ellenbeuge. Mit der anderen Hand stützt er sich nach wie vor auf die Arbeitsplatte, sodass ich gefangen bin –, was okay ist, denn in diesem Moment möchte ich nirgendwo anders sein.

Ohne meinen Blick loszulassen, senkt er ein wenig den Kopf. »Bist du dir sicher, Evie?«

Meine Lippen öffnen sich, als ich leicht das Kinn hebe. »Ja …«

»Hey, Theo! Wir brauchen dich und deine Größe!«, ruft jemand aus dem Wohnzimmer.

Theos reißt den Kopf hoch und sieht über die Schulter, bevor er einige Sekunden lang die Augen schließt. »Fuck.« Dann landet sein intensiver Blick, unter dem mir am ganzen Körper heiß wird, erneut auf mir. »Wir sind noch nicht fertig«, murmelt er mit rauer Stimme, worauf ich lediglich nicken kann.

Im nächsten Moment hat er sich von mir gelöst und lässt mich mit einem halb fertigen Käsebrett in der Küche zurück.

Kapitel 5

Ich habe sehr viel Spaß auf der Party, und es ist schön, meine anderen Nachbarn und Nates Freunde aus der Musikbranche kennenzulernen. Allerdings gelingt es mir nicht, einen weiteren Moment allein mit Theo zu erhaschen oder mit Mrs. Greene zu reden, um ihr für den Baumschmuck zu danken. Außerdem habe ich ständig Theos Versprechen im Hinterkopf.

Wir sind noch nicht fertig.

Ich weiß zwar nicht genau, was er damit meinte, aber alles in mir schreit danach, es herauszufinden.

Während ich gerade auf dem Weg in die Küche bin, um einen Korkenzieher zu holen, kreuzen sich endlich wieder unsere Wege. Als wir beide im Türrahmen stehen bleiben, schenkt er mir wieder dieses langsame, geheimnisvolle Lächeln, das ich heute Abend schon so oft an ihm gesehen habe und bei dessen Anblick mein Slip ein wenig feucht wird. Mit warmen Wangen lächele ich zurück, doch bevor einer von uns beiden weitergehen kann, ruft jemand: »Küssen! Ihr steht unter dem Mistelzweig!«

Es ist Mrs. Greene, die uns mit einem schelmischen Grinsen ansieht, bei dem ihre Augen genauso funkeln wie ihr rotes Paillettenkleid.

Theo späht nach oben und betrachtet stirnrunzelnd den kleinen belaubten Ast, der im Türrahmen über unseren Köpfen baumelt. »Der war vorhin definitiv noch nicht da.«

Unsere anderen Nachbarinnen und Nachbarn – allen voran Mrs. Greene und Mr. Barnes, die ziemlich sicher unter einer Decke stecken – feuern uns mit Pfiffen und Jubelrufen an. Der Wein fließt heute Abend in Strömen, und alle sind in guter Stimmung.

Und was mich betrifft? Ich bin zögerlich. Zwar will ich Theo küssen – verdammt, und wie ich das will –, aber ich hätte mir niemals ausgemalt, dass wir dabei Publikum haben.

Als ich gerade versuche, zu entscheiden, inwiefern dies die Dinge verändern könnte, schenkt mir Theo ein reumütiges Lächeln. »Du musst das nicht tun.«

Normalerweise würde ich das auch nicht, aber wir haben uns ohnehin schon fast in der Küche geküsst, und Theo hat versprochen: *Wir sind noch nicht fertig.*

Also werde ich ihn beim Wort nehmen.

»Ist schon in Ordnung«, erwidere ich eilig und trete näher zu ihm heran.

Einen Moment lang scheint er etwas in meinem Gesicht zu suchen, doch zuckt dann mit den Schultern. »Alles klar.« Mit diesen Worten beugt er sich zu meiner Wange hinunter, vermutlich in der Absicht, mir einen unschuldigen Schmatzer auf die Wange zu drücken und sich dann schnell wieder zurückzuziehen.

Aber ich hab mich nicht in Schale geschmissen wie Mariah Carey, um halbe Sachen zu machen. Und wenn das mein einziger Kuss mit Theo Winters bleiben sollte, werde ich dafür sorgen, dass es ein guter wird. In letzter Sekunde, bevor er meine Wangen mit den Lippen berühren kann, umfasse ich sein Gesicht und ziehe seinen Mund auf meinen.

Ich kann seinen Schock förmlich spüren, als meine Lippen auf seinen landen, und höre, dass er scharf durch die Nase einatmet. Dann neige ich leicht den Kopf und fahre mit der Zunge zwischen seine Lippen.

Als er seinen Mund für mich öffnet und seine starken Arme um meine Taille schlingt, um mich fest an sich zu ziehen, grölt die Menge und klatscht Beifall. Er legt den Kopf schief und vertieft den Kuss noch mehr. Er schmeckt nach Wein und Pfefferminz und Keksen, und ich kann nicht genug bekommen.

Viel zu schnell löst er sich jedoch von mir und schaut mich benommen an. Kurz sieht er sich zu der jubelnden, klatschenden Menge um, wobei ihm Röte ins Gesicht steigt, und nimmt meine Hand.

»Frohe Weihnachten, alle miteinander«, ruft er den anderen schroff zu, während er mich durch die Menge zieht. Auf dem Weg nach draußen bedenkt er Mr. Barnes mit einem auffallend finsteren Blick. »Nate, danke für die Einladung.«

Nate lacht, während Mrs. Greene, die an seiner Seite steht, breit grinst und mir fröhlich zuwinkt.

Ein paar Leute stehen im Flur und auf der Treppe, doch Theo zieht mich an ihnen vorbei und nach unten in die vierte Etage, wo wir vor seiner Wohnungstür stehen bleiben.

»Ist das okay?« Er ist so außer Atem, als hätte er gerade einen Hundert-Meter-Sprint hingelegt. »Du musst nicht mit reinkommen, wenn …«

Eine Million Gedanken schießen mir durch den Kopf. Mir kommt meine Schwester in den Sinn, und meine Großmutter. Starsong und Oskar aus der Mülltonne. Das Sofa und der Baum und die Glühbirne.

Wie er mir angeboten hat, seine Küche zu benutzen, mich eingeladen hat, nach oben zu kommen und mit ihm zu reden; dass er versteht, wie es sich anfühlt, für seine Arbeit zu brennen.

Als ich antworte, klingt meine Stimme klar und entschlossen. »Ich will aber.«

Ein niedliches breites Grinsen legt sich auf sein Gesicht. »Super. Ja. Ich möchte auch, dass du mit reinkommst.« Dann macht er sich am Türschloss zu schaffen.

Wir taumeln hinein und lehnen uns aneinander, während wir hastig unsere Stiefel ausziehen. Sein Werkzeuggürtel fällt klingend wie kleine Glöckchen zu Boden. Als ich in Socken vor ihm stehe, überragt mich Theo um dreißig Zentimeter.

Plötzlich wird seine Miene ernst, und er legt mir seine Hände auf die Schultern. »Wie viel hast du getrunken?«

»Ein Glas Wein. Und du?«

»Anderthalb Gläser.« Er klingt erleichtert. »Ich wollte nur sichergehen …«

Ich lege meine Hand an seine Wange und unterbreche ihn. »Schon verstanden. Und ich weiß es zu schätzen, dass du nachfragst, aber wenn wir uns jetzt nicht sofort in dein Bett begeben, schreie ich.«

»Alles klar.« Er umfasst meine Hüften und hebt mich hoch, sodass ich meine Beine um ihn schlingen und meinen Mund auf seinen pressen kann, während er mich ins Schlafzimmer trägt.

Mich interessiert zwar brennend, wie seine Wohnung aussieht, aber mir bleibt später noch genügend Zeit, um mich umzuschauen.

Gemeinsam fallen wir auf sein Bett, doch ich hebe lange genug den Kopf, um dunkle Wände und Regale wahrzunehmen. Mit einem Arm greift er über mich hinweg und schaltet die Nachttischlampe ein, die das Zimmer in ein gemütliches, warmes Licht taucht. Nun erkenne ich, dass die Wand metallgrau und die Bettwäsche ringelblumengelb ist. Es wirkt maskulin, aber modern; wohnlich, aber aufgeräumt. Ebenfalls auffällig? Er hat keinen Schreibtisch in seinem Schlafzimmer. Wie fühlt es sich wohl an, nicht in seinem Büro zu schlafen?

Doch als sein Mund im nächsten Moment auf meinen Hals trifft, konzentriere ich mich nur noch auf die Bewegungen seiner Zunge und das sanfte Knabbern seiner Zähne. Mir entfährt ein überraschtes Quietschen, als er uns herumdreht, sodass ich plötzlich rittlings auf ihm sitze und er im sanften Schein der Lampe aus lustverhangenen Augen zu mir aufblickt. Ich habe noch nie etwas Schöneres gesehen.

»Ist das der Moment, in dem ich einen Witz darüber machen sollte, dass ich auf Santas Schoß sitze?« Die Worte kommen mir über die Lippen, ehe ich darüber nachdenken kann, doch zum Glück lacht er.

»Ich hab vergessen, dass ich die noch aufhabe.« Er greift nach oben, um sich die Mütze abzunehmen, aber ich halte sein Handgelenk fest.

»Behalt sie auf. Ist doch festlich.«

Er zieht eine Augenbraue hoch. »Würdest du es mir übel nehmen, wenn *ich* einen Witz darüber machen würde, dass du gleich auf Santas *Gesicht* sitzt?«

»Nur wenn du es nicht ernst meinen würdest.« Der Gedanke macht mich atemlos.

Nun sieht er mich wieder voller Verlangen an. »Ich meine es ernst«, erwidert er mit tiefer Stimme und zieht mich runter, um mich zu küssen. »Solange *ich* dabei Santa sein darf.«

Dieses gesamte Gespräch ist so lächerlich, dass ich loslachen würde, wenn ich nicht derart angeturnt wäre. Aber unsere Münder sind ohnehin beschäftigt, und unsere Hände zerren an Kleidungsstücken, sodass mit einem Mal jeder Gedanke an Witze und Gelächter vergessen ist.

Während ich meinen Gürtel zur Seite werfe, zieht mir Theo den Pullover aus, zerreißt dabei jedoch versehentlich die weiße Verzierung am Ausschnitt und sieht mich schockiert an.

»Verdammt, ich hab ihn kaputt gemacht …«

»Schon okay, ich hab das Ding mit einer Heißklebepistole gebastelt. Es sollte nie länger halten als einen Abend.« Meine leichtfertige Bemerkung lässt Panik in mir aufkeimen, denn auch das mit Theo sollte nicht länger halten als einen Abend, aber was, wenn ich nun mehr will? Wird mein Herz in Fetzen gerissen werden so wie dieses behelfsmäßige Kostüm?

»Du hast es selbst gemacht?« Beeindruckt schaut er auf das Kleidungsstück. »Du bist so kreativ.«

Er küsst mich, als sei Kreativität das sexyeste der Welt, und als seine Zunge meine berührt, sind alle Sorgen aus meinem Kopf wie weggeblasen.

Es bedarf vereinter Kräfte, die Jeans von meinem Körper zu schälen, wobei auch mein Slip dran glauben muss. Ich bin nur ganz kurz unsicher, bis Theo sein Gesicht an der Rundung meiner Hüfte vergräbt.

»Ich kann es kaum erwarten, dich zu schmecken«, stößt er heiser hervor, was eine neue Welle der Lust in mir weckt.

»Tu es«, wimmere ich. »Gott, Theo, davon habe ich so oft geträumt.« Ich ziehe die Luft ein, als er mit den Fingerspitzen zwischen meinen Beinen entlanggleitet.

»Ich auch.« Er streichelt sanft meinen Körper und bringt ihn dazu, sich für ihn zu öffnen. »Seit Monaten.«

Seine Worte berauschen mich, schenken mir Hoffnung, ehe mir schlagartig bewusst wird, was er da gesagt hat. Moment. Seit *Monaten*?

Doch ehe ich ihn um eine Erklärung bitten kann, verändert er unsere Position erneut, und plötzlich knie ich über seinem Gesicht, meine Beine links und rechts von seinem Kopf. Wer halten Blickkontakt, was eigentlich unangenehm sein oder mich zumindest nervös machen sollte, aber aus irgendeinem Grund kommt es mir vollkommen natürlich vor. Es fühlt sich richtig an, ihm in die Augen zu schauen, während er mich mit dem Mund liebkost. Es fühlt sich richtig an, seinen Blick festzuhalten, als ich mich über seinem Gesicht winde, und es fühlt sich ganz *besonders* richtig an, das zufriedene Funkeln in den Tiefen seiner braunen

Augen zu sehen, als der Damm bricht und der Orgasmus über mich hereinbricht.

Ich löse meinen Blick erst von ihm, als ich auf der Matratze zusammensinke.

Mit einem hungrigen Grinsen setzt er sich auf und entledigt sich eilig seines Shirts, seiner Jeans und seiner Boxershorts, ohne jedoch die Weihnachtsmannmütze abzunehmen.

Während ich schlaff und benommen, aber unglaublich glücklich auf dem Bett liege, sucht er in seinem Nachttisch nach einem Kondom. Sein Körper wirkt breit und muskulös, und Tattoos schlängeln sich an seinen Armen hinauf und über seine Brust. Ich möchte sie genauer betrachten, aber das werde ich später in besserem Licht tun. Sein Hautton wirkt, als würde er in der Sonne schnell bräunen und nicht nur rot werden, und ein dunkler Haarflaum zieht sich von seiner Brust nach unten hin zu einem dünnen Streifen und schließlich bis zu dem wahrscheinlich – nein, *definitiv* – beeindruckendsten Schwanz hinab, den ich je gesehen habe.

»Wie kannst du real sein?«, murmele ich halb zu mir selbst, als ich die Rundung seines Hinterns bewundere. Am liebsten würde ich ihn zeichnen, genau so, splitternackt, abgesehen von der Mütze, sein Gesicht noch immer feucht von mir.

»Was soll das heißen?« Er streckt sich neben mir auf dem Bett aus und greift an meinen Rücken, um meinen BH zu öffnen, den ich aus irgendeinem Grund immer noch trage.

»Du bist einfach so … Na, schau dich doch mal an.«

»Nein, schau *dich* an.« Er senkt den Kopf auf die Höhe meiner Brüste. »Du raubst mir den Atem, Evie.«

»Oh, Fuck.« Etwas anderes fällt mir nicht ein, denn mittlerweile geht sein geschickter Mund wieder auf Erkundungstour. Ich strecke die Hand nach ihm aus und streiche mit leichten Bewegungen über seinen Schwanz, was ihn an meiner Haut stöhnen lässt.

Die Vibration spüre ich tief in meinem Inneren, genau wie mein hämmerndes Herz.

Als ich vor Erregung fast wahnsinnig bin, löst er sich von mir. Mit angehaltenem Atem sehe ich zu, wie er sich das Kondom überstreift.

Heilige Scheiße, es passiert wirklich.

Er kniet sich zwischen meine Beine und fährt mit den Handflächen langsam über meinen Körper. »Ist das okay?«, fragt er. »So wie wir jetzt sind?«

»Du meinst, weil du gebaut bist wie der Yeti und ich eher einem Zwerg gleiche?«

O mein Gott, was ist los mit mir? Ich kneife die Augen zu, erhasche jedoch zuvor noch einen Blick auf seine verdutzte Miene. Im nächsten Moment bebt das Bett unter seinem Gelächter, und er beugt sich runter, um den Kopf auf meinem Bauch ruhen zu lassen, als könnte er sich nicht aufrecht halten.

»So lustig war das nun auch wieder nicht«, murmele ich, obwohl ich mir selbst auf die Lippe beißen muss, um nicht zu grinsen.

Als er seinen Kopf wieder hebt, muss er sich Lachtränen aus den Augen wischen. »Du bist einfach so verdammt witzig, Evie Cruz. Wo warst du nur mein ganzes Leben?«

Die Worte spricht er mit so einer herzzerreißenden Zärtlichkeit aus, dass ich nicht weiß, wie ich darauf reagieren soll. Ganz bestimmt werde ich ihm aber nicht berichten, was vor gut drei Monaten passiert ist, also entscheide ich mich für: »Eine Etage tiefer?«

»Ich bin so froh, dass du hier eingezogen bist.« Im Gegensatz zu meinem ist sein Tonfall ernst. Schon im nächsten Moment beugt er sich über mich, schirmt mich mit seinen breiten Schultern vom Licht ab und positioniert sich so zwischen meinen Beinen, dass er mühelos in mich eindringen kann. »So verdammt froh.«

Ich umfasse seine Arme, drücke meinen Rücken durch und stöhne, als er sich weiter nach vorn schiebt. Sein Schwanz ist genauso groß und schwer wie der Rest seines Körpers, aber ich bin so bereit für ihn, dass ich nicht mal für eine Million Dollar eine weitere Sekunde warten würde.

Na gut, eine Sekunde vielleicht schon. Aber nicht länger.

Denn ich brauche ihn. Brauche *das hier.* Seit Monaten habe ich mir diesen Moment ausgemalt, und jetzt darf ich endlich herausfinden, wie es sich in der Realität anfühlt, mit ihm zusammen zu sein.

Und es ist so viel besser als in meiner Fantasie.

Indem er seine Hüften vor- und zurückschiebt, dringt er mit langsamen, aber gleichmäßigen Bewegungen in mich ein. Ich wimmere, wenn er sich zurückzieht und klammere mich bei jedem Stoß an seinen Armen fest. Es ist intensiv, unglaublich und … *verdammt, wie kann es sein, dass er immer noch nicht vollständig in mir ist?*

Als er sein Becken wieder nach vorn bewegt, schnappe ich nach Luft. »Du bist so verdammt groß.«

Er verzieht kurz das Gesicht. »Ich weiß. Sorry.«

»Das war keine Beschwerde!«

Er schaut zu mir herab, das Haar fällt ihm ins Gesicht, und sein Grinsen wirkt wie ein helles Strahlen im Halbdunkel um uns herum.

Ich kann nicht anders als zurückzulächeln. In diesen Mann könnte ich mich viel zu leicht verlieben. Es ist mir egal, dass er mein Nachbar ist und dass wir uns erst seit ein paar Monaten kennen – er findet mich *witzig*, und ich finde ihn unwiderstehlich.

Als unsere Hüften endlich eng aneinander liegen, stößt er ein zittriges Ächzen aus. »Du fühlst dich unglaublich an. Gott, Evie. Fuck. Ich … Ist alles okay?«

Warum, weil du meinen Weihnachtsstrumpf mit deiner riesigen Zuckerstange gefüllt hast? Diesen schlechten Witz behalte ich allerdings für mich. Man sieht, ich lerne dazu. Stattdessen lege ich meine Hände an seinen Hintern und drücke zu. »Ja. Beweg dich einfach … Ja, oh, Gott, genauso. *Genau so.*«

Nun lässt er seine Hüften gleichmäßig kreisen, zunächst vorsichtig, dann immer schneller, bis ich durch die Kraft seiner Stöße auf der Matratze weiter nach oben rutsche. Ich klammere mich an ihm fest, während mich ein Rausch ergreift, der mit nichts zu vergleichen ist – zumindest mit nichts, was ich in der Gegenwart eines anderen Menschen erlebt habe – und mich in immer weitere Höhen treibt.

Aufgrund unseres Größenunterschieds ist die Stellung nicht ideal. Ich sehne mich danach, seine Brust an meiner zu spüren, aber seine angespannten Muskeln an Armen und Hals zu sehen, ist dennoch unfassbar erregend.

Schließlich setzt er sich auf, schlingt meine Beine um seine Hüften und führt eine Hand an meine Taille, um mich immer wieder auf sich zu ziehen. Die andere Hand legt er flach auf meinen Bauch und drückt den Daumen auf meine Klitoris, um dort schnelle, feste Kreise zu beschreiben.

Die Kombination ist einfach unglaublich. Ich kralle mich in den Decken über meinem Kopf, winde mich auf ihm und stoße leise, heisere Schreie aus.

»Genau so, meine Schöne«, stößt er heiser hervor. »Nimm dir, was du willst. Weißt du eigentlich, wie verdammt gut du bist? Wie perfekt?«

Ich stammele irgendetwas Unverständliches und schüttele den Kopf, denn im Moment kann ich keine Worte formen und kann nicht … und kann nicht …

»Ich komme.« Die Worte dringen mir als leises Hauchen aus der Kehle, doch überraschenderweise scheint er mich verstanden zu haben, denn sein Gesicht erhellt sich mit einem Mal wie ein verdammter Weihnachtsbaum.

»Komm schon, Prinzessin. Du kannst es. Komm für mich. *Jaaa.*«

Seine Lider schließen sich flatternd, als ich mich um ihn herum zusammenziehe.

Mein Höhepunkt reißt mich vollkommen mit, vertreibt alle zusammenhängenden Gedanken und ergreift meinen Körper wie ein Blizzard. Währenddessen hört er nicht auf, in mich hineinzustoßen, und innerhalb von wenigen Sekunden packt er mich fest an den Hüften und beschleunigt seine Bewegungen.

Obwohl mein Gehirn vollkommen benebelt ist, versuche ich, mir den Moment einzuprägen, in dem er kommt. Wie er aussieht – sein geöffneter Mund, sein Kopf, der nach vorn fällt, das Haar vor seinen Augen. Wie er sich anfühlt – tief in mir, wobei sich seine starken Finger in meine Haut drücken. Wie er klingt – das abgehackte Stöhnen, gefolgt von scharfen Atemzügen, unter denen sich seine Brust hebt und senkt.

Für einen langen Moment verharren wir beide reglos, bevor er die Augen öffnet und sich das Haar aus dem Gesicht streicht. Die Weihnachtsmannmütze ist ihm irgendwann vom Kopf gerutscht, obwohl ich mich nicht mehr daran erinnere.

»Du bist umwerfend«, flüstert er.

Doch alles, was ich höre, ist die Stimme meiner Schwester. *Man scheißt nicht da, wo man isst.*

Kapitel 6

Während Theo im Bad ist, ziehe ich meinen Slip wieder an und hebe sein Hemd auf, an dem immer noch sein Duft haftet. Im Moment rieche ich auch nach ihm. In diesen Gedanken hülle ich mich so fest ein wie in sein Hemd. *Du bist umwerfend* klingt nicht so, als würde darauf ein *Verschwinde aus meiner Wohnung* folgen, also husche ich aus dem Schlafzimmer, um mich umzuschauen.

Das Licht im Flur ist an, ebenso wie das über dem Herd. Abgesehen davon ist es dunkel im Wohnzimmer, denn die geschlossenen Rollos verhindern, dass das gelbliche Licht der Straßenbeleuchtung hereinscheint.

Soweit ich sehe, hat er sich hier für die gleichen Farbtöne entschieden wie in seinem Schlafzimmer, nur dass das Grau mit braunen und weißen Akzenten durchsetzt ist. Sein Holzschreibtisch macht den Eindruck, als sei er eigens für ihn angefertigt worden. Im Gegensatz zu meinem, der mit benutzten Tassen und nerdigen Figuren übersät ist, herrscht auf seinem eine penible Ordnung. Es gibt zwei Bildschirme, eine Tastatur, eine Maus, zwei Lautsprecher, ein Mikrophon und etwas, das aussieht wie ein antiker Wecker mit zwei Blechglocken an der Oberseite. Bei dem teuren ergonomischen Stuhl handelt es sich um ein Modell, das ich mir auch schon angeschaut habe, mir jedoch nicht leisten kann.

Außerdem entdecke ich ein einzelnes gerahmtes Foto, aber ich greife nicht danach, denn ich möchte seine Privatsphäre respektieren.

Theo hat eine Menge Pflanzen. Sie sind überall, hängen von der Decke herab, stehen auf der Fensterbank und sind sogar in kleinen weißen Töpfen auf seinem Schreibtisch aufgereiht. Und sie scheinen hervorragend zu gedeihen – ein weiterer Beweis dafür, dass er sehr gut darin ist, sich um andere zu kümmern.

Seine Küche ist blitzblank, was ich heiß finde, mich andererseits aber dazu bringt, ihn ein bisschen zu hassen. Alle Geräte sind aus Edelstahl, und die Schränke haben schwarze Türen mit matten Metallgriffen, was seine Küche im Vergleich zu meiner, die hauptsächlich aus Eichenholz besteht, viel moderner wirken lässt. Die Kacheln hinter der Spüle sind dunkelgrau mit weißen Fugen, während es sich bei mir zu Hause genau umgekehrt verhält.

Wie er schon erzählt hat, ragt ein zusätzlicher Küchenblock aus der Wand heraus.

Seufz.

Ich male mir aus, wie es wäre, hier mit ihm Zeit zu verbringen. Seine Wohnung wirkt so viel mehr wie ein Zuhause als meine. Was, wenn ich das Angebot, seine Küche zu benutzen, annehmen würde und mich in Arbeitspausen nett mit ihm unterhalten könnte? Was, wenn wir beide zum

Lunch das Tagesgericht von *Yummy Thai* bestellen und an dem kleinen Esstisch Platz nehmen würden, um …

»Verdammte Scheiße!«

Eine plötzliche Bewegung auf dem Sofa lässt mich zusammenschrecken. Grüne Augen funkeln mich im schummerigen Licht an. Ich drücke mir eine Hand an die Brust, als mir klar wird, dass es nur seine Katze Tink ist.

Nachdem sich mein Puls wieder beruhigt hat, bewege ich mich mit langsamen, vorsichtigen Schritten auf die Couch zu, denn ich will ihr keine Angst einjagen. Sie ist grau und passt hervorragend ins Farbschema seiner Wohnung. Ich frage mich, was zuerst da war – die Katze oder die Einrichtung.

»Hi Tink.« Ich strecke meinen Arm mit geöffneter Hand aus. »Ich bin Evie.«

Die Katze schnüffelt ausgiebig an meinen Fingerspitzen und riecht wahrscheinlich ihren Besitzer – Mitbewohner? Diener? Leibeigenen? – an mir. Nun traut sie sich, ihre Wange an meinen Fingernägeln zu reiben, was ich als Einladung betrachte, sie hinter den Ohren zu kraulen.

Als sie beginnt zu schnurren, lächele ich.

»Was ist mit uns?«

Schon wieder zucke ich zusammen. Theo steht im Türrahmen zum Flur, in nichts als Boxershorts und Socken. Er geht *wirklich* leise. In den Händen hält er meinen Pullover und fährt mit den Fingern über die weiße Verzierung, die sich vom Ausschnitt gelöst hat.

Ich schlucke und schaue ihn verwirrt an. »Was soll mit uns sein?«

»Du meintest, der Pullover sollte ohnehin nicht länger

halten als einen Abend.« Er schaut von dem Kleidungsstück auf, doch durch das Deckenlicht liegen seine Augen im Schatten. »Wird das mit uns länger halten als einen Abend?«

Die Tatsache, dass er fragt, sollte etwas bedeuten, aber ich habe Angst zu hinterfragen, was das sein könnte.

Also zucke ich mit den Schultern und bemühe mich um einen gleichgültigen Tonfall. »Das liegt ganz bei dir.«

Er legt meinen Pullover über die Rückenlehne des Schreibtischstuhls und tapst zu mir herüber. Dann nimmt er mein Gesicht in die Hände und schaut mir fest in die Augen. »Okay«, setzt er mit leiser Stimme an, »mir wurde in der Vergangenheit geraten, ich sollte besser kommunizieren. Daran arbeite ich zwar immer noch, aber glaub mir, ich will das hier schon länger, als du dir vorstellen kannst.«

»Wirklich?« Ich könnte meinen Blick nicht mal von ihm abwenden, wenn ich wollte. In den letzten Monaten war ich so mit mir selbst beschäftigt, so sicher, dass die Gefühle, die ich für ihn habe, einseitig sind …

Er schenkt mir ein geduldiges Lächeln. »Seit dem Tag, an dem du eingezogen bist. Erinnerst du dich noch?«

»Wie du den Leuten vom Umzugsunternehmen geholfen hast, meine Couch die Treppe hochzutragen? Natürlich erinnere ich mich noch. Das ging weit über nachbarschaftliche Pflichten hinaus.«

Er streichelt meine Wange mit dem Daumen. »Das meine ich nicht, sondern das danach. Als ich versucht habe, dich um ein Date zu bitten.«

»Das hast du?« Ich höre selbst, wie verblüfft ich klinge.

»Ich habe mit den Worten *Falls du Kaffee willst* begonnen, doch du hast mich unterbrochen.«

Ich schlage mir eine Hand an die Stirn. »Und hab gesagt, dass ich nur Tee trinke. Scheiße! Ich hab gedacht, du meintest, ob ich in diesem Moment einen Kaffee will. Oder dass du mir vielleicht ein Café in der Gegend empfehlen willst. Dass du mich um ein Date bitten wolltest, ist mir gar nicht in den Sinn gekommen.«

Nun lasse ich die gesamte Unterhaltung noch einmal Revue passieren, zusammen mit ein paar anderen, die danach folgten.

Dabei lächelt er mich die ganze Zeit an und streicht beruhigend an meinen Armen auf und ab. »Evie«, haucht er leise. »Willst du mit mir essen gehen?«

Warum macht mir diese Frage größere Angst als alles andere, was wir heute Abend zusammen getan haben?

Vielleicht weil es das ist, was ich tatsächlich will und ich mir in dem Glauben, ich hätte ohnehin keine Chance bei ihm, eingeredet habe, dass ich mich mit weniger zufriedengeben könnte.

Doch was, wenn ich doch eine Chance habe? Wenn *wir* eine haben?

»Ja.« Die Antwort kommt mir als Flüstern über die Lippen, weswegen ich sie noch einmal mit fester Stimme wiederhole. »Ja, ich will mit dir essen gehen, Theo.«

Er schließt mich in eine enge Umarmung und vergräbt sein Gesicht in meinem Haar. »Gott sei Dank, verdammt.«

Ich umschlinge seine breiten Schultern und lache. »Du nimmst mir die Worte aus dem Mund.«

Als er sich wieder aufrichtet, fällt mein Blick auf etwas hinter ihm, das mir schon früher aufgefallen wäre, wenn Tink nicht plötzlich aufgetaucht wäre.

Alles in seiner Wohnung ist ordentlich, außer einer Ansammlung von Werkzeugen, die auf dem quadratischen Esstisch verteilt ist. Im ersten Moment gehe ich davon aus, es seien die aus seinem Gürtel, aber dann erkenne ich, dass es sich um sehr spezielle Werkzeuge handelt, die man nicht für gängige Handwerksarbeiten braucht – wie die sechs merkwürdig geformten Metallklingen mit abgerundeten Holzgriffen, die auf einem aufgerollten Lederstreifen liegen; oder die unterschiedlichen Farben in winzigen Plastikbehältern neben den dünnen Pinseln.

Ich trete näher heran, um die Utensilien in dem schwachen Licht in Augenschein zu nehmen, und entdecke eine Häkelnadel und eine Schere. Und genau in der Mitte von alldem liegt sich eine Spule mit roter Nylonkordel.

Ich ziehe die Luft ein. »Du warst es.« Ich greife nach der Spule und wirbele zu ihm herum. »Du warst es!«

Verwirrt runzelt er die Stirn. »Natürlich war ich es. Moment … das wusstest du nicht?«

Mein Herz rast mit einem Mal, und ich kann kaum klar denken. »Woher hätte ich das wissen sollen?« Meine Stimme klingt beinahe gequält.

»Auf der Party meintest du …« Seine Stimme verliert sich, während sich langsam Erkenntnis auf seiner Miene abzeichnet. »Du meintest, *irgendjemand* habe etwas Nettes für dich getan, und du würdest der Person als Dankeschön etwas backen.« Er lacht und reibt sich mit einer Hand das Gesicht. »Ich dachte, du würdest einen auf schüchtern machen, um meine Lieblingssüßigkeit in Erfahrung zu bringen – es sind übrigens Zitronenschnitten.«

»Wie bitte?« Ich wedele vorwurfsvoll mit der Spule vor

seiner Nase herum. »Was an mir gibt dir den Eindruck, ich würde ›einen auf schüchtern machen‹?«

Mit einem Mal wirkt er belustigt. »Was hast du denn geglaubt, wer es war?«

»Mrs. Greene!« Ich lasse mich auf einen der Stühle sinken.

Theo beißt sich auf die Lippe, während er darüber nachdenkt, und nickt dann schließlich. »Ja, das hätte gut sein können. Deshalb hast du versucht, auf der Party mit ihr zu reden?«

»Ja, aber sie ist mir ständig entwischt. Apropos, können wir uns bitte kurz darüber unterhalten, dass sie und Mr. Barnes sich miteinander verschworen haben, um uns beide unter den Mistelzweig zu locken?«

Mit beschämter Miene reibt er sich den Nacken, eine Geste, die seine Brust und Armmuskeln auf spektakuläre Weise zur Geltung bringt. »Das ist wahrscheinlich meine Schuld«, gibt er zu. »Die beiden wissen, wie toll ich dich finde.«

Ich verschränke die Arme und lehne mich auf dem Stuhl zurück. »Und ich wette, Mrs. Greene ist auch nicht entgangen, wie toll ich *dich* finde. Diese verschlagene Frau!«

Dann betrachte ich wieder seine Werkzeuge, die unumstößlichen Beweise dafür, dass er es gewesen ist.

»Was ich nicht begreife, ist, warum.« Ich drehe mich wieder zu ihm um. »Warum hast du dir für mich die ganze Mühe gemacht, obwohl du es mir genauso gut einfach hättest sagen können?«

Er zieht den anderen Stuhl zurück und setzt sich neben mich. »Du hattest mir doch erzählt, dass dein ganzer Weihnachtsschmuck im Lagerraum ist und du keine Zeit hattest, ihn zu holen. Und ich hab dir nichts gesagt, weil ich dich letztens, als du gearbeitet hast, nicht stören wollte. Jedes Mal, wenn ich dir etwas gebracht hätte, hätte ich dich wieder unterbrechen müssen. Und außerdem … hab ich irgendwie geglaubt, du wüsstest, dass ich es bin, und gehofft, du fändest es romantisch.«

Ich presse mir die Hände an meine Wangen, die mit einem Mal immer wärmer werden. »Mich hat nicht die Unterbrechung aus dem Konzept gebracht, sondern *du* hast es getan. Plötzlich standest du vor meiner Tür und sahst so heiß aus und warst kompetent und freundlich, und ich war überhaupt nicht vorzeigbar.«

Er runzelt die Stirn. »Doch, warst du.«

Ich schnaube. »Äh, nein, war ich nicht. Fettige Haare, kein BH, dreckiges Geschirr in der Spüle? Klingelt da was bei dir?«

Er senkt den Kopf und reibt sich die Schläfen, als sei ihm irgendetwas unangenehm. »Eventuell ist mir aufgefallen, dass du keinen BH anhattest, aber ganz ehrlich, den Rest habe ich nicht bemerkt. Ich fand, dass du hübsch aussahst, weil du immer hübsch aussiehst, und ich hab mich so gefreut, dich zu sehen, dass mich so was Banales wie dreckiges Geschirr nicht hätte ablenken können. Ich weiß, dass auch du essen musst, Evie.«

Ich blinzele, denn ich habe mich an einem bestimmten Teil seiner Aussage aufgehängt. »Du findest, dass ich immer hübsch aussehe?«

»Ja.« Er wirkt verwirrt, als wäre es so offensichtlich, dass er nicht glauben kann, dass wir überhaupt darüber reden.

Kurz bin ich versucht, ihm zu widersprechen, zu argumentieren, dass ich jedes Mal, wenn ich ihm begegnet bin, absolut *schrecklich* aussah – wie ein Troll, der unter einer Brücke lauert –, aber …

Mit einem Mal fällt mir wieder ein, dass er mich im Bett *meine Schöne* genannt hat – und noch einige andere Dinge zu mir gesagt hat, bei deren Erinnerung alles in mir prickelt.

Vielleicht sollte ich ihn doch nicht davon überzeugen, dass er sich irrt. Es gibt allerdings etwas anderes, das ich klären möchte.

»Dann war es also nicht nur das Mariah-Carey-Kostüm, das dich angeturnt hat?«

Er verschluckt sich beinahe. »Was? Nein. Ich meine, verdammt, du sahst heute Abend atemberaubend aus – versteh mich nicht falsch. Aber nein, Evie, ich habe nicht *plötzlich* entschieden, dass ich Sex mit dir haben muss, weil du heute ein enges Outfit getragen hast.«

»Warum *dann* heute Abend?«, hake ich nach. »Du hast mir noch nie irgendwelche Zeichen gegeben …« Wieder wandert mein Blick zu den Utensilien auf dem Tisch. »Oh. Doch, das hast du wohl.«

Lachend zieht er mich auf seinen Schoß. Als ich auf ihm sitze, kann ich ihm besser in die Augen schauen, und mir gefällt die Art, wie er seinen Arm um meine Taille schlingt. Es ist eine unscheinbare Geste, in der nichts Sexuelles liegt – als würde er es einfach genießen, mich zu halten.

»Nun, zum einen hast du mir erzählt, dass dein Arbeitsprojekt beendet ist. Ich weiß, dass du viel zu tun hattest, deshalb wollte ich dir nicht in die Quere kommen. Zum anderen …« Er zuckt mit den Schultern. »Wir wohnen im selben Gebäude, also wollte ich vermeiden, dass es unangenehm wird, falls du meine Gefühle nicht erwiderst.«

»Und dann hab ich dich vor all unseren Nachbarn geküsst.«

Bei der Erinnerung daran verziehe ich das Gesicht, aber Theo grinst breit.

»O ja, das hast du.«

»Und wofür sind die?« Ich deute auf die Werkzeuge neben uns.

»Ah.« Er schiebt mich sanft von seinem Schoß, erhebt sich und führt mich ins Schlafzimmer. »Für den heutigen Baumschmuck hatte ich große Pläne, aber meine Schnitzkünste sind etwas eingerostet. Bei den ersten beiden Versuchen sind mir die Figuren zerbrochen, und mein drittes war noch nicht trocken, als ich zur Party aufbrechen musste. Da ich nicht wollte, dass Tink sich darauf stürzt, habe ich es ins Schlafzimmer gebracht.«

Er schaltet das Licht ein und nimmt etwas vom Schrank, das er mir nun reicht.

Es ist ein Rentier aus Holz, das perfekt in meine Handfläche passt. Tränen schießen mir in die Augen.

Theos Augen dagegen werden groß vor Schreck. »Evie, alles …«

Ich schüttele den Kopf und gebe ihm zu verstehen, dass er leise sein soll, während ich das Rentier in Augenschein nehme. Ich brauche einen Moment, um die richtigen Worte zu finden.

»Meine Arbeits-Deadline war nicht der einzige Grund, warum ich meinen Baum nicht geschmückt habe.« Mit heiserer Stimme erzähle ich ihm von meiner Großmutter und allem, was passiert ist, bevor ich hierhergezogen bin.

Er schiebt mich aufs Bett, setzt sich neben mich und legt mir tröstend eine Hand aufs Knie, während er mir zuhört.

Dabei umklammere ich die ganze Zeit das Rentier, das ich am Ende meiner Geschichte in die Höhe halte.

»Grandma hatte auch so eins. Nicht aus Holz – ich glaube, es war aus Filz –, aber es zählte zu meinen Lieblingen. Als ich das hier gerade gesehen habe, hat es mich einfach so sehr daran erinnert …«

Ich kann nicht weiterreden, aber wie es scheint, muss ich das auch nicht.

Theo senkt den Kopf, und als er ihn wieder hebt, glänzen auch seine Augen feucht.

»Das …« Er hält inne und räuspert sich. »Das mit deiner Großmutter tut mir leid, aber danke, dass du mir davon erzählt hast. Ich hatte keine Ahnung.«

»Das ist es ja gerade.« Ich wische mir über die Augen. »Du kanntest nicht den wahren Grund, und trotzdem hast du es getan. Du hast mir fünf wunderschöne weihnachtliche Kunstwerke gemacht, nur damit mein Weihnachtsbaum nicht leer sein würde. Wie kannst du nur so sexy und so lieb zugleich sein?«

Er lacht. »Ich bin noch nicht mal fertig.«

»Was soll das heißen?«

»Es ist dir nicht aufgefallen? Ich hab die Schneeflocke zwölf Tage vor Weihnachten an deine Tür gehängt.«

Mir fällt die Kinnlade herunter. »Du willst mir zwölf Dinge basteln?«

Als er nickt, werfe ich meine Arme um seinen Hals und ziehe ihn fest an mich.

»Für mich war es auch gut«, flüstert er an meinem Haar. »Wieder kreativ zu werden. Wie gesagt liebe ich es, mit meinen Händen zu arbeiten, und wie du unschwer erkennen kannst, habe ich ein paar der Möbelstücke in dieser Wohnung selbst gebaut. Heutzutage sitze ich allerdings nur noch am Computer, doch ich habe diese andere Seite von mir vermisst. Aber das Beste war, etwas für *dich* zu machen.«

Ich drücke ihm einen lauten Kuss auf die Wange. »Dann werde ich dir verdammt nochmal die besten Zitronenschnitten machen, die du jemals gegessen hast.«

Er verdreht genüsslich die Augen und stöhnt. »Ich kann's kaum erwarten.«

»Ich wusste nicht, dass dich auch Süßigkeiten zum Stöhnen bringen können«, necke ich ihn.

Sein Blick verdunkelt sich. »Alles an dir bringt mich zum Stöhnen.«

»Selbst mein dreckiges Geschirr?«

»Ich hab dir doch gesagt, dass ich gerne sauber mache.«

Nun ist es an mir zu stöhnen. »Ich glaube das ist das Heißeste, was jemals jemand zu mir gesagt hat.«

Lachend zieht er mich runter aufs Bett.

❄

Eine Stunde später liegen wir nackt unter der Decke. Theos Arm ist locker um meine Taille geschlungen, und sein Kopf ruht auf meinem Haar, das auf dem Kissen ausgebreitet ist. Ich liege auf dem Rücken, halte das kleine hölzerne

Rentier in der Hand und fahre mit den Fingerspitzen über die rauen Kerben, die Theo mit seinen Werkzeugen geschnitzt hat.

Für mich.

»Wie willst du es nennen?«, fragt er.

Ich schmunzele. »Mistletoe.«

Ich halte das Rentier über unseren Köpfen in die Höhe und drehe mein Gesicht, um ihn zu küssen.

Epilog

Erster Weihnachtstag

Eine Woche später sitzen wir auf meinem Sofa und betrachten meinen Baum, der mit allen zwölf Kunstwerken von Theo geschmückt ist – neben meinen Funko-Pop-Figuren, die ich mithilfe von Nylonfaden ebenfalls aufgehängt habe. Unter anderem sind es Storm, Loki, Prinzessin Leia und natürlich Starsong.

Der Baum sieht festlich und albern aus und erinnert mich an das schönste Geschenk, das ich jemals bekommen habe.

Wir bedienen uns von dem Teller mit Zitronenschnitten, der auf dem Couchtisch steht. Es ist das dritte Mal innerhalb einer Woche, dass ich sie gebacken habe, und mittlerweile mache ich mir Sorgen, dass Theo bald genug von ihnen hat, aber er schwört, dass das niemals passieren wird. Und wenn doch, muss ich mir einfach etwas Neues überlegen, das ich für ihn backen kann.

Wir gönnen uns einen Moment der Ruhe, bevor wir zum Haus seiner Mutter in New Jersey aufbrechen, wo ich seine Mom und seine zwei Schwestern mit ihren Familien kennenlernen werde.

Gestern Abend habe ich ihn zur großen Weihnachtsparty meiner Tante in Queens mitgenommen, und er durfte meine gesamte Verwandtschaft kennenlernen. Theo war wie immer charmant und hilfsbereit und konnte meine Eltern sofort für sich gewinnen, indem er alle Geschenke und das gesamte Essen mit nur einem Gang ins Haus trug.

Im Vorfeld hatte ich mir Sorgen gemacht, dass es unangenehm werden würde, meinem Onkel zu begegnen, aber ehe ich auch nur ein Gespräch mit ihm beginnen konnte, überreichte er mir und meinen Cousinen und Cousins Schecks vom Hausverkauf. Meiner war doppelt so hoch wie der aller anderen – ein Dankeschön dafür, wie er sagte, dass ich mich in ihren letzten Jahren so gut um Grandma gekümmert habe. Auch wenn er mich damit positiv überrascht hat, kann er damit nicht wiedergutmachen, was er vor ein paar Monaten getan hat. Aber Theo an meiner Seite zu haben, hat mir so viel innere Ruhe verschafft, dass ich beschlossen habe, mich auf die Zukunft, anstatt auf die Vergangenheit zu fokussieren.

Am Ende des Abends zog mich April zur Seite. »Ich hab mich getäuscht«, flüsterte sie. »Er ist definitiv eine gute Wahl.«

Es war schön zu hören, dass sie ihre Meinung revidiert hat, doch natürlich wusste ich ohnehin schon, dass Theo der Richtige für mich ist.

»Wann fängst du wieder an zu arbeiten?«, fragt er mich nun.

Ich schlucke einen zuckrigen Bissen Zitronenschnitte herunter und spüle mit Tee nach.

»Anfang Januar bekomme ich mein nächstes Projekt. Und

danach … erhöhe ich, glaube ich, meine Preise und nehme weniger Aufträge an.«

Er grinst von einem Ohr bis zum anderen. »Ernsthaft?«

»Moment. Warum siehst *du* denn so erfreut aus?«

»Es ist nur …« Er schüttelt den Kopf und wendet seinen Blick ab. »Ich wollte nichts sagen, aber … da ich auch ein selbstständiger Workaholic bin, mache ich mir Sorgen, dass du ein Burnout bekommst. Deshalb es ist schön zu hören, dass du dein Arbeitspensum reduzieren willst. Das ist alles. Ich unterstütze dich natürlich in all deinen Entscheidungen, aber du bist mir wichtig, Evie. Mehr als wichtig. Ich bin dabei, mich in dich zu verlieben und … Scheiße. Ich hör jetzt besser auf zu reden.«

Er schiebt sich eine Zitronenschnitte in den Mund, doch das hält mich nicht davon ab, ihn zu mir zu ziehen und ihm einen Kuss auf die geschlossenen Lippen zu drücken.

Sein ehrliches Geständnis erleichtert es auch mir, zu meinen eigenen Gefühlen zu stehen. »Ich bin auch dabei, mich in dich zu verlieben«, erwidere ich mit leiser Stimme.

Er kaut zu Ende, ohne seinen Blick von mir zu lösen. »Frohe Weihnachten, meine Schöne.« Mit sanftem Blick streicht er mir das Haar hinters Ohr.

Ich lächele. »Frohe Weihnachten, Santa.«

Der volle, freudige Klang seines Lachens wärmt mich bis in meine Zehen, und mit einem Mal fühle ich mich zu Hause.

Dank

Mir hat es riesigen Spaß gemacht, an dieser Geschichte zu arbeiten, und ich hoffe, dass ihr beim Lesen genauso viel Freude hattet.

Danke an Maria Gomez für die Chance, Teil dieser weihnachtlichen Geschichtensammlung zu sein.

Danke an meine unglaublich tolle Agentin Sarah E. Younger, dass du all das so schnell auf den Weg gebracht hast.

Ein riesengroßes Dankeschön an Lindsey Faber, dass du mir dabei geholfen hast, das Beste aus Evies und Theos Geschichte herauszuholen. Es ist das vierte Projekt, an dem wir zusammen gearbeitet haben, aber das erste, bei dem du von Anfang bis Ende an meiner Seite warst. Ohne deine Unterstützung, deinen Enthusiasmus und deine Expertise wäre ich niemals so schnell fertig geworden.

Danke an meinen Partner und meine Schwiegereltern für die zusätzliche Kinderbetreuung, damit ich, genau wie Evie, während einer Hitzewelle im Juli stundenlang am Laptop sitzen und eine Weihnachtsgeschichte schreiben konnte.